文春文庫

太平洋戦争の肉声 III

特攻と原爆

文藝春秋編

文藝春秋

「特攻と原爆」刊行にあたって

歴史にｉｆは禁物とはいえ、もしサイパン陥落をもって日本が降伏していれば、あの戦争の犠牲者は大幅に少なくなったはずです。マリアナ諸島から飛び立つ「超空の要塞」Ｂ29による本土爆撃を受けるようになった瞬間、日本が負けない確率はほぼゼロとなり、銃後の民間人まで巻き込むことになりました。にもかかわらず、一度だけ決戦に勝って有利な講和に臨みたいという選択や、ソ連の仲介による講和などという愚かな願望にすがり、さらには、人間を爆弾として命中率を高めることを期待した特攻を考案しました。対する連合軍は究極の新兵器・原子爆弾でそれに報います。

あまりに無益な流血。そして戦闘どころか飢餓と疫病で多数の死者を出したうえでの無条件降伏。

それから七十年、日本は戦争から何を学んだのでしょうか。当時、東京医大に在学中の二十三歳の医学生だった作家・山田風太郎は、敗戦の翌日の日記にこう記しました。

〈「なぜか？」日本人はこういう疑問を起すことが稀である。まして、「なぜこうなったのか？」というその経過を分析し、徹底的に探究し、そこから一法則を抽出することなど全然思いつかない。考えて出来ないのではなく、全然そういう考え方に頭脳を向けないのである。一口にいえば、浅薄なのである。上すべりなのである。いい加減なのである〉。〈吾々は忍苦する。残念ながら忍苦する〉。〈そして次代の人間を教育しよう。千年後には必ず日本がふたたび偉大な国家になるような遠大な教育を考えよう〉。〈青年は無限に死んだ。生き残っている青年達もその大部分は戦争に頭脳が空虚になり、また荒廃している〉。〈戦いは終った。が、この一日の思いを永遠に銘記せよ！〉

戦時中、撤退を転進と言い換え、全滅を玉砕と美化していた我々日本人は、今も敗戦を終戦と、占領軍を進駐軍と言い換え、有史稀な敗戦を直視することから逃げています。

本シリーズが「肉声」を集成しているのは、我々は当事者としてもう一度戦争を直視すべきだという考えからなのです。

文藝春秋「太平洋戦争の肉声シリーズ」刊行委員会　木俣正剛

太平洋戦争の肉声Ⅲ　特攻と原爆【目次】

凡例

一、収録した作品の出典は各文末にその発行年を附して記した。「　」は雑誌名、『　』は単行本の書名である。

一、作品の内容がわかりやすいように、一部のものについては改題及び内容を省略した。原題については出典の後に附記してある。

一、表記については原則として原文のままとしたが、読みやすさを考え、ふりがな、句読点、小見出しをつけるなどの手を加えてある。また地名や人数、戦果に関する数値なども原文のままとし、現在の通説に基づく解題及びキャプションの表記と一部整合していない箇所がある。なお不適切な表現については一部文字づかいを改めた。

一、解題は、小社刊行の単行本『「文藝春秋」にみる昭和史』『完本・太平洋戦争』に掲載されたものに、各作品の時代背景や状況（戦局）をよりわかりやすくするため、大幅な加筆及び改稿のうえ構成した。

太平洋戦争の肉声 Ⅲ

特攻と原爆

アラスカ
ベーリング海
カナダ
アッツ島
キスカ島
アリューシャン列島
バンクーバー
アッツ島守備隊玉砕
(43.5.29)
キスカ撤退作戦
(43.7.29)
アメリカ合衆国
サンフランシスコ
北太平洋
サンディエゴ
ミッドウェー島
ミッドウェー海戦
(42.6.5～7)
ハワイ諸島
オアフ島
ホノルル
ハワイ島
ウェーキ島
ジョンストン島
真珠湾攻撃
(41.12.8)
マーシャル諸島
マキン島・タラワ島
守備隊玉砕
(43.11.24～25)
マキン島
タラワ島
ギルバート諸島
ブーゲンビル島沖
航空戦
(43.11.5～12.3)
南太平洋
連合艦隊司令長官
山本五十六戦死
(43.4.18)
南太平洋海戦
(42.10.26)
太平洋戦争主要戦闘地図
第一次～第三次
ソロモン海戦
(42.8.8～11.15)
②③は次頁に拡大図あり
ニューヘブリディーズ諸島
サモア諸島
(ニュージーランド領)
フィジー諸島
(イギリス領)
タヒチ島
①

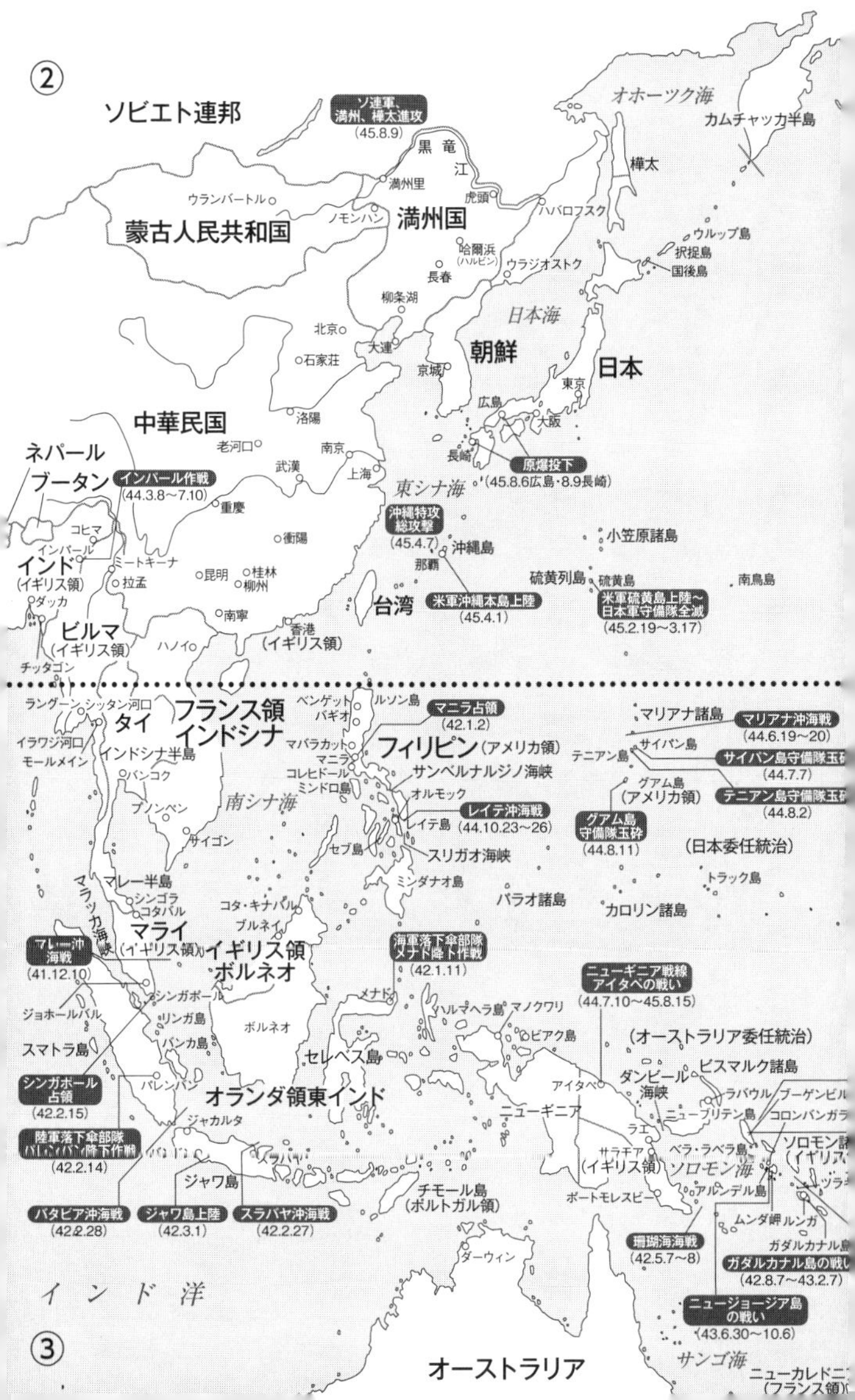
②
ソビエト連邦
ソ連軍、満州、樺太進攻
(45.8.9)
オホーツク海
カムチャッカ半島
黒竜江
樺太
満州里
ウランバートル
虎頭
ハバロフスク
ノモンハン
満州国
蒙古人民共和国
ウルップ島
哈爾浜(ハルビン)
択捉島
国後島
ウラジオストク
長春
柳条湖
日本海
北京
大連
朝鮮
石家荘
京城
日本
東京
広島
中華民国
洛陽
大阪
ネパール
老河口
南京
長崎
原爆投下
(45.8.6広島・8.9長崎)
武漢
ブータン
インパール作戦
(44.3.8〜7.10)
上海
東シナ海
重慶
コヒマ
沖縄特攻総攻撃
(45.4.7)
小笠原諸島
インパール
衡陽
沖縄島
インド(イギリス領)
ミートキーナ
那覇
拉孟
昆明
桂林
柳州
硫黄列島
硫黄島
南鳥島
ダッカ
南寧
台湾
米軍沖縄本島上陸
(45.4.1)
米軍硫黄島上陸〜日本軍守備隊全滅
(45.2.19〜3.17)
ビルマ(イギリス領)
香港(イギリス領)
ハノイ
チッタゴン
ラングーン
シッタン河口
タイ
フランス領インドシナ
ベンゲット
バギオ
ルソン島
マニラ占領
(42.1.2)
マリアナ諸島
マリアナ沖海戦
(44.6.19〜20)
イラワジ河口
モールメイン
インドシナ半島
マバラカット
マニラ
コレヒドール
ミンドロ島
フィリピン(アメリカ領)
サンベルナルジノ海峡
テニアン島
サイパン島
サイパン島守備隊玉砕
(44.7.7)
バンコク
グアム島(アメリカ領)
テニアン島守備隊玉砕
(44.8.2)
プノンペン
南シナ海
オルモック
レイテ沖海戦
レイテ島
(44.10.23〜26)
グアム島守備隊玉砕
(44.8.11)
サイゴン
セブ島
スリガオ海峡
(日本委任統治)
マレー半島
ミンダナオ島
トラック島
マラッカ海峡
シンゴラ
コタバル
コタ・キナバル
パラオ諸島
カロリン諸島
ブルネイ
マライ(イギリス領)
マレー沖海戦
(41.12.10)
イギリス領ボルネオ
海軍落下傘部隊メナド降下作戦
(42.1.11)
ニューギニア戦線アイタペの戦い
(44.7.10〜45.8.15)
シンガポール
メナド
ハルマヘラ島
マノクワリ
ジョホールバル
リンガ島
ビアク島
ボルネオ
(オーストラリア委任統治)
スマトラ島
バンカ島
セレベス島
ダンピール海峡
ビスマルク諸島
シンガポール占領
(42.2.15)
パレンバン
オランダ領東インド
アイタペ
ラバウル
ブーゲンビル
ニューギニア
ニューブリテン島
コロンバンガラ
ジャカルタ
ラエ
陸軍落下傘部隊パレンバン降下作戦
(42.2.14)
サラモア
ベラ・ラベラ島
ソロモン諸島(イギリス領)
スラバヤ
(イギリス領)
ソロモン海
ジャワ島
チモール島(ポルトガル領)
ポートモレスビー
アルンデル島
ムンダ岬
ルンガ
バタビア沖海戦
(42.2.28)
ジャワ島上陸
(42.3.1)
スラバヤ沖海戦
(42.2.27)
珊瑚海海戦
(42.5.7〜8)
ガダルカナル島
ガダルカナル島の戦い
(42.8.7〜43.2.7)
ダーウィン
インド洋
ニュージョージア島の戦い
(43.6.30〜10.6)
③
サンゴ海
オーストラリア
ニューカレドニア(フランス領)

②

ソビエト連邦
ソ連軍、
満州、樺太進攻
(45.8.9)
オホーツク海
蒙古人民共和国
満州国
アッツ島守備隊玉砕
(43.5.29)
キスカ撤退作戦
(43.7.29)
日本海
朝鮮
日本
中華民国
ネパール
ブータン
原爆投下
(45.8.6広島・8.9長崎)
沖縄特攻
総攻撃
(45.4.7)
インド
(イギリス領)
インパール作戦
(44.3.8〜7.10)
台湾
米軍沖縄本島上陸
(45.4.1)
米軍硫黄島上陸〜
日本軍守備隊全滅
(45.2.19〜3.17)
ビルマ
(イギリス領)

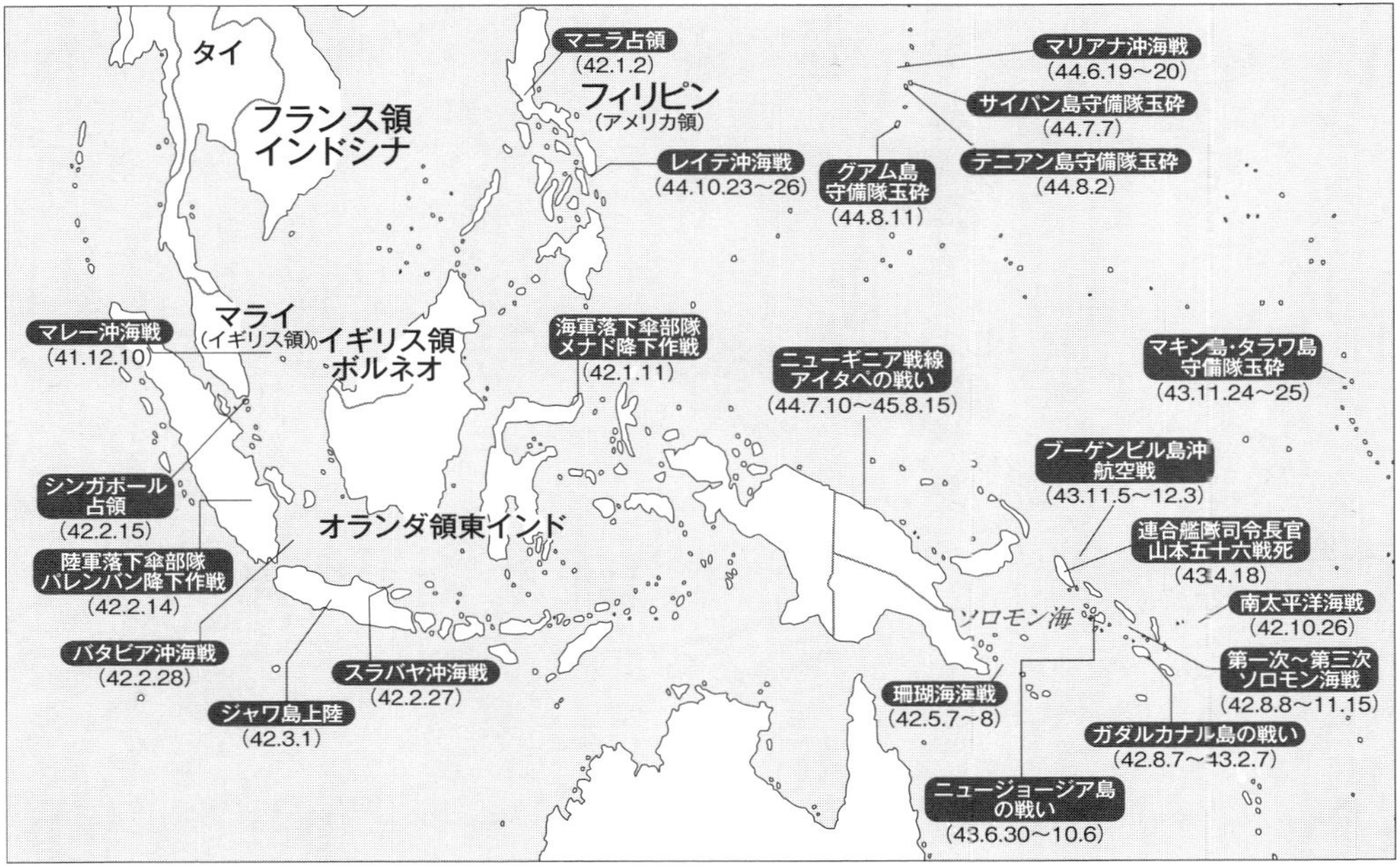
タイ
フランス領
インドシナ
マニラ占領
(42.1.2)
フィリピン
(アメリカ領)
マリアナ沖海戦
(44.6.19～20)
サイパン島守備隊玉砕
(44.7.7)
テニアン島守備隊玉砕
(44.8.2)
レイテ沖海戦
(44.10.23～26)
グアム島
守備隊玉砕
(44.8.11)
マライ
(イギリス領)
イギリス領
ボルネオ
マレー沖海戦
(41.12.10)
海軍落下傘部隊
メナド降下作戦
(42.1.11)
ニューギニア戦線
アイタペの戦い
(44.7.10～45.8.15)
マキン島・タラワ島
守備隊玉砕
(43.11.24～25)
シンガポール
占領
(42.2.15)
オランダ領東インド
陸軍落下傘部隊
パレンバン降下作戦
(42.2.14)
ブーゲンビル島沖
航空戦
(43.11.5～12.3)
連合艦隊司令長官
山本五十六戦死
(43.4.18)
南太平洋海戦
(42.10.26)
ソロモン海
バタビア沖海戦
(42.2.28)
スラバヤ沖海戦
(42.2.27)
ジャワ島上陸
(42.3.1)
珊瑚海海戦
(42.5.7～8)
第一次～第三次
ソロモン海戦
(42.8.8～11.15)
ガダルカナル島の戦い
(42.8.7～43.2.7)
ニュージョージア島
の戦い
(43.6.30～10.6)

③

神風特攻「敷島隊出撃」の真相

誰もが記憶する神風特別攻撃隊の敷島隊出撃シーンに、
本来の隊員二人の姿は写っていない。
それは、撮影したカメラマン自身もあとで驚いたデッチ上げだった――。
三十二年の取材の積み重ねがあぶり出す
隊員五人のあまりに短い人生と本当の最期。

森《もり》 史《し》朗《ろう》

解題

初めて日本軍の特攻（特別攻撃）隊が出撃したのがフィリピンでの戦いだった。第一航空艦隊司令長官としてマニラに赴任した大西瀧治郎中将は、飛行機ごと敵艦艇に体当りさせる作戦を携えてやってきた。そうして編成されたのが「神風特別攻撃隊」である。

特攻は大西の発案・独断ともされているが、東京の軍令部で十分に打ち合わせをしたうえであることはいうまでもない。もちろんそれを「神風特別攻撃隊」と名付けることも軍令部で決まっていた。「特攻」とは自らの命と引きかえに、敵艦に体当たり攻撃を仕掛ける戦法だった。

これは世界に類を見ない戦法であり、特に人命を尊重する欧米人からは理解し難いものだった。しかし、最終手段である「特攻」を選ばざるを得ないほど日本軍は追い込まれていた。

最初の特攻隊となる神風特別攻撃隊は、「敷島隊」「大和隊」「朝日隊」「山桜隊」で編成され、二十三人が隊員に選ばれた。ちなみに隊名は江戸中・後期の国学者本

扉写真＝日本軍最初の特攻隊の指揮官に任命された関行男大尉

居宣長の「敷島の大和心を人問はば　朝日に匂ふ山桜花」からとったものである。

指揮官には、海軍兵学校出身の関行男大尉が指名された。関大尉の年齢は二十三歳、他の隊員もみな二十歳前後の若さだった。

筆者は元月刊「文藝春秋」編集長。「週刊文春」記者時代から、仕事のかたわら兵士の取材を続け、『敷島隊の五人』『空母瑞鶴の南太平洋海戦』などを著した。本稿は元特攻隊員や指揮官たちが存命中に行った取材を通して、敷島隊五人の人生と本当の最期の姿を追った真相レポートである。

特攻に関しては当初、「統帥の外道」として同意していなかった大西瀧治郎中将

1

二〇一三年八月、NHK BS番組で『零戦――搭乗員たちが見つめた太平洋戦争』前・後編二作が二週間にわたって放映された。スタジオジブリ作品、宮崎駿監督の『風立ちぬ』が同じ夏に公開され、零戦の主任設計技師堀越二郎と初恋の女性との交情がメルヘンチックに描かれ、全国的な大ヒットとなった時期と重なり合うため、時宜にかなったTVドキュメントといえるだろう。

主人公は若き搭乗員大黒繁男。神風特別攻撃隊敷島隊五人の隊員のうち、満二十歳の若き青年で軍隊歴一年十カ月にして特攻出撃を命じられた人物である。

大黒青年が海軍入りした一九四三年(昭和十八年)初頭では零戦の支配が南方戦線全域におよび、連合国軍機を圧倒する存在であったが、一年半後にはさすがの駿馬も駑馬《どば》と化し、軽戦闘機の零戦に二五〇キロ爆弾を吊下して体当たり攻撃を実施するという悲劇的な末路をたどった。その意味では、彼こそ零戦の歩みを象徴する存在の一人だといえるだろう。
筆者は著書『零戦の誕生』で堀越技師の技術者魂を描き、『敷島隊の五人』（以上光人社刊・文春文庫）では五人の隊員それぞれの昭和の青春を追いかけた。ＮＨＫの番組プロデューサーから大黒繁男の短い生涯をドラマ化したいとの申し出があり、一も二もなく快諾した。
というのも、最初の神風特攻といっても知られているのは隊長の関行男だけで、他の四人の隊員たちはベタ記事あつかいのままで、しかも新聞記事に取り上げられたのは一度きり。隊長であろうと隊員であろうと、特攻死の意味は同じだと考え、私は、関大尉と同様に四人の隊員たちのあまりにも短い人生を詳しく調べてきた。一九八一年、取材開始。
ちなみに、敷島隊員五人の氏名は以下の通りである。
隊長　関行男海軍大尉（戦闘三〇一飛行隊）
隊員　中野磐雄一飛曹（戦闘三〇一飛行隊）
同　谷暢夫《のんぷ》一飛曹（戦闘三〇五飛行隊）
同　永峯肇飛行兵長（戦闘三〇五飛行隊）
同　大黒繁男上飛（戦闘三一一飛行隊）
五人の隊員たちは、特攻死を命じられてから三度出撃し、六日後の四度目にレイテ島スルアン沖の米機動部隊に史上初の体当たり攻撃を敢行し、護衛空母一隻撃沈、同一隻大破、軽巡洋艦一隻撃沈の華々しい戦果をあげた。だれがどの艦を攻撃したかの詳細を極めるのは困難な作業であったが、一機驚嘆すべき行動をとった特攻機があった。その搭乗員が大黒繁男と重なり合う部分があるので、後述する。

さて、以上記したように、筆者にとってもっとも愛惜する人物が年若い大黒繁男である。

テレビ画面では、飛行機乗りを志望した大黒が両親に叩頭《こうとう》して「国を救うのはわれわれ若者だ」と志願を懇願する場面が描かれている。当時、住友機械工場に勤務していた大黒青年は満十八歳で志願し、佐世保海兵団入りをした。一般海軍兵でも予科練習生への途がひらけ、「整備兵なら許す」といった父宗三郎との約束をやぶって操縦練習生を志願した。丙種予科練十七期生がそれで、海兵団卒業成績二番、大黒の類まれな才能を惜しんだ教班長が強力に丙飛入りを勧めたのである。

だが当時、比島前線基地には他にも多くの先輩搭乗員がいたのに、海兵団育ちの若者をまっ先に特攻隊員に選出したのはなぜか。大いに疑問の残るところである。

大黒繁男は大正十三年、四国・愛媛県宇摩郡川滝村に生まれた。父宗三郎は農作業と山に入っての薪づくりで生計を立てているが、生活は貧しく、大黒は五男四女の長男として早く身を立てて家計を助けたいと心に決する若者であった。学業に秀で、級長のバッジは裏向きにして襟につけ、賞状、認証状の類は机の引き出しに新聞紙を敷いてその裏に隠した。両親は自分の息子がそのように秀れた頭脳の持ち主だとは、戦死後まで気づかなかった。

小学校の担任教師が実家を訪ねてきて、「自分が月謝を払ってもいいから、大黒君を上級学校へ」と強く訴えたが、父は断固として聞き入れず、ようやくのことで「専修科一年くらいなら」と進学を認めた。

小学校ではたえず首席をつづけ、運動神経も抜群で、周辺は「将来の大器」と嘱望したが、本人はあくまでもつましく弟妹たちの面倒を見、上級学校への進学希望などおくびにも出さなかった。母親スガの回想に、物を買い与えても大切に使い、鉛筆その他学用品は級長の褒美《ほうび》でやりくりしたとある。貧しい昭和の青春の典型的な孝子像を見る思いがして、哀れである。

敷島隊五番機の大黒繁男上等飛行兵

住友機械工場入りしても、たちまち抜群の才能を発揮した。初任給は日給九〇銭。一般工員としてローラー削りという回転軸の磨き上げの仕事を担当したが、平均で六〇個、新人では二〇個が精一杯なのに熟練するにしたがって一日一二六個という同工場での新記録を樹立した。青年団活動でも国防体育訓練大会に愛媛県代表三人のうちの一人に選ばれ、射撃大会では全弾命中でダントツ一位の成績をあげている。

丙飛予科練でも、大黒の成長ぶりをしめすエピソードに事欠かない。赤トンボの初級訓練は谷田部空、実用機訓練では松島空へ。昭和十九年九月には上等飛行兵として、比島二〇一空戦闘三一一飛行隊へ前線配備されている。といって最若年の搭乗員として兵舎では食卓番という配膳の仕事をつとめている。隊長は横山岳夫大尉。

多くの戦史は特攻隊の発案者は第一航空艦隊長官として比島入りした大西瀧治郎中将と書く。さらに戦史は、彼が新任の戦場で戦力が戦闘機保有三〇機ていどと知り、レイテ決戦で栗田健男中将の戦艦大和部隊が湾内突入するまで米機動部隊の飛行甲板を破壊して発着艦不能とする――そのために戦闘機に二五〇キロ爆弾を抱かせて体当たり攻撃を敢行する、それを命令でなく搭乗員たちの「志願」によって決行したいという強い意志を持って現地入りした事実をつたえている。比島マバラカット基地の二〇一空本部で、同年十月十九日に会議ははじまった。

横山隊長苦衷の弁は

この席に現地飛行隊指揮官指宿正信大尉（戦闘三〇五）、横山岳夫大尉の両隊長が参加している。大西中将はひそかに真珠湾攻撃時の空母赤城分隊長指宿大尉に体当たり攻撃の指揮官を志願してもらいたいという内意があったが、同大尉は「戦闘機による体当たりは効果があるのか」と疑問を呈し、自分から志願するとは口に出さなかった。横山岳夫大尉は水上戦闘機出身で九月二十五日に配属されたばかり。議論の中に加わって発言するだけの実績がない。討議は二〇一空副長玉井浅一中佐と指宿大尉の二人が中心となって進められた。

結局、実施部隊の指宿大尉側から、長官の意をうけて「やりましょうや」との発言があり、玉井副長側から特攻指揮官関行男大尉、隊員は甲種予科練十期生が対象として募られることとなった。

大西中将の意図した「志願」は、形式にすぎなかった。玉井中佐の懇願に関大尉は「一晩考えさせて下さい」と直ちには承諾せず、集められた甲飛十期生たちもたがいに顔を見合わせて黙りこんでいた。かつて練習生時代に航空隊司令であった玉井中佐から大喝一声「行くのか、行かんのか！」と叱咤されて思わず全員が手を挙げたというのが、実相である。この中に大黒、永峯の二人は加わっていない。

大黒繁男の場合はどうか。「彼を選んだのは隊長である私です」と横山大尉ははっきり認めた。取材に当たって健在であった母親のスガから、「エライ人が責任をとってくれたから、私ども遺族は隊長さんを決して恨んどりません。そう伝えてあげて下さい」

との伝言があったからである。エライ人とは終戦当時、「特攻隊の英霊に曰《もう》す。善く戦いたり深謝す」との遺書を残して割腹自決した大西中将のことを指す。

母親スガの言葉を伝えると、元隊長は重い口をひらいた。

「大黒は技倆抜群で、配属されるとすぐ私の二番機にした。口数が少く大人しい性格だが何事にも熱心で、私の意を体してよく務めてくれた。恃《たの》むに足る人物だから、即座に彼の名が心に浮かんだのです」

大黒は横山大尉の言葉にじっと耳をかたむけていたが、やがて一言「承知しました」といった。それきりだった。その後出撃するまで、彼の動向は同大尉の記憶にない。

大黒繁男がどのように覚悟を決めたのか。辞世の歌も書かず、遺書の類も遺族のもとにとどいていない。丙飛十四期生の二宮敏行は甲飛十期生以外の隊員は翌日基地に集められ、副長、飛行長中島正少佐が同様の趣旨をのべ、志願をつのったが「だれも手を挙げなかった」という。したがって、隊員指名は司令部から直接おこなわれた。

指名した横山岳夫大尉自身は、大黒繁男を口説いたときは「言いにくかったことは事実です」といい、「おれも後から往くからなあ……」とつい口にした。

自分が特攻死しなかったことは、戦後も永く元隊長を苦しめた。横山大尉の苦衷の弁。

「私は今にして、隊長としての思慮分別がなかったと思います……。意見をきかれて、ちゃんと答えられなかった。長官から問いかけられて、どう答えてよいかわからない。自分は未完成の人間だった、とつくづく思いましたね。

あのときは、ああいえばよかった。こういえば気持がすんだとくり返し考えることがありましたが……。もはや、どうにもなりません」

もう一人の敷島隊員、永峯肇の場合はどうか。

宮崎県住吉村の農家出身で、大黒とちがって昭和十七年五月の佐世保海兵団志願組である。年齢は一歳若く、丙飛十五期生となった。

敷島隊四番機の永峯肇飛行兵長

操縦技術にすぐれていたことは大黒と同様だが、戦地入りしてからは同期生の青柳茂相手によく故郷の両親のことを話していたという。永峯の家庭も貧しく、自分は志願して思いは叶ったが、大事な労働力としての長男を戦地に送り、弟も予科練入りをして、残されたのは父母と八歳と四歳の弟妹の四人でしかない。

父は小作農で読み書きができない境遇だったから、永峯は故郷の暮らしぶりを知ることができない。「家一番の働き手がなくなって母に迷惑をかけた、とあれほど気にかけていた永峯が自分から志願して体当たり死をするはずがない」というのが、青柳の疑念である。

　司令部に呼び出され、二〇一空宿舎にもどってきた彼は一番機の上原定夫上飛曹が「指名されたのか」とただすと、「はい、指名されました」と青ざめた顔色で答え、唇も白く乾いて言葉を出すのが精一杯という状況であった。宿舎で部下の気持を引き立てようと（注、永峯は上原小隊の三番機）酒をふるまったが、永峯の顔色は冴えず、酔った気配はなかった。

　以上記してきたように大黒繁男、永峯肇二人の場合は「志願」ではなく、上官の命令によって特攻隊員の体裁をととのえられたものである。

　十月二十九日朝刊に「神鷲の忠烈萬世に燦《さん》たり」と一面トップで大々的に報道され、五人の敷島隊員の氏名と「必死必中の体当り」によって大戦果をあげたことが報じられた。その日を境に「五軍神ブーム」が国内を席巻したのは、ご承知の通り。

　同時に国内でニュース映画『日本ニュース』が公開され、神風特別攻撃隊の誕生と敷島隊員たちの群像、出撃前のスナップ、攻撃風景が紹介され、五機の零戦が基地を飛び立って行く出撃のシーンで感動的な幕切れとなる。

　――ところが、五人の敷島隊員がアップで大西一航艦長官と水盃をかわす別れのシーンがありながら、ニュースフィルムに大黒、永峯両隊員はどこにも映っていない。いったい、これらの謎の水盃シーンは何を意味しているのだろうか?

2

事の真相はこうである。

ニュースフィルムの撮影者は海軍報道班員稲垣浩邦カメラマンで、日映新社から二〇一空本部に派遣され、前線の便りを国内につたえるべく比島マバラカット西飛行場でフィルムを回わしていた。十月二十日のこと、玉井浅一副長から至急東飛行場に回われとの命令をうけ、車を飛ばして草原の前線基地にむかった。

到着すると、玉井中佐は飛行場の裏手バンバン川の河原にあり、隊員たちに囲まれて攻撃目標を説明している最中であった。最初に指名されたのは敷島隊、大和隊、朝日隊、山桜隊四隊一三名で、東飛行場から出撃するのは敷島隊、大和隊七名。稲垣カメラマンは大西長官が口にした「神風特別攻撃隊」とは何のことかわからなかったが、七名の隊員たちの緊迫した空気からすぐそれと気づき、大西長官と彼らの最期の水盃シーンを記録にとどめようと夢中でフィルムを回わしつづけた。

したがって隊員との別れの儀式は敷島隊だけでなく、大和隊三名も加わるので、映像はむかって左側から関大尉、中野磐雄、山下憲行、谷暢夫、塩田寛、宮川正、中瀬清久の順となる。この段階で大黒繁男、永峯肇はまだ指名されていない。

稲垣カメラマンは「世紀の大ニュース」と昂奮する玉井副長の言葉を信じて、スクープ記事のつもりで内地にフィルムを送った。後日、国内で公開されたニュースフィルムを見て、稲垣カメラマンは「わが眼を疑った」という。冒頭のシーンはバンバン河原での最後の打ち合わせにはじまり、河原をのぼって行く隊員たちの映像が遠景で撮られているが、後半部分はバッサリ切られ、敷島、大和両隊員との別れの水盃シーンは関大尉からちょうど五人目でカットされている。人数がちょうど五人なので、これを敷島隊員出撃のシーンと銘打って強引にデッチ上げたものである。

大勢に見送られて広い滑走路を離陸して行く勇壮なシーンは大型攻撃機が離着陸するクラーク飛行場の別のカットがつながれ、立派な隊舎と列機にならべられた多数の基地兵力がまだ日本海軍健在なりの効果的な宣伝となっている。飛び立って行く肝心の零戦は腹下に二五〇キロ爆弾を搭載していない。

「私が思いをこめて撮った隊員たちの最期の姿はまったく使われず、他のニュースとのつぎはぎ映像ばかりで失望しました。これを敷島隊五人の最期の姿と国民が信じさせられるとはヒドイ話ですね」

公開された『日本ニュース』を敷島隊五人と信じて疑わなかった大和隊山下憲行の遺族は、戦後四十年たって筆者の指摘により映像の中央に息子の最期の姿が残っているこ

大西中将と水盃をかわす「敷島隊五人の出撃」として報道された写真だが、右端の塩田寛一等飛行兵曹（一飛曹）と右から３番目の山下憲行一飛曹は大和隊の隊員だった

本来なら「敷島隊、大和隊合同の出陣式」となるべき写真。左から関大尉、中野磐雄一飛曹、山下一飛曹、谷暢夫一飛曹、塩田一飛曹、宮川正一飛曹（大和隊）。写真には写っていないが、宮川一飛曹の右側に大和隊の中瀬清久一飛曹の姿がある

とを知った。遺書はなし、何の手がかりもなかった山下の母ヒサエは映像の中心に精悍だが面やつれした次男坊の姿を見て涙を流した。弟の光憲は緊張している兄の表情に、死を決した兄らしい覚悟を見ている。熊本県鹿本郡出身。

味方零戦がグラマンF6F戦闘機の出現で、馬力は味方機の二倍、急降下に耐える頑丈な機体で一二・七ミリ機銃×六梃の圧倒的な性能差でつぎつぎと火だるまに墜落して行く現状を見て、「体当たりで敵空母を沈めるほかはない」と広言していた。山下憲行のピンと背すじを伸ばした姿勢に「兄の特攻死が理解できた」と弟はいう。

もう一人、映像右端の大和隊員塩田寛一飛曹の場合は、体当たり死を命じられた甲飛十期生の最後の脅えが感じられて、痛々しい。塩田は栃木県芳賀郡出身で、十人兄弟の七番目。母親キミによれば、「少年時代木登りが好きで庭の栃の木でよく遊んでいた元気者」というが、特攻死は彼が望んだ最期の姿ではなかった。映像に見る塩田寛の姿は長身をややかがめるようにして顔色は青く、生気がない。

事実、彼は立っているだけで精一杯で、歩くこともできず両脇に甲飛十期生の仲間がつきそい、零戦の操縦席に抱え上げて坐わらせるのに苦労した。塩田は命じられた特攻死を受け入れることができず、最後まで生への執着を捨て切れなかったのだ。

ニュース映画では「悠久の大義に殉じ、忠烈萬世に冠たる出陣である」という勇壮なナレーションをバックに敷島隊の離陸シーンを捉えていたが、まったく関係のないクラーク飛行場の映像を繋げて編集されていた

3

これまで見てきたように「敷島隊五人」の出撃風景は作為的にデッチ上げられたもので、正式には稲垣カメラマン撮影の「敷島隊、大和隊合同の出陣式」が戦史のなかの記念すべき一葉となる。

さて、この貴重な記録フィルム、神風特別攻撃隊第一陣の出撃風景は、彼らが特攻死をどのように捉えていたかを雄弁に物語ってくれる。関大尉以下隊員たちのたたずまいを見ていくと、わずか二十歳代の若さで命を閉じる青年たちの複雑な思いが感じられて痛々しい。

二度と還ることを許されない彼ら七人の表情からは、生死を超越したある種の物静けさ、懊悩の果てにたどりついた無我の境地のようなものが感じられる。

なお、右端の半身像は宮川正一飛曹の姿にまちがいなく、兄がその事実を認めてくれた。もう一人、右端に中瀬清久一飛曹の姿があるはずだが、フィルムは捉えていない。

彼ら隊員たちは一航艦長官大西中将自ら「統帥の外道」と自嘲してみせた体当たり死を肯定しながらも「生者としての最期の姿」にさまざまな表情を残した。

まず、谷暢夫一飛曹の場合。撮影していた稲垣カメラマンが奇異に感じるほど明るく、陽気に振舞っていた。「他の隊員さんたちが物静かに運命を受け入れている様子とは独りことなって、あまりにも明るい表情なので、いったいどうしたことだろうと不思議に思いましたね」

谷は京都府下中舞鶴の西本願寺派の僧侶の家庭に生まれた。三人兄弟の長男。母一枝によれば、「のんちゃん（暢夫の意）は科学少年で、稚いころから飛行機にあこがれていた気持の優しい子」ということだが、日米開戦後の昭和十七年四月、舞鶴一中の五年生で甲飛を志願した。募集ポスターの「海兵なら海の士官、甲飛なら空の士官」を信じて甲飛十期生となった。予科練生ながら、昇進も早かった。同十九年五月には一等飛行兵曹となり、二六三空「豹」部隊一員として内地を進発、グアム基地に展開している。同期生の久保田義之によれば、「谷はこれが軍人か、と思わせるほどおとなしい目立たない男」だった。人懐っこく性格も良い男だが、「特攻を志願するなんてありえない」と久保田はいう。

〝死所を得させる〟

だが、谷暢夫には癒やしがたい心の傷があった。拳銃暴発で、同期生の一人を射殺したのである。証言者は二〇一空付医務科の看護兵長で、谷が親しく通った「病室」の主、平嶋福美兵長である。

敷島隊三番機の谷一飛曹

グアム基地に進出した一等下士の谷暢夫はいきなり「病室」（通常では、病院だが、戦地で規模の小さい治療所を「病室」と呼ぶ）に姿をあらわして、「おい、看護兵はいるか！」とどなった。平嶋は階級は下だが、かねてから生意気ざかりの甲飛十期生をにがにがしく思っていて、さっそく谷にゲンコツ一発を見舞い、「何さまのつもりだ！」と叱りつけた。軍隊では「星の数よりもメシの数（年数）」である。床に長々とのびた谷はやっとのことで声をしぼり、「着陸時に機体内に突き出た二〇ミリ機銃の台座で顔を怪我しました。治療をお願いします」と訴えた。この件をキッカケに、谷はしばしば病室に遊びに来て、平嶋との他愛ないやりとりに時間を費すことが多かった。谷は隊内でも孤独だったのか。平嶋はそんな甲飛十期生を可愛いく思い、谷のむだ話に応じてやる関係となった。

そんなある日のこと、訓練から帰ってきたばかりの谷は飛行服姿のまま病室に姿をあらわし、官給品の拳銃を手に取り、あれこれいじくっていた。搭乗員には一梃ずつあてがわれ、彼らには護身用の南部式拳銃が物珍しくて仕方がなかったようだ。そのうち、突如暴発し、隣室では大騒ぎとなった。弾丸が壁をつらぬき、寛いでいた甲飛十期生の腹部に命中したらしい。平嶋兵長があわてて看護兵を集めて警備隊本部に負傷兵を運びこんだ。万事休す。戦地では手術といっても腹部を貫通し十七ヵ所も断裂した大腸を縫合することは難しい。病室に帰ってくると、谷は蒼白のまま棒立ちになっていた。

戦地での事故でこの暴発事件は不問に付され、谷は隊長重松康弘大尉から「以後気をつけるように」と注意されただけでおわった。同期兵の被害者は戦死扱いにされ、隊内騒動は一件落着した。谷は自分の不始末を悔い、平嶋に何度も言いわけをした。

平嶋は「すんだことはもう忘れろ」と強くいったが、生まじめな谷が責任を感じて無謀な空中戦闘で命を捨てるのではないか、とひたすら案じた。

実は内地出発前、谷は両親とひそかに別れを告げている。舞鶴教会の一室で、谷は両親を前に自分は長男でありながら家をつがず、勝手に予科練を志願して、いまは戦地にむかう。「それを、両親はどのように思われているのか知りたいのです」。つまり彼は、戦地で自分が勝手に戦死してしまうことがどれほど親不孝なことか、と案じているのである。

「それなら、安心してええ」と、父文雄は気丈に言った。「お前が満足して行くことなら、私たちは何もいうことはない」

そのときの何とも安らかな嬉しそうな長男の表情を忘れがたい、と母一枝は戦後筆者に語ってくれた。

敷島隊員に選ばれた翌日、谷は平嶋兵長に別れに来たが、平嶋は他出中で会えなかった。異変を感じた平嶋がマバラカット東飛行場に駆けつけると、谷の零戦は腹下に二五〇キロ爆弾を吊下して出撃して行くところだった。その光景に衝撃を受けながら、ひそかにこれは玉井副長の命令にちがいないと確信した。

「昔風にいえば、同期生の死にだれもが異常を感じない形で贖罪《しょくざい》させる、つまり〝死所を得させる〟という配慮がはたらいたのではないか。当人の名誉でもありますしね」

この看護兵長の推論を、さらに確固とさせたものにもう一人の敷島隊員、中野磐雄の指名がある。中野もまた、編隊訓練中に同期生を事故死させている。

中野は一航艦二六五空「狼」部隊員としてペリリュー基地に進出。途中で一時期グアム島に駐留したことがある。同十九年九月のこと。隊長は鈴木宇三郎大尉で、この当時になると航空機の高速化にともない三機編隊から四機編隊へと編成替えがおこなわれていた。

中野は三番機として離陸。いちおうの訓練をおえて小隊長機以下、一本の棒状となって着陸するのだが、その合流のさい中野機は操作を誤まって四番機の直上に重なってしまった。プロペラが尾翼を切断、四番機の零戦は尾部をくるりと回転させて、そのまま病室と兵舎のせまい空間に頭部から突っこんだ。

空気を切り裂くような鋭い音と異様な衝撃に平嶋看護兵長が飛び出すと、訓練機がまっ逆様に突入し土中にめりこんでいた。

いそいで機体によじのぼり、風防を開けて搭乗員を救い出そうとするが、座席内を見ると座席下のパラシュートが見えるのみ。「搭乗員の姿が見えません！」と医務科の分隊士に報告すると、「そんなはずはない。もっとよく捜せ！」と怒号が飛んできた。あらためて座席内にもぐりこむと中野機のプロペラが搭乗員の上体を切り裂いたらしい。遺体がバラバラになって、パラシュート下から出てきた。

隊長と三番機の操縦員も駆けつけて、事故の主が中野磐雄とわかり、彼は顔面蒼白のまま呆然と突っ立っていた。

福島県相馬中学出身。東北人らしく無口な人物で、「めっぽう酒が強い。がっしりとした体格でねばり強い」ところが、同期生高橋良生の記憶に残る。事故後、暗くふさぎこむ日々が多かった。

この訓練中の事故も、不問に付された。とくに中野は自己の不注意を鈴木大尉からも叱責されることなく、四番機の甲飛十期生も戦死あつかいとなった。

平嶋証言によれば、「特攻隊発表後、谷も中野も自分から志願して行ったのではないか」ということだが、二〇一空の四個戦闘機隊のうち「狼」部隊の鈴木隊長は十月十三日の空中戦闘で戦死、「豹」部隊の重松隊長も七月八日に戦死しているから、人選は隊長でなく、直接玉井副長にゆだねられる形となる。

敷島隊二番機の中野一飛曹

4

特攻隊員指名のあと、やはり谷暢夫の明るさはきわだっていて、同日夜、数首の和歌を残し、

身は軽く務《つとめ》重きを思ふとき
今は敵艦にただ体当たり

身はたとひ機関もろとも沈むとも
七度生まれて撃ちてし止まむ

谷はテレながら同期生にしめし、「辞世になんかなってないなあ」と笑ったそうである。彼は体当たり死によって満二十歳の短い青春を閉じることに何の迷いも見せなかった。翌日、バンバン河原で稲垣カメラマンに見せた谷の心躍《おど》りは哀切である。

中野磐雄は重い沈黙のなかで、最後のときをすごした。どんな思いでいたのか。少年のように素直な一文が彼の最期の言葉である。

お父さん、お母さん。私は天皇陛下の子として、お父さんお母さんの子として、立派に死んでいきます。
喜んでいつてまゐります。
では、お身体を大切にお暮し下さい。

父上様
母上様

マバラカット飛行場から零式艦上戦闘機に250キロ爆弾を搭載して出撃する特別攻撃隊。写真右に松葉杖をつきながら見送る第二〇一空司令の山本栄大佐が見える

特攻隊員に指名されて一夜明けての敷島・大和隊員の表情には、さまざまな葛藤を経ての思い決した諦観のようなものがうかがわれる。指名した指揮官たちは「志願」という形式をとることで自己満足したにちがいない。関大尉ほか六人の隊員たちは想像を絶する苦悩のなかで彼らなりの運命を乗り越えた。それを「国難に殉じた」だの「崇高な精神」といったような美辞麗句で終わらせてほしくない。それこそ十把一からげで「神風特攻第一号」のニュースをデッチ上げた海軍中央のズサンさと変わりがない。

関大尉以下七人の表情を見て行くと、特攻＝体当たり死が自発的なもの

昭和19年10月25日午前10時50分頃、米護衛空母「セント・ロー」に敷島隊の1機が命中した瞬間。飛行甲板を貫通した爆弾によって格納庫内の魚雷と爆弾が誘爆、大爆発を起こしたセント・ローは約30分後に沈没した

でなく、大きな力で強いられた死であることがうかがわれる。関大尉は満二十三歳。新妻満里子と五カ月ばかりの新婚生活を経験し、少しばかりの人生を覗き見することができたが、残る二十歳そこそこの隊員たちは華やかな青春の断片も味わっていない。

いや、大黒繁男だけは住友機械工場時代に勤労動員で働きに来ていた新居浜女学校一年生サツキとの淡い恋があった。比島マニラの基地で隊員木田衛によく故郷の女学生のことを語り、木田を羨ましがらせたが、それも青年団生活の一日、サツキとの栗拾いが二人だけの想い出で、大黒はその胸のときめきを心に秘めて海兵団入りをしたのである。

遺族から大黒の日記を借りうけ、一頁ずつ読み進んでいると、途中でこんな文章に出会った。

「昨夜のことが頭に残って落着かず、朝食は進まなかった。而《しか》し之は何のためなのであろう。自分の心の知らぬ間にあるものに近づいているのを、今更はっきりと知った。自分の愉快、不愉快は之によって決まっているのかと思うと、あるものをうらむ様な心も起きてくる」（以下略、傍点筆者）

あるものとは、女学生サツキのことである。この小さな恋が戦地にあって大黒繁男の支えとなっていたことは、わずかながら心の安らぎのようなものを感じさせてくれた。

もうひとつ、どうしても書いておきたいことがある。これはあくまでも筆者の推論だが、十月二十五日の体当たり実施のさい、関大尉と二番機は米護衛空母カリニン・ベイ

米護衛空母「ホワイト・プレーンズ」の対空弾幕を抜けながら特攻を仕掛ける敷島隊の1機

10月25日に続き翌26日にも特攻隊による攻撃が行われた。写真は大和隊二番隊の1機が米護衛空母「スワニー」に突入した瞬間

の飛行甲板に突入し炎上させたが、後続の一機も同様にホワイト・プレーンズにむかい、急降下の途中で被弾し火を噴き出した。機を操縦する搭乗員は驚嘆すべき胆力を発揮した。このままでは体当たり機は火だるまとなり、途中の海上に転落するのは必至だったので、急降下を止め火勢が強まらないように緩降下しながら同艦を飛び越した。ちょうど前方に護衛空母セント・ローが進撃していた。彼は火勢を押さえながらほぼ水平の姿勢で、同艦の飛行甲板に体当たりした。搭載していた二五〇キロ爆弾は格納庫内で爆発、体当たり機の火焔と重なってセント・ローは艦内大爆発を起こした。——同艦沈没。

この冷静な判断力、使命を何としてでも果たしたいという気迫は、もし平和な時代に生を享《う》けていたらさぞかし有為の人材に育っていたにちがいないと思わせる人物の魂のほとばしりを感じさせてくれる。この人物こそ大黒繁男にまちがいないと、筆者は確信するのである。

（文中敬称略）

（「文藝春秋」平成26・1　原題「神風特攻『敷島隊出撃』の真実」）

レイテ沖海戦 1

栗田艦隊 謎の反転のすべて

すでに空き船となっている敵輸送船を沈めて何の意味があるのか。
最強の機動部隊に体当たりして砕けた方がどれだけ有意義か——。
栗田艦隊作戦参謀が語る
レイテ湾突入を断念した作戦変更の理由。

大谷《おおたに》藤《とう》之《の》助《すけ》

解題

昭和十九年十月十七日、進攻作戦を続ける米軍はフィリピン中部のレイテ島への上陸作戦を開始した。翌十八日、日本海軍はフィリピン方面の決戦を想定した「捷《しょう》一号作戦」を発動する（「捷」は勝つの意味）。これは空母部隊の第一機動部隊（小沢治三郎中将）が囮《おとり》となり、米機動部隊を北方へ誘い出し、その間に戦艦「大和」を旗艦（重巡「愛宕」が旗艦だったが、二十三日に米潜水艦の魚雷を受けて沈没）とする第一遊撃部隊の第一部隊（栗田健男中将）、第二部隊（鈴木義尾中将）、第三部隊（西村祥治中将）、第二遊撃部隊（志摩清英中将）がレイテ湾に突撃、米艦隊を砲撃して叩き潰すという作戦であった。

作戦は開始されたが、第三部隊はスリガオ海峡で米艦隊の待ち伏せに遭い、駆逐艦一隻を残し全滅してしまう（スリガオ海峡海戦）。遅れて同海峡に入った第二遊撃部隊は、状況不利と判断して、引き返して作戦続行不能となる。囮となった第一機動部隊は空母四隻を失ったものの、見事に米機動部隊を北方に誘い出すことに成功していた（エンガノ岬沖海戦）。

扉写真＝昭和19年10月21日、ブルネイ泊地で出撃準備中の第一遊撃部隊主隊の栗田艦隊。右から戦艦「長門」「大和」「武蔵」が碇泊しているのが見える主力の第一部隊は、シブヤン海で米機動部隊の空母機の攻撃を受け、戦艦「武蔵」が魚雷と多数の爆弾による攻撃を受けて沈没する（シブヤン海海戦）。その後、サンベルナルジノ海峡を抜けて太平洋に出たが、そこで再び米軍の護衛空母艦隊と遭遇し、交戦二時間で重巡三隻、駆逐艦一隻を失ってしまう（サマール沖海戦）。第一部隊は、それでも米軍の攻撃を潜り抜け、レイテ湾目前まで迫ることができた。だが、なぜかレイテ湾突入を断念して、反転してしまう。経緯には謎の部分も多く、戦史では「栗田艦隊謎の反転」と呼ばれている。レイテ沖海戦とは、この一連の海戦の総称である。

第一遊撃部隊の指揮官に任命された栗田健男中将

捷一号作戦への突入

当時大本営は、既にマリアナ戦線を失い、比島、台湾、南西諸島及び日本本土を絶対防衛線として、この何《いず》れかの地点に敵が来襲した場合、直ちに我が海軍の総力を挙げて決戦をいどみ、これを撃滅する方針を決定した。この作戦要綱に基づき、連合艦隊は比島決戦に即応する「捷一号作戦」（敵反攻上陸二日以内に捕捉撃滅を目途）を準備していた。

十月十七日、比島レイテ沖の小島に敵上陸の報に接し、直ちに捷一号作戦警戒発令、十月十九日に至り、レイテ突入をX日（十月二十五日）とし、

㈠　基地航空部隊一航艦は比島に於て、二航艦は南九州より比島に進出展開決戦。

㈡　機動部隊は瀬戸内海を出撃、Xマイナス一日比島東方海面に進出、いわば「おとり」陽動部隊として行動、敵機動部隊を牽制、捕捉撃滅して、水上決戦部隊の行動を容易ならしむる任務を与えられた。

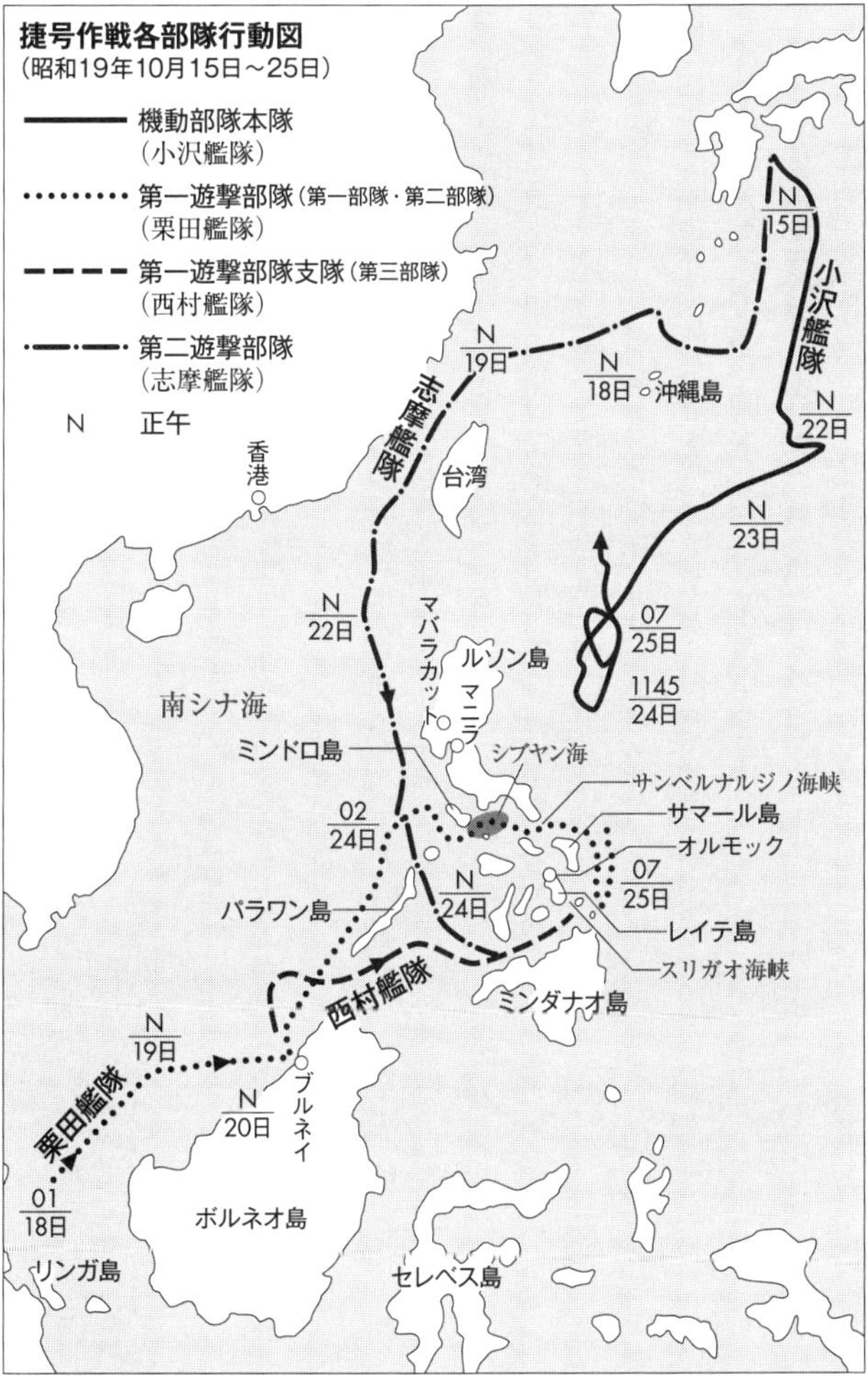

捷号作戦各部隊行動図
（昭和19年10月15日〜25日）
機動部隊本隊
（小沢艦隊）
第一遊撃部隊（第一部隊・第二部隊）
（栗田艦隊）
第一遊撃部隊支隊（第三部隊）
（西村艦隊）
第二遊撃部隊
（志摩艦隊）
N　正午
香港
台湾
沖縄島
N 18日
N 19日
N 15日
小沢艦隊
志摩艦隊
N 22日
N 23日
N 22日
07 25日
1145 24日
ルソン島
マバラカット
マニラ
南シナ海
ミンドロ島
シブヤン海
サンベルナルジノ海峡
サマール島
オルモック
02 24日
N 24日
07 25日
パラワン島
レイテ島
スリガオ海峡
西村艦隊
ミンダナオ島
N 19日
ブルネイ
N 20日
栗田艦隊
01 18日
ボルネオ島
リンガ島
セレベス島

㈢　第二艦隊を主力とし、当時の残存全兵力を糾合した水上決戦部隊、第一遊撃部隊（以下栗田艦隊と称する）は、リンガ泊地よりボルネオ北部ブルネイ前進基地に進出、サンベルナルジノ海峡を経てX日未明レイテに突入、敵艦隊、敵輸送船団の捕捉撃滅に任じ、

㈣　第二遊撃部隊（志摩第五艦隊）は内海西部より馬公、スル海を経て、X日未明スリガオ海峡より第一遊撃部隊に呼応して、レイテ突入。

が下令せられた。

当時第二艦隊は、世界最大の巨艦として初めてベールを脱ぐ、七万屯《トン》戦艦大和、武蔵の第一戦隊を始め、第二戦隊長門、扶桑、山城、第三戦隊金剛、榛名の七戦艦を始め、第四戦隊愛宕、高雄、摩耶《まや》、鳥海、第五戦隊妙高、羽黒、第七戦隊熊野、鈴谷、利根、筑摩、外に最上、第十戦隊、第二水雷戦隊等の帝国海軍の精鋭を網羅した。

これより先、連合艦隊の捷一号作戦伝達、打合せがマニラに於て行われ、小柳参謀長と共に私は、リンガ泊地からマニラに飛んだ。ついてみると、クラスの久住忠男君が比島にいた南西方面艦隊参謀をやっており、開戦以来、たえての出会いで、共にきびしい戦局の前途を憂えて語り明かしたことを思い起す。

かくて栗田艦隊は一部（第二戦隊山城、扶桑及び最上、第四、第二十七駆逐隊）をさいて、西村祥治指揮官の下に、スリガオ海峡よりX日未明レイテ突入、主力との挟撃を下

令するとともに、十月二十二日未明、主力はブルネイ出撃、敢《あえ》てレイテ湾への最短コースを執り、パラワン水道より、シブヤン海、サンベルナルジノ海峡突破と進撃を開始した。

出撃前夜、旗艦愛宕に各艦長以上指揮官参集し、いわば我が海軍の精鋭、水上兵力挙げての最後の艦隊決戦に参加する栄誉と、各隊の勇戦奮闘を誓い、最後の水盃を交わした。

その夜スリガオ突入部隊の西村指揮官、藤間良最上艦長——海軍大学時代の教官であり、特に親しくしていた——方々とこれがこの世の別れと杯をあげ、舷門で手を握りあって、互いに武運を祈って別れた夜のことが、まざまざと浮んでくる。必死を前にした両指揮官の平然従容たる談笑の姿が、未だに私の眼にやきついている。

また、この作戦を前にして、旗艦を愛宕のままか、大和にすべきか、参謀長ともいろいろ検討を重ねた。作戦・戦闘の様相、艦隊の指揮掌握等の大局から、戦艦大和に変更することが望ましいとも考えていたが、水上部隊にとっては特攻攻撃にも等しいような必死のなぐりこみ作戦を目前にしての旗艦変更は、全艦隊に及ぼす士気への影響を顧慮して、旗艦は、あえて愛宕のままとした。

大和の第一戦隊司令部には、本作戦行動中、洋上にて旗艦変更する場面生起必至と、予めその心構え、準備もさせておいた。

また対潜警戒上、進撃航路はパラワンの狭水道を避け、新南群島方面の迂回路をとることが有利であったが、各艦の航続距離、決戦海面での軽快艦艇の燃料保有を重視し、対潜対策を厳にすることとして、敢て最短コース、予期する敵潜伏在海面を突破したのである。

案の定、二十三日未明既に日出一時間前より、十八節《ノット》、之字運動航行進撃中、敵潜襲撃により、重巡旗艦愛宕、摩耶を失い、高雄大破戦列離脱の止むなきに至った。艦隊司令部は長官を先頭に、三発の被雷、横転覆没する愛宕の左舷側バルジから海中に飛び込み、重油の中を、一キロ彼方の駆逐艦に泳ぎつき、更に大和へと将旗をうつした。この敵潜攻撃の被害は、予想より遥かに大きかったことは誠に残念であった。幸に、旗艦変更は予想もしておったことで、艦隊指揮、作戦行動上には何等の混乱支障も来さなかった。

シブヤン海での決断

明けて二十四日、シブヤン海に入るや、敵の母艦航空攻撃圏内となり、朝来、敵艦上機の反覆大空襲、数十機より百数十機と回を重ね、時刻を重ねるに従い、来襲機数増大し、雷撃、降爆、機銃掃射と間断なき攻撃、味方上空には一機の直衛もなく、また協力

10月23日朝、米潜水艦の魚雷を受けて沈没した第一遊撃部隊の旗艦「愛宕」。同じく魚雷攻撃で「摩耶」が沈没、「高雄」も航行不能となった

部隊の味方機動部隊よりは終日、また、基地航空部隊よりも、何等の連絡通報もなく、敵情不明、その牽制、支援行動にも疑問と不安をもちつつ、ただ対空砲火と雷爆撃回避運動を頼りに、悪戦苦闘、針のむしろに坐っている様な一日であった。

この空襲で各艦の被害、死傷者多数、遂に武蔵は二十数発の魚雷、十数発の直撃弾により落伍沈没、妙高も戦列落伍の余儀なきに至り、大和、長門、金剛も被弾、多数の死傷者を出したが、幸に戦闘航海には支障なかった。

目的地到達の前に、二日間に亘り既に戦力の半ばを失うという悲運を重ねた。

この日（二十四日）午後三時すぎ、

10月24日、シブヤン海で米機動部隊の空襲を受ける栗田艦隊。写真は米空母機66機による第四次攻撃の様子で、左中央が攻撃をかわす大和、左下が重巡「羽黒」。上方には回避行動を行う第二部隊の戦艦「金剛」「榛名」が見える

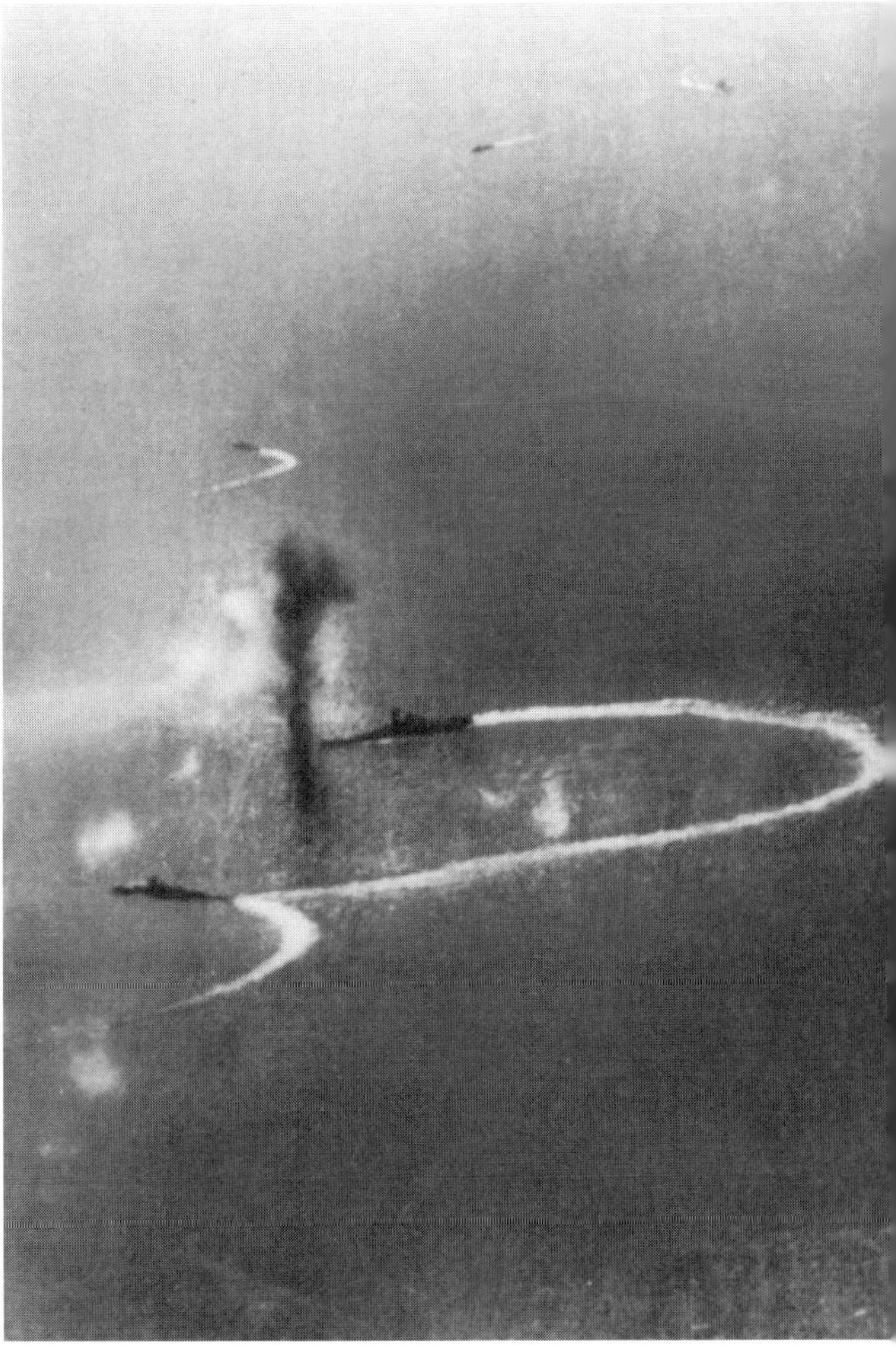

第五次の敵機来襲直後、私は八塚航海参謀に「このまま続行すればサンベルナルジノ通過は何時頃になるか」と尋ねた後、一考した。このまま東航すれば、サンベルナルジノ海峡の狭隘《きようあい》な水路に入り、敵機の来襲に対し艦隊行動の自由に懸念あり、また、敵艦上機の用法、練度を考えれば、敵の来襲はあと一回か、これで終りかとも考えられ、この際艦隊は一時反転西航して足踏みし、出来れば敵機を欺瞞した上で、折返し東進することが、窮余の一策だ——敵をして我は、被害にたえかねて反転避退と誤断させることもあり得べし——、また、サンベルナルジノ海峡出口に予想さるる伏敵をも欺瞞することもあり得べし——と考え、参謀長に私は一時反転足踏を進言した。

艦隊は直ちにその行動をとった。時に午後三時半。（敵の五次攻撃隊は我が反転西航を見とどけ、被害甚大のため日本艦隊退却と報じ爾後の敵の作戦指導判断を誤らしめたと戦後判明す。）

同時に参謀長より、本朝来の戦闘を省み、また、友隊より何等の敵情通報もなく不明、刻々空襲はげしくなる様相からして、友隊の協力にも不安あり、目下の我が情況判断を連合艦隊長官に打電を命ぜられた。私はこれにより併せて友隊の奮起をも期待できると考えた。同文を一、二航艦長官にも通報した。時に午後四時。

電文要旨

『いままでの処、航空索敵攻撃の成果も期し得ず、逐次被害累増するのみで、無理に突

シブヤン海海戦で海戦史上例のない集中攻撃を受けた武蔵。米軍機からの魚雷20本、爆弾17発、至近弾20発以上を受けて大量の浸水を招き沈没した

シブヤン海で苦戦する栗田艦隊の一方で、基地航空部隊が比島東方洋上の米機動部隊を攻撃。写真は艦上爆撃機「彗星」の急降下爆撃によって爆発炎上する米軽空母「プリンストン」

入するも徒に好餌《こうじ》となり、成算期し難きを以て、一時敵機の空襲圏外に避退し、友隊の成果に策応し、進撃するを可と認む。』

固《もと》より我が艦隊は連合艦隊長官より右の返電、指示をまって、予定の作戦行動続行するとの意志は、当初より全然なし。幸にして三時半以後敵機の来襲もなく、日没も近くなったので、栗田長官は、「頃合よし、もう引き返そう」と、一七一五再反転、東航を命じ、サンベルナルジノ、レイテへと向った。その途上約二時間後、午後七時すぎ、連合艦隊長官より（受信一八五五）「天佑を確信し全軍突撃せよ」との電あり。我々も敵情、友隊の動き不明のままながら連合艦隊の気持も解って進撃を続けた。

反転西航、情況判断の打電から、栗田艦隊は敵の航空攻撃の被害に耐えかねて反転避退したが、連合艦隊長官の電命で翻意し、改めて予定作戦に引きかえした、という者があるとのこと、全然事実、経過に相違していることを茲《ここ》に明かにしておく。

レイテ沖の会敵

かくて、海峡出口に伏敵あることを予想し、夜半警戒を厳にしつつ、サンベルナルジノ海峡を突破して、比島東方海面に進出。

予期に反し敵影を見ず、いささか拍子抜け、唖然とした。

10月25日、サマール沖で栗田艦隊を強襲する米軍機。写真は至近弾を受ける金剛。金剛はサマール沖海戦で至近弾3発を浴びて相当な損傷を負った

さては、一時西航反転も効能があったのか、と考えながら、一路レイテをめざして夜暗を南下した。

これより先、スリガオに分派した西村部隊より、午前四時レイテ突入予定の連絡をうけ、同最上偵察機よりは、二十四日朝レイテ湾内に戦艦四隻、巡洋艦二隻、輸送船八十隻……の敵情入手しあり。栗田長官より西村部隊に対し、「主力は午前十一時レイテ湾突入の予定、西村部隊は予定通りレイテ突入、攻撃後午前九時スルアン島の東北…浬《カイリ》附近にて主力に合同せよ」と電令した。

○五三〇（日出一時間前）昼間の対空警戒航行序列（輪型陣）を発令した。針路一五〇度。第一戦隊（大和、

長門）その左寄りに第三戦隊（金剛、比叡）の四戦艦を中心として左右に第七戦隊（熊野、鈴谷、利根、筑摩）、第四戦隊（鳥海）、第五戦隊（妙高、羽黒）、第二水雷戦隊（能代、駆逐艦三）、第十戦隊（矢矧《やはぎ》、駆逐艦六）。

〇六二三日出頃、大和の電探は敵接触機をさぐり、それから四分後、大和の見張員は、南東方の遥か水平線上の彼方に、突如としてマストを認めた。上部の見張からか、或は艦橋からか、「それは味方西村部隊かもしれんぞ」と云う声が私の耳に入った。既に西村部隊は前夜全滅の概況承知していた故、私は「見えるものは皆敵艦隊だ」「よく見張れ」と云い返した。やがてマストは空母数隻を含む敵機動部隊だと解ってきた。

まさに天佑、求めても得られない好餌、敵の正規空母、機動部隊（戦後護送空母と判明）に遭遇、連日の悪戦苦闘のはて、レイテ突入を前にして戦運漸《ようや》く我にめぐり来ったと、こおどりした。

長官は躊躇なく、レイテ突入を措いて当面の敵機動部隊撃滅を決意した。

直ちに全力即時待機とし、一三〇度列向変換、展開方向を一一〇度と下令された。敵の風上側に占位し、敵機発進を封殺する如く、満を持して敵に立ち向った。

敵は未だ我を敵と気付かないのか、反転の気配もなく近接してくる。

できるだけひきよせて〇六五八約三万二千米《メートル》大和前部砲塔で射撃開始、続いて第三戦隊も敵空母に対し砲戦加入した。つづいて全軍突撃、水雷戦隊には後より続行下令さ

栗田艦隊への攻撃に向けて艦載機の発進準備を急ぐ米護衛空母「キトカン・ベイ」。後方は栗田艦隊の砲撃で水柱に囲まれる護衛空母「ホワイト・プレーンズ」

れた。

母艦部隊は、水上戦闘となれば無力に等しい。この弱点に乗じ敵を潰滅するには、彼我四つに組む艦隊決戦に於ける展開のような悠長なことは、禁物である。分秒を争って敵に喰い下ることが先決だ。

敵は気がつき次第、全速で避退に専念するか、風に立ち向い艦上機発艦、反覆航空攻撃を加えつつ、その優速を利用して遁走するかの何れ、一刻の猶予も禁物、拙速を尊び敵に殺到することが肝心である。

水雷戦隊の突撃を手控えたのは、両軍主力の艦隊決戦なら別だが何等運動を拘束されない、変針回避、避退自由な敵の優速部隊に対しては、射点後落し、有効なる魚雷攻撃は至難である。戦勢を見定め、適時進出下令が賢明と考えられたのである。

かくて戦勢は我に有利に展開した。追われて必死に遁走する敵艦は、空母始め駆逐艦相次いで撃破された。

米艦隊の反撃もなかなか勇敢であり、巧みに煙幕を以て逃れ、スコールを利して我が艦隊の分散、誘導に努めた。また、空母を飛び立った敵機、更に当時視界外にあるものを含め、十六隻の敵空母（戦後判明）から発進の敵艦上機は、漸次来襲、機数を増大し、我が追撃の手をゆるめさせるため、反覆空襲をかけて来た。

追撃戦の二時間

栗田艦隊は、片手で敵艦隊追撃の水上戦闘、片手では来襲敵機の対空戦闘、雷爆回避運動につとめねばならず、砲戦威力発揮もなかなか困難であった。この戦闘の中で、敵駆逐艦の肉薄攻撃も極めて勇敢で、スコール、煙幕の中から影絵の如く我が艦隊に突進し、〇七五四、大和に対し右一〇〇度方向より六射線の雷撃を発見、回避のため大和は外方（非敵側）に転舵回避を余儀なくされ、約十分近く魚雷に挟まれながら併進し、序列の最後に占位後落し、一時有効なる砲火中断の余儀なきに至った。

サマール沖海戦で米軍機の雷撃を受けた重巡「筑摩」。魚雷は機関室に命中、筑摩はその後航行不能となり自沈した

当時の森下艦長の「敵の魚雷攻撃に対し、射線にとびこむ内方回避はなかなかやれないものですな」との言葉が、印象づよく残っている。

この戦闘で初めて、煙幕、スコール中の敵空母に対し、大和のレーダー射撃を行った。大和の十八インチ砲で敵空母一隻撃沈。

十八インチの徹甲弾が炸裂せず、空母甲板のどまん中に貫通し、横倒しに沈みゆく敵をながめながら、その舷側を全速で突破進撃した。乗員の大半が海上を泳いでいた姿が、今眼の前に浮んでくる。また、大和の副砲で、来襲肉薄する敵駆逐艦三隻を撃沈している。

当時これらの駆逐艦を巡洋艦、空母

は正規空母と誤認したが、戦後、これは駆逐艦と護送空母であったことが判明した。当時、艦隊司令部から報告した各隊の綜合戦果は、「空母三撃沈、巡洋艦二撃沈、駆逐艦三撃沈一大破」である。

我が方に於ても、重巡熊野、筑摩、鳥海外駆逐艦数隻も空襲、砲火の為損傷して、戦列から落伍した。

かくて、追撃開始より既に二時間、全速で追及するも捕捉できず。敵はまさしく機動部隊の正規空母で、三十節に近い高速に違いない。この上レイテ突入を考えると、燃料が段々心配になる。大和より遥か前方の巡洋艦の戦況を見ても、戦は閑散の如く、既に敵を見失っているのではないかと推測された。先頭隊からも何等の報告もなく長時間の戦闘（空襲、砲火）で電話連絡不通となり、幾度敵との触接情況をきいても、一向に返答なし。遂に長官も追撃を中止し、艦隊集結を発令された。時に〇九一〇。

追撃中止時、先頭隊の味方巡洋艦が、敵空母陣との距離約一万米に肉薄していたことが、戦後判明した。もし当時、先頭にいた友隊からこの情況を報告、連絡していたならば、勿論追撃は中止されることなく、これが撃滅に専念していたであろうが、惜しくも好機を逸した。

10月24日のスリガオ海峡海戦。写真はスル海で待ち伏せていた米軍機の猛攻を受ける西村艦隊の戦艦「扶桑」、後方が重巡「最上」。扶桑はこの後、米魚雷艇の攻撃を受けて沈没した

友隊の行動

(一) 西村部隊

十月二十四日夜スリガオ海峡に突入した西村部隊は、旧式戦艦山城、扶桑、重巡最上、駆逐艦四より成り、これに対抗したアメリカ艦隊は、旧式戦艦六、重巡四、軽巡四、駆逐艦二十、魚雷艇三十九であった。西村部隊の行動は敵触接機により偵知され、狭水道北上中、日没から、両岸にはりつけた魚雷艇群、駆逐艦の連続攻撃を受け、更に水道の出口に待ち構えた敵巡洋艦、戦艦戦隊のレーダーに依る集中射撃を受け、西村部隊は勇戦力闘の末、損傷

の最上を残して、全滅の悲運に際会した。

本作戦は、主力栗田部隊のレイテ突入に策応、挟撃を企図したもので、まさに特攻攻撃であり、敵情によっては、お互いの突入時機も前後することあるべく、また、不幸にして栗田艦隊単独突入となる場面も、予期せられた処である。西村部隊の全滅が、主力のレイテ突入を変更断念させたと云うことは、全然あり得ない。

(二) 志摩第五艦隊

当時第五艦隊(那智、足柄、阿武隈、駆逐艦七隻)は、三川南西方面艦隊長官の指揮下にあり、栗田艦隊に策応してレイテ突入の命を受け、同艦隊は、西村部隊に引きつづき進撃した。もとより同艦隊とは事前の打合せ、連絡もなく、本作戦は単独作戦であり、栗田及び西村部隊とは、何等の指揮協力関係もなかった。

かくてスリガオ海峡に入るや、旗艦那智はレーダー捕捉の敵に魚雷攻撃後、損傷の西村部隊重巡最上と、不幸にして衝突事故を起して、艦首破損、二十節以上の速力がでなくなり、止むなく一旦敵から離脱し、海峡外に出で、情況を見て再挙を図ることに決し、全軍に反転を命じたのであった。かかる事故さえなければ志摩艦隊は、西村部隊と同様の行動を執ったであろう。

かくて栗田艦隊は、概ね一〇三〇各隊の集結を了し、一一二〇針路二二五度とし、一旦レイテ湾に向ったが、諸情況を判断し、レイテ突入を断念し、「〇九四五スルアン灯

扶桑沈没後もレイテ湾突入に向けてスリガオ海峡を進む西村艦隊の旗艦「山城」。西村艦隊は25日未明に米魚雷艇と駆逐艦群の雷撃、次いで米戦艦と巡洋艦隊の砲撃による大打撃を受け、駆逐艦「時雨」を残して全滅した。左上は山城艦上で戦死した第一遊撃部隊第三部隊（西村艦隊）司令官の西村祥治中将

台の北方百十三浬」の敵機動部隊（虚報なること戦後判明）との決戦を期し、北進に転じた。当時集結した我が艦隊戦力、戦艦四（大和、長門、金剛、比叡）、重巡二（利根、鈴谷）、駆逐艦七隻であった。

レイテ突入を断念した理由

本作戦目的の変更については、いろいろの批判や意見をきくようである。如何なる議論も批判も自由であり、謙虚に耳を傾けるものであるが、しかし、その大分が、実相をふまえないで、或は、突入成果を誇大視した机上論であり、艦隊司令部が左の理由に基づいて措置した事実を、冷静に思考するならば、自ら当否は明白となるであろう。

(1) 今朝（二十五日未明より）不意の遭遇戦には、敵も余程周章狼狽したらしく、さかんに平文で電信・電話を交換している様子が手に取るよう（当時、大和の司令部敵信傍受班には、優秀な語学堪能の敵信傍受専門の予備中・少尉士官が十名近く勤務）に報告されてくる。湾内のキンケイド第七艦隊長官からは、さかんに機動部隊の救援を求めている。機動部隊からは、あと二時間を要すとの返電もあり、第七艦隊の出動を思わせるような電話もある。タクロバンの飛行場も使用し始めたようだ。

たとえ栗田艦隊がレイテ湾内に突入しても、敵の第七艦隊も輸送船団も脱出して、からっぽになっているかもしれない。飛行機を持たない栗田艦隊には、これを偵察する方法がない。西村部隊、志摩艦隊の戦闘の断片的情況は知るも、その後湾内の情況は、何の情報もない。

(2) たとえ輸送船団が湾内に居残っていても、連合艦隊作戦要領に示された、海上部隊の突入時機の標準、敵の上陸後二日以内ならまだしも、既に上陸開始後一週間も経過しており、アメリカの揚搭能力のことだから、陸揚げを終って空船同様、或は湾外に遁走しているであろう。

(3) 狭い湾内で、蝟集《いしゅう》してくる敵の機動部隊及び急設飛行場を利用する全飛行機の集中攻撃を一手に引き受けて、更に湾内の敵海上部隊との水上戦闘を交え、是等の反撃を排除し、生き残りが散在する敵輸送船の数隻に攻撃の手が届いても、その輸送船たるや空船同然ときては、何のための突入かと云うことになる。

ただ突入玉砕以て足れり、と云うならば問題は別だが、まさに飛んで火に入る夏の虫同然で、徒らに好餌を敵に提供するのたれ死の様なものだ。

(4) 小沢艦隊が敵機動部隊を北方に誘致していたことは、何等の連絡、通報にも接していない。戦況について皆目不明である。前日二十四日より、また、二十五日も敵情に関する通報なし。

敵機動部隊は少くとも三群で、昨夜来我を追求しながら逐次近接し、今朝遭遇したのは、最南端の一群で、これには相当の打撃を加えた。他の二群も必ずや附近数マイルの至近距離にあり、逐次連繫して――愈々《いよいよ》熾烈なる航空攻撃を加えて来るに相違ないと判断した。この頃になって、再び敵艦上機の空襲の激しくなってきたのは、その新たな攻撃に違いないと判断した。

(5) 一方、南西方面艦隊からは、「敵の正規母艦部隊〇九四五スルアン島（レイテ湾口にあり）灯台の北百十三マイルにあり」（虚報なること戦後判明、これに災されて決意したことは不運であった）との通報を受けていた。これが、恐らく我に近接するハルゼー機動部隊の、最も近い他の一群なりと判断した。

(6) 依然レイテ湾内の敵輸送船団に固執すべきか、新たな敵機動部隊に転ずべきか、もともと栗田艦隊は、レイテ湾突入の途上においても、敵機動部隊との決戦の好機あらば、突入は二の次として、敵機動部隊との決戦に専念することは、捷一号作戦当初から当司令部の腹案であり、マニラに於ける連合艦隊作戦伝達、打合せの節、連合艦隊司令部も、よく了承しているところであった。

(7) ルソン基地に在る第一・第二航空艦隊は、日本海軍基地航空部隊の全力と考えられている。これとうまく協同すれば、洋上決戦必ずしも至難にあらず、よしんばこの一戦において玉砕しても、敵にも容易ならざる損害を与え、日米両海軍の最終決戦を飾ることが出来るであろう。

10月25日のエンガノ岬沖海戦。小沢治三郎中将率いる機動部隊は米機動部隊を誘い出す「囮（おとり）艦隊」として出撃した。写真は米艦載機の攻撃にさらされる空母「瑞鳳」。25日午前8時過ぎに始まった第一次から三次にわたる空襲を受けて午後3時27分に沈没した

旧式戦艦や、価値なき輸送船と引換えに、最後のとっておきの精練な艦隊を潰すよりは、よしや全滅しても、最強の敵機動部隊に体当りして、砕けた方がどれだけ有意義かしれない。これこそ死花を咲かすというものだ。本望だ。

これが、当時の長官以下幕僚の心境であった。


かくて栗田艦隊はレイテ突入を断念して、〇九四五発見の敵機動部隊との決戦が、最善の方策と断じて、北進に転じた。

かくて索敵北上し日没にな

ったが、敵の動静に関して何処からも通報がない。午後六時頃、サンベルナルジノ海峡附近に達し、なおも沖合に変針足踏みしたが、更に敵情に関し、得るところがない。駆逐艦の燃料は段々心細くなってきた。致し方なく、一切の洋上戦闘を断念して、ブルネイ湾に帰港することに決し、午後九時三〇分サンベルナルジノ海峡を通過して、シブヤン海に入った。

ニミッツの記録によれば、アメリカ戦艦部隊は、サンベルナルジノ海峡に達する前に、栗田艦隊を叩き潰すため、南下中、ハルゼー長官は、更にその内から、最優速の戦艦二隻、軽巡三隻、駆逐艦八隻よりなる一隊を直率して突進したが、サンベルナルジノ海峡に達したときには、既に栗田艦隊は通りすぎたあとの祭りであった。これが二、三時間早ければ、日没前更に、彼我艦隊精鋭の大決戦が生起していたことであろう。

レイテ湾の実況と突入成果について

巷間、栗田艦隊がレイテ突入敢行せば、敵の反攻上陸を阻止挫折させ、戦局、戦勢の一転機を齎《もたら》したであろう。海上にあるマッカーサー自身にも身の危険を与えたであろう。敵の主力輸送船団を撃破して、甚大なる損害を与えたであろう、と云々するものがある。米国側戦史による、二十五日に於けるレイテ湾の実情は、次の通りである。

米軍機の攻撃を回避する小沢艦隊旗艦の空母「瑞鶴」（写真上）だが、第一次から第二次攻撃の間に魚雷７本と４発の爆弾を受けて艦内の機能が停止、午後２時14分に海中に没した。写真下は軍艦旗降下後、甲板に集合した乗員によって万歳三唱をしている様子。小沢中将の牽制作戦は成功したが、機動部隊は空母４隻すべてを失った

「アメリカの主上陸は十月二十日に実施され、当面の陸上作戦に必要な弾薬、兵器、糧食等は十月二十四日までに揚陸を完了していた。マッカーサーは既に、タクロバン陸上司令部に移っていた。

ただ、十月二十四日朝到達した第二増援の小艦艇約七十隻の大部が積おろしがすまず、二十五日の当日在泊していた。デュラグ及びタクロバンの飛行場は、二十五日の戦闘には、空母機の着陸場として使用されていた。（以上の情況は、我が方の推測とよく合致している）オルデンドルフ指揮官は、キンケードの命により、全護衛艦隊（旧式戦艦六、重巡四、軽巡四、駆逐艦二十一）を率い、レイテ湾東口に邀撃配備していた」

さて、栗田艦隊がレイテ湾に向針した時の兵力は、前述の通り、戦艦四、重巡二、駆逐艦七、そのまま突入すれば、先ず湾口附近に於て、彼我艦隊間の決定的激闘が行われたであろう。この外、敵には我に対し、分派急行した機動部隊の一部（正規空母三、軽空母二）と、護送空母群（護衛空母十数隻、その一部と今朝来の遭遇戦）の支援あり、仮に、我が残存艦隊の精鋭が、三日間に亘る死闘を越えて、克《よ》く当面の敵を撃破し、間断なき敵艦上機の集中攻撃を甘受しつつ、敵の輸送船団泊地に辿りつき得たとせよ、第二次増援の小艦艇――雑然と広大なる泊地に散在する敵を虱潰《しらみつぶ》しに始末するとせよ、栗田艦隊全部を犠牲に供して、得る実質的戦果如何程か、また先に述べたような敵反攻上陸阻止、又は当時の戦勢の一大転換云々の言が当るや否や推察するに難くない。

かくて栗田艦隊は、シブヤン海より新南群島に立ち寄り、燃料補給後、修理のため呉軍港に帰投した。この帰投途上、台湾海峡に於て夜間敵潜の雷撃を受け、三戦隊旗艦（金剛）が一瞬にして火焔天に冲し、轟沈の悲劇に出会った。

レイテ沖海戦随想

(1) この作戦は、参加兵力の大なること、作戦地域の広大なること、戦闘時間の長さに於て、太平洋作戦中の最たるものであった。しかし、これはミッドウェーやマリアナ沖の二海戦の如く、彼我互角の立場で堂々勝敗を争った全力決戦ではなかった。

さきの二海戦の敗戦により、機動部隊——空母兵力の潰滅は、我が海上兵力をして決戦兵力たるの資格を完全に喪失させてしまった。レイテ沖海戦当時日本側の戦力、特に航空戦力はがた落ちに落ち、アメリカ側戦力は最高度に練成されていた。日本側は艦隊決戦に成算を失い、いわば特攻作戦にも等しい様な作戦により、当面の危急を救わんとした窮余の作戦であった。日本側は、あらゆる悪条件を甘受し、兵理を超越して、死地に飛び込んだのである。たとえ、作戦が順当に進んでも、おびただしき日本側の損害が出ることは、戦わずして既に明白であったのである。

素人は別として、この海戦の結果、日本側の一方的敗戦は、玄人にとって何の不思議もない。

寧《むし》ろアメリカ側が本作戦の成果を誇張するのは、余りにも大人気ないどころか、却って幼稚さを覚える。本作戦のねらいの一つが始めから、いまさらこの段階で決戦兵力たらざる我が水上兵力を温存することは、無用の長物、足手まとい、対外的な言いわけ——むしろこれを潰しても、外への面目をたてる——と云うような考えがあったとすれば、また何をか云わんや、である。もし当初から艦隊特攻作戦を企図するなら、その作戦指導に於ても、執るべき手段を執りつくされるべきものでなければならぬ。

またこの時機、この地点に於て、かかる全般作戦指導を執ることが果して適切であったか、別の高度の立場から検討されるべき問題もあるであろう。
(2)「チャーチル」のレイテ沖海戦批判
「チャーチル」はその回想録で次のように語っている。

「栗田の頭が出来事の圧迫により、混乱を来したことはあり得る。何しろ三日に亘って絶え間なく攻撃され、重大な損害を蒙り、旗艦はボルネオ出港するや否や沈められている。斯くの如き同様な試練を経験した者だけが、栗田を審判することが出来る」
(3)　栗田艦隊が出撃から三日間戦場引きあげまで終始、牽制協力の機動部隊からは何等の情況連絡なかったこと、敵機動部隊所在の虚報に禍されたことは、併せて大きな不運

10月25日、敷島隊特攻機の突入で爆発炎上する米護衛空母「セント・ロー」。レイテ湾突入作戦の支援のために行われた特攻だったが、栗田艦隊の突入断念によって戦果は無駄となった

であり、過誤であった。

(4) 戦後いろいろな戦記ものがはやっている。私も国会でも暇になったら、歴戦参加の当事者——幕僚として、実相を書こうと考えぬものでもない。他人からもいろいろすすめられるけれども、まだその時機でないと断っている。今まで多くを語ることも好まず、書きもしなかったが、初めてクラス会に寄稿した。

しかしいろいろ戦記ものを見てみると、反戦的立場から、旧軍——自衛隊への反感から、週刊誌的興味本位から、時流に迎合的立場から等、さまざまあるようだ。中でも功を誇り、自己の立場を擁護、売名、人気とり的な意図で粉飾されたもの、省みて他を誹謗するようなものもあることは、誠に不快を感じさせられる。

レイテ沖海戦に関する読みものも、或は前述の部に類する様なもの、また、的はずれのものも少くないようだ。

伝統の水戸精神に育ち、古武士——水戸武士的風格の栗田艦隊長官、不言実行の海軍の典型的武将、誇らず、弁解、言い訳せず、顧みて他を語らざるその人、また、これを補佐した、明哲、慎重、熟慮断行型の小柳参謀長その人が誤りなく後世に伝えられることを希望してやまない。

(5) ふんだりけったり、航空部隊の誤爆

十月二十五日、いわば袋だたきにあいつつ、北上索敵中、午後四時すぎ、北方より南進中の爆撃機編隊十八機か二十余機の進撃を発見した。これが、レイテ沖海戦中みとどけた、唯一の味方航空機であった。

恐らく、朝来の敵機動部隊攻撃に向うものと大いに成果を祈っていた処、我が艦隊の右舷、上空を通過後、遥か南方より反転して、また味方艦隊に迫ってくる。どうも様子がおかしい、或は未熟の攻撃隊で、敵味方を間違えているのではないか、かつて戦艦大和を見たことがないであろう……おかしいなと直感するや否や、直ちに、探照灯で「我味方なり」と識別信号させる。また、大和の前甲板に大の日の丸をひろげて、味方識別するも、さっぱり反応がない様子。その内に全機次ぎ次ぎと急降下爆撃態勢をとり、大

和めがけて爆弾投下した。

味方である故、こちらは爆撃されると解っても、対空砲火で打つわけにもゆかない。回避運動でこれをよけるのが精一杯、外に手の下しようがない。

連日悪戦苦闘のはて、最後には味方機からまで急降下爆撃のおまけ、まさに、ふんだりけったりとはこのことと、憤慨するも処置なし。

敵か味方か識別出来ない位の攻撃隊の練度故、幸にして爆弾も皆海中に投じ、一発の命中弾も至近弾もなかったことは、まさに不幸中の幸であった。

開戦前更に一段作戦当初から、基地及び母艦航空部隊に在って、その練度を熟知する私から見れば、航空戦力も落ちに落ちたものだと、全く感慨無量、今や戦局日に利あらず、たのむ航空部隊の実力の現実を見せつけられ、前途暗たんたる思いをさせられた。

前線から大本営へ

昭和十九年十二月初旬、まる三カ年につづく第一線部隊より、大本営参謀、米内海相の下に海軍省副官を命ぜられ、呉で戦艦大和を降りた。

新しく着任の山本祐二先任参謀と、これがこの世の最後と握手して、大和の舷梯を降りた。山本大佐は後に、沖縄作戦にて、新長官と共に戦死した。

山本先任参謀は、昭和三年出雲にて遠洋航海のときの、候補生指導官付として、我々とは因縁浅からざる間柄、全く感無量である。

後に、私が靖国神社事務総長時代、山本参謀の遺児が、アメリカ留学中、母なる未亡人に書いた、『まあちゃん・こんにちは』の一編が、ベストセラーとなり、私も多くの遺児や未亡人の激励の一こまに、この書物を紹介したり、また、山本未亡人を日本遺族会婦人部未亡人に紹介するようになったことも、つながる不思議な縁を覚える。

以後、海軍省に於て米内海相につかえ、戦争終結、昭和二十一年六月、復員省退官に至るまで、終戦処理にあたった。

（『海軍回顧録』昭三会出版委員会刊より抜粋・昭和45）

レイテ沖海戦 2

戦艦「大和」の死闘

大和主計長が見た
レイテ沖海戦と沖縄水上特攻

四十六センチ砲の
最初にして最後の砲撃となった
レイテ沖海戦から、
「一億総特攻の魁《さきがけ》」として
沖縄戦に向かう途上で
海中に没した戦艦大和。
日本海軍の象徴だった最強戦艦の
最後の日々を描く。

石《いし》田《だ》恒《つね》夫《お》

解題

戦艦「大和」は昭和十六年十二月、太平洋戦争の開戦直後に完成した。排水量は満載時で七万二千八百九トン、世界最大の戦艦であった。大和が敵艦隊に向けて、初めて主砲の四十六センチ砲を発射したのがレイテ沖海戦である（昭和十九年十月二十五日、サマール沖海戦）。この海戦が、大和が敵艦に向けた砲撃の最初で最後となった。大和の砲撃の成果については諸説存在するが、やはり米艦艇を撃沈するまでには至らなかったという意見が多い。

そして大和最後の出撃となったのが、昭和二十年四月六日、護衛艦艇九隻と沖縄に向けて山口県徳山湾から出撃した水上特攻であった。作戦は沖縄海上の米艦船を大和の砲撃によって殲滅後、そのまま海岸に乗り上げて乗員が陸戦隊となり突撃するというものである。

大和の水上特攻は、海軍航空部隊による特攻が始まっていた沖縄で水上部隊はどうするのか、という天皇の「御下問」に示唆され、唐突に決まった。とはいえ、航空支援のない艦隊が沖縄にたどり着ける成算は万に一つもない。当初、第二艦隊を

扉写真＝昭和16年9月20日、呉海軍工廠で艤装中の戦艦「大和」。当時の国家予算の3パーセントにあたる1億3780万円（諸説ある）もの巨費を投じて建造された

排水量7万2809トン、全長263メートル、最大幅38.9メートルの船体に
46センチの三連装砲塔3基を装備した大和は世界最強の戦艦といわれた

率いる伊藤整一中将は出撃に反対するが、連合艦隊参謀長の草鹿龍之介中将から「どうか一億総特攻の魁になってもらいたい」と頭を下げられて、一転、了解した。

四月七日正午頃、大和は九州・坊ノ岬沖で米空母部隊に発見される。そして延べ約三百四十機の米攻撃機からの攻撃を受け、二時間近くの間に五百キロ爆弾六発、魚雷十本を撃ち込まれた後、日本海軍の象徴であった大和は海中にその姿を消した。

筆者は、大和主計長としてレイテ沖海戦に、そして第二艦隊副官として沖縄特攻に参加、戦艦大和の最後を看取った。

映画の一場面

過日、機会があって試写室で映画『連合艦隊』を観た。なかなかよくできた映画であった。ところで場面は移り、スクリーンには捷《しょう》一号作戦中の戦艦「大和」の艦橋内部が映し出されていた。私は思わず身を乗り出した。

昭和十九年十月二十五日、その日、私は「大和」の艦橋で栗田健男第二艦隊司令長官と宇垣纏《まとめ》第一戦隊司令官の後方に立っていた。

映画の場面がレイテ突入を断念し、反転決意のところに来たときである。私は、アッ、と思った。宇垣司令官がツカツカと栗田司令長官の前に歩み寄り、「長官、帰りましょう」と言うのである。私は、心の中で、ちがう、と叫んだ。「大和」の艦橋では、栗田・宇垣の両提督は、最前方の左右の席におり、栗田長官の前に人が立つなど構造上できないことなのだ――。

リンガ百日の訓練

昭和十九年七月、私は第二艦隊第一戦隊「大和」に主計長として着任するために、零式輸送機（ダグラスDC－3を国産化したもの）でスマトラ島リンガ泊地に向った。沖縄、海南島、シンガポールとそれぞれ各一日ずつかけて飛び、四日目に小型船でシンガポールを発ち、十月十七日リンガ泊地に碇泊中の「大和」に主計長として着任した。

「大和」は私の着く前日にリンガに着いたばかりで、私の着いたときは輸送してきた陸軍部隊と物資の揚陸に大童《おおわらわ》の最中であった。

この日から約三カ月、次期決戦に備えて火を吹くような訓練が続けられた。故伊藤正徳氏の言葉にある「リンガ百日の訓練」である。当時燃料事情の逼迫していた内地と異なり、油にあまりとらわれずに訓練できたことは大きなことであった。

「大和」には約百名の主計科員がいたが、事務・経理は約十名で他はすべて烹炊《ほうすい》員であった。燃料こそ比較的自由であったが、生糧品などはすべてスラバヤ、シンガポール方面からの給糧艦に頼るので、主計科の苦労はなみたいていなものではなかった。リンガ泊地は赤道直下に近く、この灼熱下の猛訓練を支えるには限られた材料で兵員の食欲を維持しなければならないからである。

リンガでは、訓練ごとに「大和」で研究会が行われた。森下艦長は私も必ず出席するようにと言われ、私が忙しくて顔を出さないと艦長従兵が呼びに来たものであった。私が「主計長が出席してもあまり役に立ちませんよ」と言うと、森下艦長は「まあ、そんなこと言わずに見ていて意見を言ってみろ。岡目八目ってこともあるだろう」と答えられた。おかげでほとんどの研究会に出席し、多くの意見を聞くことができた。

すでに来たるべき次期作戦は乾坤一擲《けんこんいってき》の決戦となることはだれの目にも明らかであり、異口同音に「(飛行機の掩護の期待できない水上艦艇のみの)殴り込みの訓練だ」と発言しており、研究会もおのずからそのような雰囲気が支配していた。

今にして思えば、あるいはやや粗野な作戦思想とも取れようが、米軍の手がレイテ島にかかろうとしていた時点においては、何の疑いもなく全艦隊挙げて「殴り込み」の研究に全力を傾けていたのである。

「大和」防空指揮所に登ってリンガ泊地を見れば、日本海軍の第一線兵力の艨艟《もうどう》が海を圧して勢揃いしている。この大艦隊が一度に出撃すれば、いかなる戦闘にも決して敗れることなどあるまい、と思ったのは私ばかりではなかったはずである。

ブルネイ出撃

昭和19年10月21日、ブルネイ泊地で給油中の栗田艦隊。左が戦艦「武蔵」とその手前に重巡「最上」、右が大和と横付け中の重巡「鳥海」

昭和十九年十月十八日、連合艦隊は捷一号作戦発動を発令した。艦隊はただちに北ボルネオの前進泊地ブルネイに向った。

このブルネイ出撃まで数日の主計科の忙しさはたいへんなものであった。一度出撃すれば還るまでまったく補給はない。しかも給糧艦の数は限られている。給油艦に至っては、やっとブルネイで追いつく始末であった。

ブルネイでいっさいの準備を完了し、出撃を翌朝に迎えた艦隊には「やれることはすべてした。あとは敵とぶつかるだけだ」という気合が満ち、作戦に対する不安はまったくなかった。出撃して、戦って、勝つ。そう信じていたのである。

ただ一つの不満といえば、第二艦隊から何度も「大和」を旗艦にしてくれるように連合艦隊に要望したにもかかわらず、ついに旗艦が「愛宕」から変らなかったことであった。通信能力の面からいっても「大和」こそ旗艦にふさわしいと思っていた私たちは少なからず残念であった。

もっともこれには第二艦隊の編成にも問題があった。つまり、栗田第二艦隊司令長官は第四戦隊の重巡四隻を直率していたが、「大和」「武蔵」「長門」の第一戦隊は宇垣司令官が指揮していたためである。このことはのちに、「大和」艦内で命令の伝達上微妙な場面を引き起こすことになる。

こうした中で、「大和」は十月二十二日午前八時第一遊撃部隊主隊の一艦としてブルネイ湾を出撃したのであった。

重巡、相つぐ被雷

出撃前に多忙をきわめた私も、いざ出撃となればいくらか仕事も減る。私はひさしぶりに自室でくつろぐことができた。

十月二十三日の朝六時半ごろ、まだウトウトしている私の耳にいきなり「総員配置につけ！」の艦内放送が飛び込んだ。あわてて艦橋に上ると、すでに雷撃を受けた「愛

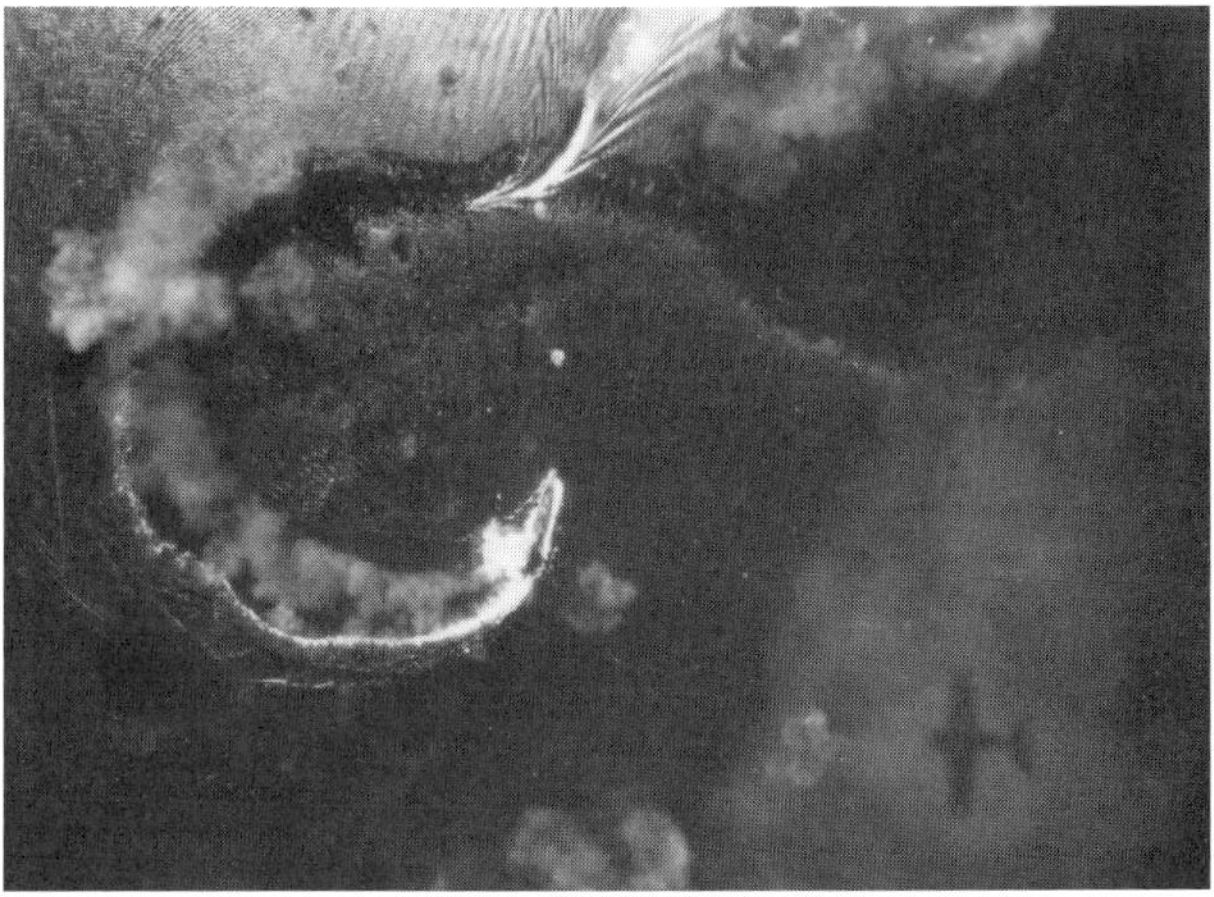

シブヤン海海戦で米空母機からの爆撃を回避する大和（米軍発表）。右下に写っているのは米軍機の機影

宕」が火を吹いていた。咄嗟に司令部は無事だろうか、と不安になった。そのとき、「愛宕」の後を航行していた「高雄」の右舷に水柱が奔騰《ほんとう》した。二隻の巡洋艦が相ついで雷撃されたのだった。

司令部は――、と見ると駆逐艦「岸波」と「朝霜」が、今や沈まんとする「愛宕」のほうへ救助に向かっているのが見える。「愛宕」はやがて沈み、「高雄」は落伍したが、残りの艦隊は何とか隊形を整えることができた。

しかしそれもつかのま、七時少し前、今度は「大和」の直前を航行中の「摩耶《まや》」が急に艦首を左舷に振ったように見えた。とたんに左舷に数本の水柱がゆっくりと立ち上がったのである。「やられた！」と思う間もなく「摩耶」は大きく傾き沈んでしまった。まさに轟沈である。

こうして三十分もしないうちに三隻の重巡戦力を失ってしまうという悲運に見舞われたのであるが、もとより戦闘に被害は覚悟の上である。損傷した「高雄」をブルネイに帰し、沈没艦の乗員を救助の上、艦隊は急速で危険海面の離脱を計ったのであった。

それにしても、不運な戦の始まりであった。

友軍機はなぜ来ない

翌二十四日艦隊は早朝より「大和」と「金剛」を中心に二群の輪形陣を作りながら進撃していた。

この日の五次にわたる敵の攻撃は激烈をきわめたものがあった。ニミッツは、後日、彼の『太平洋戦史』の中で、栗田長官を世界の提督の中でいままでかつてなかったもっとも熾烈な空襲をうけた提督と書いている。この戦闘にかんしては別に多くの本が出ており、今回は私の個人的な見解の範囲で筆を進めたい。

この日損傷を蒙《こうむ》った「武蔵」の脱落を見たとき、私はリンガの研究会で「飛行機だろうと船だろうと主砲で射ちまくればいいんだよ、『武蔵』は沈みはしない」と言ってい

シブヤン海海戦。米軍の第三次攻撃で１番主砲塔付近に爆弾が命中した大和。大和の損傷は軽微だったが、この第三次攻撃で武蔵は艦隊行動から離脱するほどの多大な損傷を受けた

た猪口艦長の顔を思い浮かべた。「武蔵」が沈むかもしれない、という不安が胸をよぎった。しかし当面、次々と米襲する敵機を前にして、一番の関心事であったのは、「いったい友軍の飛行機はなぜ来ないんだ。オレたちは朝からこんなに戦っているのに」と言う一事であった。

五次にわたる敵機の空襲を受けたあと作戦参謀の大谷藤之助中佐が「長官、しばらく敵をかわしましょう」と言った。こうして艦隊は三時半ごろ西方に転舵し一時戦場を離脱した。この反転は私も内心、これは良い判断だ、と思った。思ったとおり、以後、敵機の攻撃を受けること

なく午後五時十四分、艦隊はふたたび反転してレイテに向ったのである。

この反転往復のさい、「武蔵」の傾いて行くあわれな姿を二度も眼にした「大和」乗員に、俺《おれ》たちも不沈じゃないという不安が走ったのが見られた。

敵空母発見

思ったよりもらくらくとサンベルナルジノ海峡を通り抜けて、十月二十五日早朝、艦隊はときどきスコールのくる海上を南下していた。風がやや強く、海上には白波が立っていた。

六時四十五分ごろ、見張員が突然敵空母の発見を告げた。ここに日本海軍海戦史上稀有の対航空母艦の水上戦闘が行われたのであった。咄嗟の会敵に巨砲の発砲が始まった。

私は水平線上に密雲と驟雨《しゅうう》と煙幕とに見えかくれする米艦のマストを見ながら栗田長官はこの敵群をどうするのだろうか、と思った。司令部は捷号作戦打合せの時点で連合艦隊に対し、「目的はあくまでレイテ湾の輸送船であるが、もし途中で敵の主力に会敵するようなことがあれば、この敵に向う」との内諾を得ていたのである。

この目前の敵が主力部隊であるのか否かの判断に苦慮されておられる栗田長官の姿が

見られたが、例の寡黙の長官は何の発言もされなかった。

司令部が目前の敵に全力を打ちつけるか、あるいはまだレイテを本命とするか決断をしないうちに戦況は刻々と変り、艦隊隊列も乱れて、それぞれ突撃態勢に入った。

その間に「大和」は、四本の魚雷をかわすために約十分間、魚雷と同航して北に向かい、隊形はいよいよ乱れた。

このような戦闘であったため、思い切って全力を目前の敵にふるうことができず、脳裡に主砲弾の節約を考えている「大和」においては、主砲の発射をあまり許さなかった。おさまらないのは十年一日のごとく米艦に砲弾を命中させることを目的に訓練を重ねてきた砲術科員である。敵空母を照準の中に捕えているのに発射の命令が出ない。

艦橋トップの射撃指揮所からは「発射準備よし！」の声が続けざまに送られて来る。第一艦橋では見えない敵艦も艦橋トップでは十分捕えているのだ。これに対してさえなかなか発射の号令はかからない。主砲射手村田元輝中尉はついにこらえきれずに艦橋の司令部首脳に向って「バカヤロウ！」と怒鳴った。氏は今でも私と会うと「あの日のことを思うと口惜しくてたまりませんよ。なんで打たしてくれなかったんでしょう。敵の空母はもう目の前で、私が引金を引きさえすれば命中したんです」と言うのである。

私はこの砲弾の使い方を見て、「長官はまだレイテを本命視している」と思った。小柳参謀長も決定的な戦果のないまま二時間近く経ち、艦隊隊形が乱れて突撃したため前端と一番後方の「大和」との距離がかなり長くなったのに気付き、コンパスにもたれたまま栗田長官に「もう追撃は止めたらどうでしょうか」と言っていた。ここにいたってついに追撃戦は中止して、再度レイテに向い集結を命じ、艦隊の隊形を整えたのである。

この進撃中のことであった。「大和」は、沈没に瀕している米空母の至近三百メートルほどを航過した。見れば、飛行甲板から、飛行機、兵員がザラザラと滑り落ちていた。

レイテ湾に突入せず

正午を少し過ぎたころまた敵機の攻撃が始まった。もう「大和」が不沈艦である保証はないのだ。昨日の「武蔵」の姿を見ている私たちの心の中には「今日は我が身」との思いが浮かんでいた。

しかし、司令部の考えはいざ知らず、私を含めた全将兵の頭の中にはレイテ湾突入の一事しかなかった。他の海面で行動しているであろう志摩艦隊のことも、小沢艦隊のことも何一つ念頭になかった。頭を占めているのは、「これは殴り込みなんだ!」という一事であった。マニラでの作戦打合せのとき連合艦隊の神《かみ》重徳参謀は「この一戦に艦隊をすり潰してもあえて悔いはない」とまで断言したというではないか――。

この対空戦闘の最中である。大谷参謀が小柳参謀長に「参謀長、回れ右をかけましょ

サマール沖で米護衛空母隊と遭遇した栗田艦隊。写真は大和以下、重巡からの集中砲撃を受ける米護衛空母「ガンビア・ベイ」。栗田艦隊からの砲弾を次々と浴びて沈没した

う」と言ったのである。小柳参謀長はうしろから栗田長官にこれを伝えた。

私は栗田長官を見つめていた。今廻るということは退却を意味するのだ。

栗田長官は「ウム」と一言いったままで、あとはだまっている。操舵手が舵を取り始めた瞬間、左舷の窓際にいた宇垣司令官がぐるりと小柳参謀長の方を向いて、太い指でレイテの方向を指しながら「参謀長！敵は向こうだぜ」と怒鳴るように言われたが、応答なく、艦橋の中は無言であった。

艦隊は反転し、これでもってレイテの突入は空と化したのであった。

内地を目前にして「金剛」被雷

戦いは終ってはいなかった。私は退却中の戦闘がどんなに苦しいものかを思い知らされたのである。

午後十時ごろ、今や敗残の姿となった艦隊はサンベルナルジノ海峡を通過中であった。二十一日の出撃以来四日が過ぎようとしていた。その間、みんな戦闘配置についたままであり、睡眠はもちろん食事も十分とっていない。髭は伸び、目は真赤になり頬の肉はゲッソリと落ちている。人間は数日でこんなにもやつれるものだろうか、と驚くほどであった。とくに若い兵と異なり、司令部の衰弱は激しかった。髭の伸びただれの顔も同様であったろう。

私は戦闘食ばかり食べさせた兵員に何か元気の出るものを食べさせなくてはいけないと思い、とりあえず熱い味噌汁を作らせた。烹炊員に「何でもウマいものをあるだけドンドン入れてやれ」と命じた。結局、少し甘口の味噌汁にサバ缶の中身をたっぷり入れた味噌汁ができあがり、やっとひと心地着いたのだった。

十月二十八日午後九時すぎ「大和」はブルネイに入泊した。私は「大和」の防空指揮所に上り、艦隊を見まわして何か夢を見ているような気分に襲われるのであった。一週

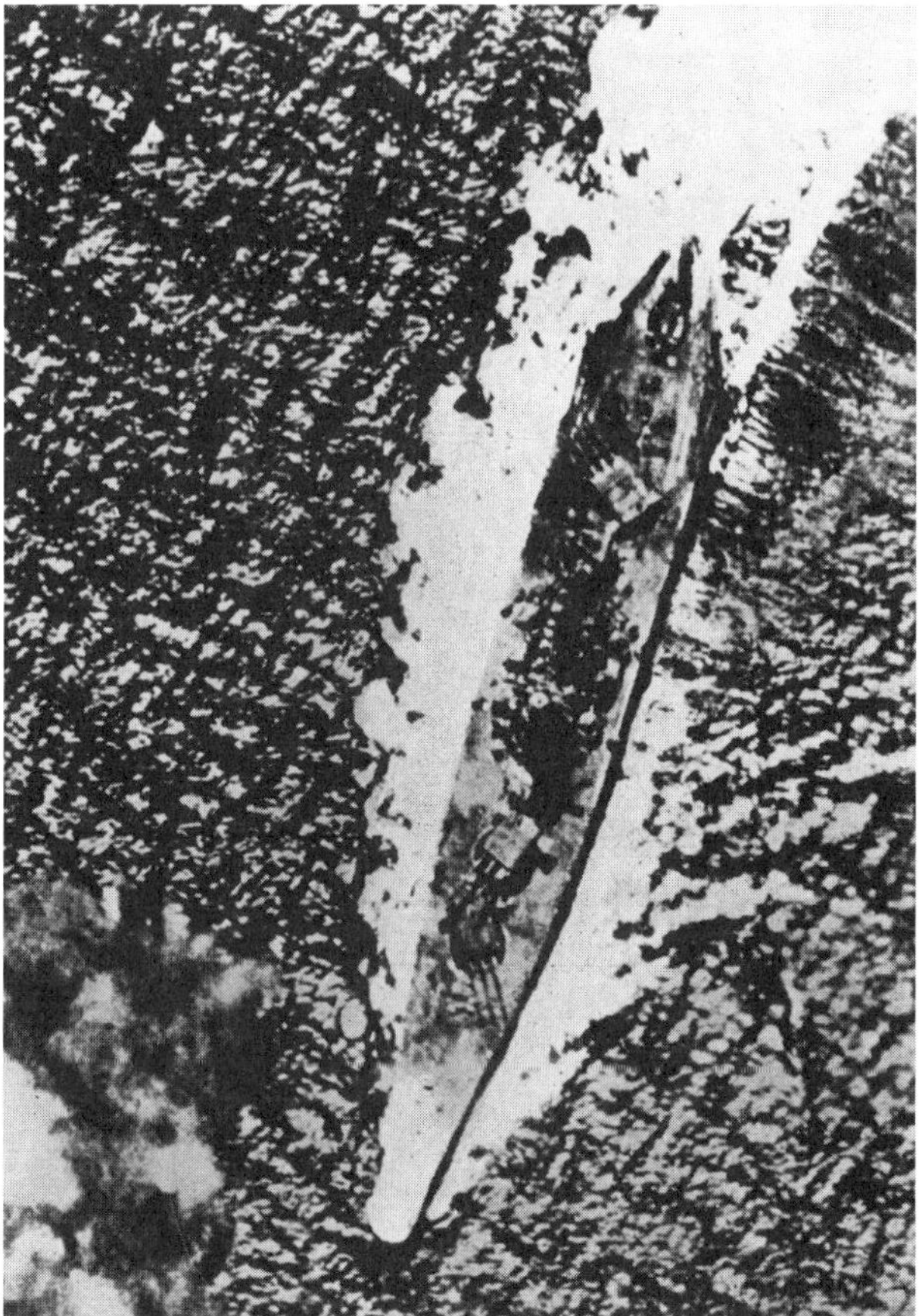

サマール沖海戦で米空母機の爆撃を受ける大和。この10月25日の海戦で大和は米軍の数次にわたる攻撃を巧みな操舵でかわし、1発も命中弾を受けなかった。その後も、栗田艦隊はレイテ湾を目指していたが目標を前に反転北上した

間前の艦隊はどこに行ったのだ。出撃時三十九隻の艦隊が、今は十七隻しかいないのである。その十七隻もほとんどが傷ついた姿であった。

「大和」はわずか左へ三度傾いていた。二十四日の戦闘での破孔より浸水したのである。上甲板に出ると艦橋がチョット倒れかかっているように見える。艦内でもほんの少しのバランスのくるいが不安感を生み出していた。

「大和」の破損は意外に大きく、呉に帰らないと修理不能であった。このためもあり、「大和」は十一月十六日夕刻、「長門」「金剛」「矢矧《やはぎ》」、駆逐艦四隻とともにブルネイを発ち、内地に向かった。

十一月二十一日の深夜、「大和」は内地を目前に台湾沖を航行していた。私は暗夜でもあり、波も高い、これなら敵潜も出るまいと思い、久しぶりで自室で寛いでいた。すると、いきなり「戦闘配置に着け！」の号令である。急いで艦橋に上った私の目に映ったものは火を吹いている「金剛」の姿であった。

「潜水艦か……」。私は暗夜でこの波、しかも敵潜が潜んでいるとあっては「大和」も救助どころではない、これはたくさんの犠牲者が出るな、と思った。あれほどの戦いを生きのびて、内地を目前にしての被雷にたまらない口惜しさがこみ上げてきた。

「金剛」には私のクラスの須藤弘が主計長として乗っていたのである。ブルネイ出発直前、私が用務で「金剛」に寄ったとき、彼が私を見付けて「石田、もう酒はないからラムネで乾杯しようや」と二人でラムネを抜いて飲んだが、それが最後となってしまった。「金剛」を失った艦隊は豊後水道で一度仮泊して、それぞれの所属軍港へと向かった。このときが、長い間戦闘をともにしてきた「長門」との永遠の別れであった。「大和」は呉に帰り、その傷ついた巨体をドックに横たえたのである。

伊藤司令長官と上京

呉での「大和」修理中に多くの人事異動があった。

私自身は比島沖海戦後ブルネイに戻っていたころ、森下艦長に呼ばれて艦長室に行ったところ、森下艦長は、「今度小柳参謀長が転任になるんだが、その後の二艦隊参謀長を俺にやらせると言うんだ。まあ、それはいいんだが、気心の知れんのが陸から来ると困るので、君を副官にしておいたよ」と言われた。

私は初めこの言葉を冗談だと思っていたが、「大和」が第二艦隊第一戦隊から、第二艦隊直率になった十一月十五日に、同日付で第二艦隊副官の命令を電報でもらいこれには内心驚いたものであった。

十一月二十五日、有賀幸作艦長の着任にともない森下艦長は艦長室から参謀長室へ、私は主計長室から副官室へとブイ・ツー・ブイならぬルーム・ツー・ルームの「大和」

艦内転任であった。

十二月二十三日、栗田司令長官は海軍兵学校長に転任し、後任に軍令部次長の伊藤整一中将が第二艦隊司令長官として着任された。

平時であれば幕僚揃って宮中の親任式に行くのであるが、だれも忙しくて手が放せない。森下参謀長が困って、「副官、一人で行ってくれないか」と言われ、私は一人で心細い上京をした。

宮中での親任式には伊藤長官の他に、侍従武官中村俊久中将（伊藤長官と同期）、小磯国昭総理大臣および侍従長が列席された。

このあと伊藤長官は私をともなって賢所に参拝、さらに靖国神社、明治神宮に祈願し、各宮家への挨拶まわりをした。

このときは伊藤長官は自宅から毎日出かけたのであるが、私たちが呉に帰る最後の日、長官の奥様は、玄関で伊藤長官に、

「お父さん、勝たなくては帰れませんよ」

と言って見送ったのであった。

伊藤長官と私が、「大和」に帰ると、まず、森下参謀長から艦隊の現状申告があった。私はこのとき初めて乗員に対しても秘密の「大和」の排水量が七万二千八百トン（満載）ということを知り、今さらながら、「大和」の巨大さに驚いたのであった。

米軍、沖縄本島に上陸

このころになると幕僚の転出はあっても補充はなく、欠員だらけのさびしい幕僚室になってしまった。残ったのは森下参謀長、寺門正文艦隊軍医長、山本祐二先任参謀、宮本鷹雄砲術参謀、末次信義水雷参謀、松岡茂機関参謀、小沢信彦通信参謀と副官の私だけであった。

このほか研究会に集まる顔ぶれは、古村啓蔵第二水雷戦隊司令官、有賀「大和」艦長、原為一「矢矧」艦長、新谷喜一第十七駆逐隊司令、小滝久雄第二十一駆逐隊司令、吉田正義第四十一駆逐隊司令らであった。

水上特攻隊を指揮した第二艦隊司令長官の伊藤整一中将

普通このような会合のときの副官はひじょうに忙しいものであるが、森下さん、古村さん、有賀さんなど、よく知った人ばかりだったので肩のこるようなことはまったくなく、悪化一途の戦況の中にあっても和気《わき》藹々《あいあい》としていた。やや沈み勝ちに見受けられる伊藤司令長官にも明るい空気が伝わっていたようであった。

三月二十六日、沖縄に手を伸してきた米軍は、四月一日ついに沖縄本島に上陸を始めた。

これ以前より連合艦隊では「大和」以下の第二艦隊の使い方にかんして多くの研究が行われていたが、この米軍沖縄上陸の報が引金になり、第二艦隊の水上特攻が決定されたのであった。

この第二艦隊の特攻を強く主張したのは神重徳連合艦隊参謀であった。この人はサイパン戦のときも「扶桑」「山城」を使ってサイパン島に乗り上げ、艦砲をもって米軍を撃破する、という作戦を立てて、自分で出撃するつもりだった人である。また先に述べたように捷一号作戦のときも、どんなに被害を出してもレイテに突入すべきである、と主張した人であった。

徳山沖を出撃

作戦の打合せには連合艦隊より草鹿龍之介参謀長と三上作夫参謀が来艦した。伊藤司令長官はこの作戦に反対であった。伊藤長官の特攻決断は数千の将兵の死を意味するのである。

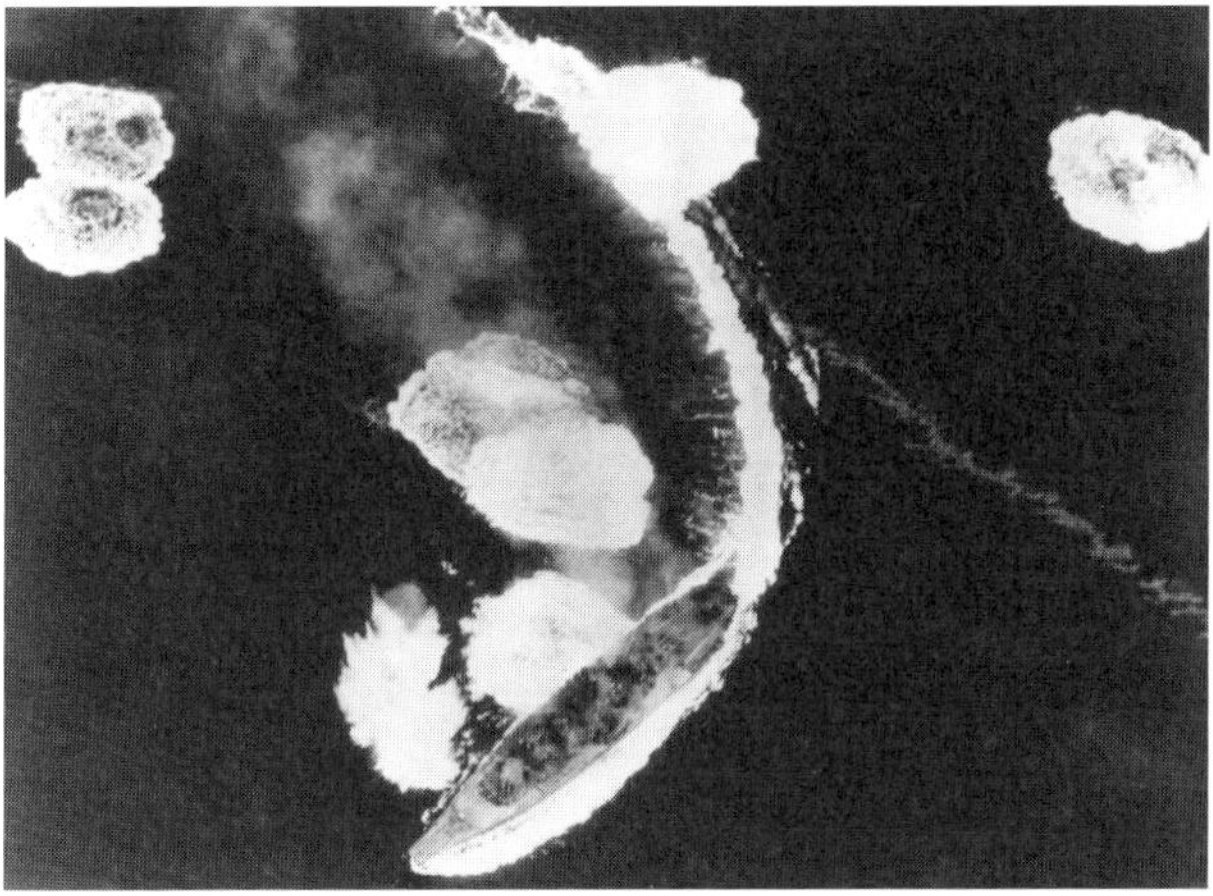

昭和20年3月19日、米空母機が呉軍港を空襲した。捷一号作戦から帰投していた日本艦艇も爆撃されたが、大和は港外に出て回避運動を行い命中弾を受けなかった

自分一人の死を決意することは、たやすいかもしれぬ、しかし数千の生命を奪う決意は簡単にできるものではない。

強く反対する伊藤長官に対し草鹿参謀長は、「これは一億総特攻の魁なのだ。ぜひやってくれ」と迫った。これで伊藤長官の肚《はら》もきまったようであった。

一度作戦が決定されれば、あとは出撃命令を待つだけである。先任参謀と砲術参謀は忙しそうに計画を立て始めていた。

このとき私には一つ心にかかることがあった。それは四月二日に着任したばかりでまだ配置さえ決めていない五十三名の少尉候補生のことであった。

彼らは三月に海軍兵学校を卒業したばかりで、艦内の様子さえまだ知らないのである。はっきり言って足手まといとさえ言えた。

　四月五日午後三時、第二艦隊（「大和」「矢矧」）配属のこの候補生全員を前甲板に集め、伊藤長官の海上勤務第一歩についての訓示が行われた。その訓示のさいちゅうに連合艦隊から「大和」出撃の命令がとどき、訓示終了と同時に長官、参謀長が出撃準備の打合せにかかられた。

　そのとき私は森下参謀長に向かって、少尉候補生たちを指し、ひと言、「参謀長、あれは降ろしましょう」と言うと、「そうしよう」と参謀長は答えた。そして、このさいということで、少尉候補生全員とともに「大和」初め各艦の病人・老兵・転出発令者（大阪府知事岸昌《さかえ》氏もその一人であった）・飛行科員なども退艦させた。新任の少尉候補生の退艦命令にたいしての抵抗はたいへんな騒ぎとなったが「正成《まさしげ》は正行《まさつら》を残して行ったぞ」とさとして、全員退艦させた。

　その夜、乗組員は遺書を書き、酒保許すで、目的完遂を祈った。私は、書類整理に忙しく、そのあとで、宮本参謀にたのまれた長官訓示の起草にとりかかった。

「神機将ニ動カントス」と私は書き始めた。私は考え考え筆を進めた。その間に、報告書が来たりして、その夜はほとんど眠るひまもなかった。

　翌六日午後四時五分、出航準備の終った「大和」は、徳山沖を出撃した。従う艦は、軽巡「矢矧」、駆逐艦八隻。

出撃直後、伊藤司令長官の訓示が、信号で各艦に伝えられた。

「神機将ニ動カントス。皇国ノ降替懸リテ此ノ一挙ニ存ス。各員奮戦敢闘、全敵ヲ必滅シ、以テ海上特攻隊ノ本領ヲ発揮セヨ」

出撃後しばらくすると、第二水雷戦隊の各艦がサッと散開して、「大和」を日標に数回気合の入った襲撃訓練を行なった。これは出撃前に古村司令が、「今度の出撃で日本海軍の水雷戦隊もなくなります。出撃のときにはぜひ帝国海軍最後の水雷戦隊襲撃訓練をやらせてください」と言っていたものである。私は「大和」の艦橋からこの帝国海軍最後の肉薄水雷攻撃を見ていた。

「大和」の死闘

七日の朝まで何事もなく艦隊は進んでいた。朝七時ごろ駆逐艦「朝霜」が脱落し始めた。機関故障で十二ノット以上出ないという。「朝霜」はズルズルおくれ十一時ごろ、とうとう視界から消えてしまった。私は敵の制空圏下に残された故障艦の運命を思わずにはいられなかった。

空を見ると、雨雲が低く垂れ込めているが、視界を鎖《とざ》すほどではない。もう少し雲が濃ければ敵に発見されずにすむのだが、千メートルくらいの雲高は「大和」に不利である。私は空を見上げながら申しわけのように飛来する零戦を見ていた。

十時過ぎたころから雲間にチラチラと敵大型飛行艇が接触を始めた。「大和」はときおり三式弾を発射するが、これは威嚇にすぎない。

十二時ごろから敵の攻撃は本格的になり、無数と思えるほどの飛行機が雲間からサッと降下しては投弾し、またすぐに雲に入るという攻撃をくり返してきた。雲から出てきてから敵機を照準していたのではとても間に合わない。呉で増設された数百の二十五ミリ機銃も空しく火を吹くばかりで、敵機の墜落するものはほとんどない。また、米機のチームワークはよくとれ、多数の攻撃機がじつに見事な攻撃をかけてくるのである。

敵機の機銃弾はあたりかまわずハネまわり、信号索もアンテナ線もズタズタに切れて風に流されている。私が旗甲板に出て態勢を見ていると、松岡機関参謀が寄ってきて、「オイ副官、あぶないぞ、当るぞ、付けとけよ」と言う。付けとけ、とは鉄兜と弾片防禦の胴着である。これは艦橋での負傷がひじょうに多いという戦訓から着用するようになったのだが、私はどちらも重いので何も付けていなかった。

ところが、その機関参謀が「副官、やられちゃったよ」と叫んだのだ。見ると下半身が流れ出した血でみるみる真赤に染まってくる。松岡参謀は、駆けよった傷者運搬員によってタンカで応急治療所へ運ばれて行った。松岡参謀とふたたび会うことはなかった。

昭和20年4月6日、沖縄に向けて徳山沖を出撃した水上特攻隊だが、翌7日には米軍の攻撃を受けた。写真は米艦載機と交戦中の大和（上）と大和の護衛駆逐艦「冬月」。この日の攻撃で特攻艦隊10隻のうち6隻が撃沈された

主計科士官の戦闘配置は戦闘記録を取ることである。私の部下はノートを持って戦闘の状況と時刻をメモしている。私は全体の状況を見ておくためにあちらこちら歩きまわっていた。「特攻なのに戦闘詳報のための資料なんか作るのはむだだな」とも思ったが、記録は続けさせた。激しい戦闘が続いている（「大和」の死闘の全般状況については、これまで公刊された各書をご参照いただきたい）。

午後二時十五分すぎであったか、「大和」が左舷に二十度ほど傾いたころであった。下甲板の応急注排水指揮所から能村副長の声で「傾斜復元の見込みなし」との艦長への報告が耳に入った伊藤司令長官は、「参謀長、幕僚

全員を集めなさい」と言って第一艦橋左舷後部に幕僚を集めた。

私たちが集まると、いつもの物静かな調子で、伊藤長官は「駆逐艦を呼んで、参謀長以下全員移って艦隊をまとめなさい。私は『大和』に残る」と言われた。参謀長は、「長官も行ってください、長官が行かなければ私も残ります」と言って長官の駆逐艦移乗をうながした。このとき伊藤長官は表情を堅くして叫ぶように「命令だ！」と怒鳴られた。

この一言ですべてはきまった。伊藤長官は幕僚一人一人と握手をして司令長官室に一人で入られた。

海中に引き込まれる

すでに「大和」の傾きは大きくなっており、艦内を移動できる限界に達していた。このため手旗で駆逐艦「冬月」を呼ぶと同時に総員退去の命令が出された。私はもう一度伊藤長官にお別れをしに行こうと思ったが、下部からつぎつぎ必死に上ってくる兵員の流れに妨げられて艦橋から下りることができなかった。

「大和」の傾斜はついに四十五度を越えてもう艦内の歩行は不可能になり、幕僚の山本先任参謀、寺門艦隊軍医長、末次水雷参謀、小沢通信参謀はソロソロと艦橋の外壁を降りていった。このとき寺門軍医長が、まだ艦橋に残っている私のほうを見て、「副官、早く来いよ」と声をかけてくれた。私は、「すぐ行きます」と返事をしたが、どこにいても同じじゃないか、といった気持で艦橋内に残っていた。もう「大和」はほとんど横倒しに近く、艦橋の窓枠に足をかけてやっと立っていられる状態であった。

艦橋左舷前方では茂木航海長と花田掌航海長がだまって艦に自分の足をロープでしばりつけている。右舷には森下参謀長が私の前にじっと立っていた。だれも口を利かなかった。

急に森下参謀長が私をふり返って、「おい、早く行かなくちゃだめだよ。君が行かなきゃ艦隊の収容ができんじゃないか、早く行け！」と言う。これで私も決心して双眼鏡を外して海図台の上に置き、靴を脱いで後部の出入口から外に出た。

外に出ると海面はもう目の前である。私が下に降りずに上に登っていこうかなと思ったとき、急に海にのまれてしまった。「大和」が沈むのだ。

私の体は「大和」とともにどこまでも吸い込まれていった。私の周囲は無数の気泡につつまれ、ぶつかり合う気泡に打たれて、身体がブルブルとふるえていた。

海は青く明るく、白い泡はキラキラ光りながら流れるように上昇していた。体はさらに深く引かれていく。

「もうダメか」と思ったとき、やっと「大和」の吸い込みから放されて、体が浮きだした。息が切れてガブッと海水を飲んだ。一瞬楽になる。またガブッと飲む。三十回も飲んだろうか、「もうだめだ」と思って運を天にまかせたとき、ポッカリ海面に顔が出たのである。私はすっかり弱っていた。

海面には一面に二十センチ近い重油の層があり、だれもかれも真黒な顔をしていて区別ができない。私が沈んでいる間に、「大和」は爆発を起こし、一時は火の海になった

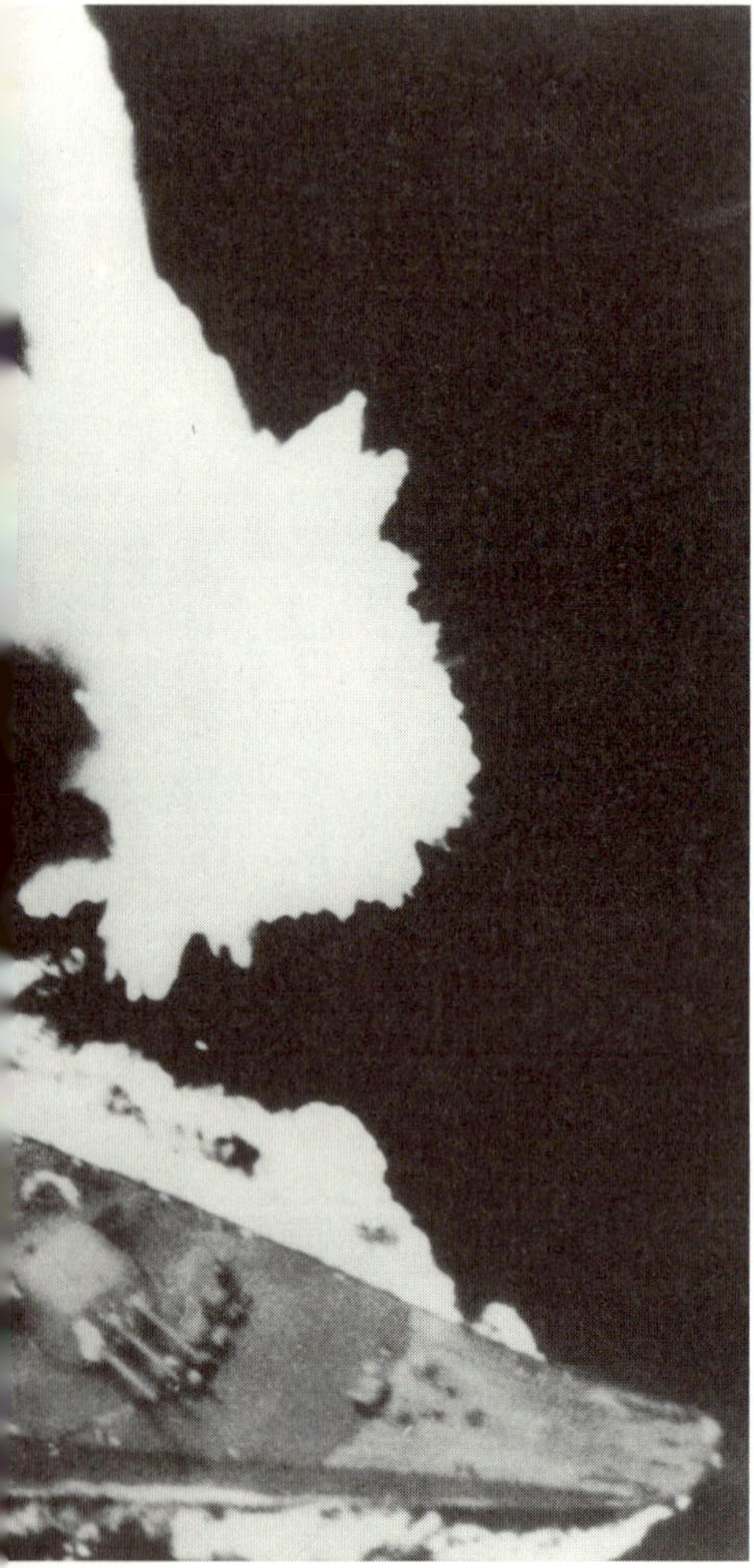

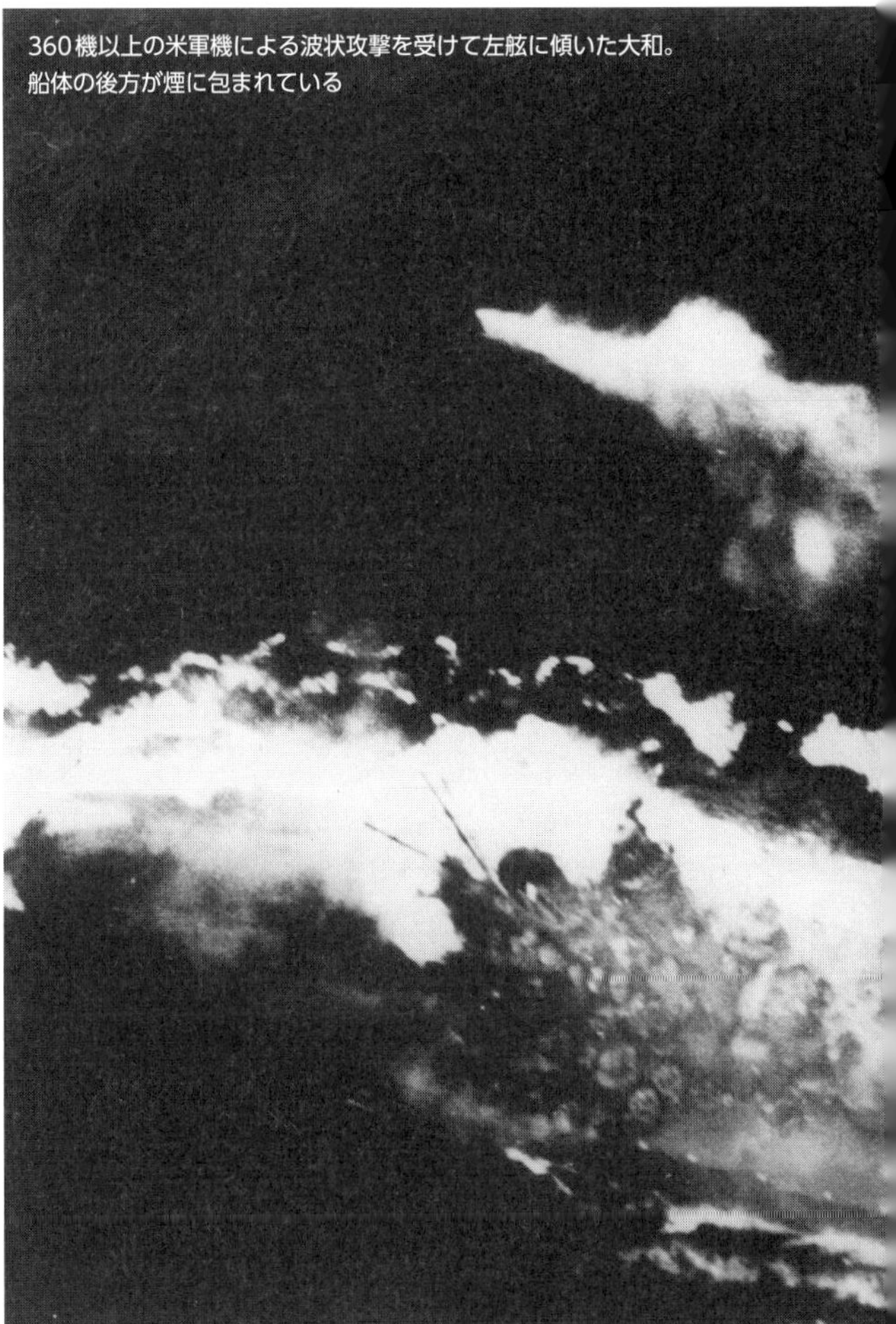
360機以上の米軍機による波状攻撃を受けて左舷に傾いた大和。
船体の後方が煙に包まれている

と吸い込みの浅かった人から聞かされたが、私にはまったく記憶がなかった。

ヤレヤレと思っていると幸運にも常時一番副砲塔の側面に装着してあった救命ブイが目の前に流れてきた。これにつかまっていると、まわりからつぎつぎに手が伸びてつかまるため、すぐにブイは沈んでしまった。浮上角材など見つけてもやはりつぎつぎと人が寄って来るため沈んでしまう。最後には割りばしのような木片四、五本を気休めにわきの下にはさんで、立ち泳ぎをしていたのである。

空を仰ぐとまだ多数の米機が飛びまわっており、気まぐれのように私たちを銃撃してくる。まだ戦いは終っていないのである。

敵機の舞う海上に浮かびながら、私の身体は一時に緊張を失い、ねむくて仕方がない。ウトウトしていると「副官、眠っちゃだめです」と声がする。ハッとすると山森直清航海士が私を起こしていたのである。

「すぐに救助に来ますから眠っちゃだめですよ」と言われても、救助中の「冬月」は千メートルも遠くである。

泳いで行く気も体力もとてもないのでなかばあきらめていたところ、「冬月」の内火艇が走って来て山森航海士ともども私は助け上げられたのだった。

「冬月」艦上では死んだと思っていた森下参謀長が先に乗っていて、ビックリした。

森下参謀長の話では「大和」沈没まで脱出せずに艦橋内に残っていたところ、「艦橋内の空気といっしょに窓から放り出されるように海中に飛び出した」と言う話だった。「自分でも、あの小さな窓からどうやって出たのか憶えてないんだ」と言うように、まったく無意識であったらしい。やはり私と同様、海面では眠ってしまいそうだったが、運良く従兵がそばにいて絶えず起こし続けてくれたということであった。

見まわしたところ先に脱出した幕僚が一人も見えない。ついに、彼らは不帰の人となってしまったのだ。「雪風」に信号で救助者数を問い合わせたが、合計で二百六十六名にしかならない。再度確認させたが同じであった。

事後処理の日々

敗残の兵はみじめなものである。生存者を乗せた「冬月」「雪風」は佐世保に向かった。しかし疲れはてた兵を待っていたのは長崎県針尾の近くの小島への隔離であった。

私は軍服を失い兵員服を着ていたため鎮守府への報告のおりも、門衛に止められるなど散々であった。とにかくまっ先に必要なものは兵員の服と日用品である。私は出撃時に降ろしておいた「大和」の零観（零式艦上観測機）を使ってあちこちと飛びまわっていた。

数日後、時間がとれたので自宅へ寄ったところ妻は私をもう神棚に上げていた。まだ私たちの戦死の発表はないはずなのに、と不審に思ったが、妻は「ラジオの〝我方の損害戦艦一〟という放送であなたの艦《ふね》が沈んだことだとすぐ判りました」と言っていた。

残務処理で飛びまわっていたとき、呉警備隊で三上参謀に会うと「副官、くよくよするなよ、明日からさっそくだが新配置についてくれよ」と言う。まったく人使いの荒いことだと思っていると、ポケットの中から三千円出して、みんなで飲んでくれ、と言う。私はこれを参謀長に渡し、参謀長から生き残った古村さんはじめ参謀指揮官に配分していただいた。

私は佐世保の経理部および人事部に交渉して、衣服などをはじめ、酒も集めて隔離中の兵に届けさせた。その夜はひさしぶりの酒で、みんな大騒ぎをしていた。

私と森下参謀長、宮本砲術参謀の三人は佐世保警備隊で連合艦隊との連絡をはじめ種々の業務に従事していたが、参謀長の命により宮本砲術参謀とともに「ちょっと見に行くか」と疲れた身体で隔離兵舎を視に行った。さすがに若い者は元気がいい。私たちは安心して自室に帰った。

そうこうするうちに「大和」固有の乗員は呉鎮所属のために副長以下団体行動をしていたが、数少ない司令部付きの兵は私が陸路引率してとにかく呉に帰ることにした。このとき二十余名の若い兵を一夜私の家に泊めたが、家中の米が一回でなくなってしまい、妻を困らせたようだった。

2時間近くの戦闘で爆弾6発、魚雷10本を受けた大和は海中に没した後、大爆発を起こした。伊藤司令長官と乗員約3000名が大和と運命をともにした

これら雑多な残務整理で一番働いたのは「大和」に転任中だった主計科員で、彼らは着任前に「大和」が出撃してしまい宙に浮いていたのだったが、とんだところで大いに役立ったのであった。

戦い終って

昭和二十年八月十五日、戦いは終り、日が過ぎて行った。

私は昭和二十八年、戦艦大和生存者会結成発起人として活動を始め、のちに「戦艦大和会」を結成し、二十九年四月七日、呉本願寺で第一回戦艦大和慰霊を執行して、今日にいたっている。

昭和四十三年五月二十三日、「大和」沈没地点に近い徳之島に「大和」を含む特攻戦士の慰霊碑を建立することができた。

この除幕式の日、迫水《さこみず》久常委員長の式辞があった。式辞の中で、「昭和二十年鈴木貫太郎大将の内閣が組閣されたのが四月七日で、私はそのとき官房長官を拝命しました。戦勢非とは言え組閣当日です。閣僚はそれぞれ国家の前途を思いながら全員で記念写真を撮りました。『大和』沈没の知らせが入ったのはそのときでした。組閣後に首相として初めて受けた報告が『大和』の沈没。海軍出身の鈴木貫太郎首相にとって大きなショックであったようでした。しかし、鈴木首相はこの報告で、いかに困難であっても戦争を終結させるという決意をなされたように見受けられました」と述べられた。

私はこの話はこのとき初めて聞いたものだった。「大和」の死はむだではなかったのだ。

海上自衛隊佐世保音楽隊が演奏する松島慶三作の「第二艦隊特攻の歌」を聞きながら、はるか「大和」沈没地点を望んだ私は、改めて第二艦隊特攻戦死計三千七百二十五柱の英霊に向って、黙禱を捧げた。

（増刊歴史と人物「実録・太平洋戦争」昭和56・9　原題「戦艦『大和』の死闘――比島沖海戦と特攻出撃――」より抜粋）

レイテ島の戦い

われレイテに死せず

満州からレイテ島へ派遣された
関東軍最強の玉兵団（第一師団）。
最初の戦闘で
八割の死者を出す苦戦を強いられながら、
後続部隊の増援を信じて
兵士たちは戦いを続けた——。

神子《かみこ》　清《きよし》

解題

マッカーサー大将を総指揮官とする米軍のフィリピン奪還作戦の先陣を切って、ハルゼー大将率いる第三艦隊（空母機動部隊）は昭和十九年十月はじめ台湾とフィリピン北部の日本軍基地を空爆した。対して台湾、沖縄、南九州、フィリピンに展開する日本海軍指揮下の航空部隊は大挙迎撃した。そして起きたのが十月十二日から十六日にかけての「台湾沖航空戦」で、大本営海軍部は敵機動部隊を壊滅させた「大勝利」と発表した。しかし、米軍の実際の損害は軽微なものだった。

そこに米軍のレイテ島上陸の報が届く。海軍の台湾沖航空戦の大勝利が誤報だったことを知らない大本営陸軍部は十月二十日、フィリピン防衛のルソン島決戦を変更、レイテでの米軍撃滅を南方軍に下令した。レイテに上陸した米軍は、台湾沖航空戦の敗残部隊だと決めつけての命令だった。実際は戦闘艦艇百五十七隻を擁する陸上兵員十万の大部隊だった。フィリピンの第十四方面軍司令官山下奉文大将は、レイテ決戦には大反対したが認められず、ルソン島からレイテ島に陸上部隊を増援する「多号作戦」が開始された。その増援部隊の一つが満州からフィリピンに進出

扉写真＝昭和19年10月20日、米軍はレイテ島のタクロバン、ドラッグなどに上陸した。写真は物資揚陸中の様子で、後方に並ぶ船艇は戦車揚陸艦（LST）

コレヒドール島を脱出してから2年7カ月後、第三次上陸部隊とともに
タクロバンの海岸に上陸を果たしたダグラス・マッカーサー大将

する途上の第一師団だった。

本手記の筆者である神子清伍長も乗る第一師団の輸送隊は十一月一日、奇跡的に無傷でレイテ島西岸のオルモックに上陸した（第二次多号作戦）。しかし、後続の各師団は輸送船が次々と米潜水艦などに撃沈され、兵力こそ七万五千名を上陸させたものの、武器弾薬、食糧の八割は沈められてしまった。神子伍長らが、一日千秋の思いで待っていた増援部隊が姿を見せなかったのはそのためだった。

そして、レイテ島の日本軍に待っていたのは惨めな敗残の山中彷徨だったのである。

静かな朝

——静かな朝であった。（昭和十九年十一月六日）私は平静な気持ちで現在地点を中心とする周囲の地形を観察することができた。この丘陵の南側三十メートルほど下に、一本の道が見える。これはレイテ島を縦に走る山岳地帯の山腹をうねりくねって一周する道だ。

われわれの陣地は、丘陵中腹の一つの瘤《こぶ》の上にあったが、萱《かや》が密生しているのと戦闘に夢中だったため、昨日はその地形がよくわからなかったのだ。この丘陵は山岳地帯の最北端に連らなっていて、稜線の向こう側（北側）は、くだって行けば平地を経てカリガラ湾に出る筈だ。

われわれの陣地の西方八十メートルほどの高地に凹地を経て一つの瘤がある。そこが昨日の敵の重機関銃陣地だったらしい。その後方で街道が右折している。カリガラ湾に出る道だろう。

さっきの南側下方の道を隔てて高さ三十メートルほどの独立した瘤がある。この瘤と味方陣地と敵の重機陣地の三点を結ぶと正三角形になる。幸いにしてその独立した瘤には敵がいなかったからよかったものの、もしいたらわれわれは挟み撃ちを食うところだった。

昨日の戦闘で、味方は僅か八名になってしまったにも拘わらず敵が陣地奪還に来なかったのは、なぜだろう。それはこの萱だ。丘陵一帯に密生している丈余《じょうよ》の萱のために、お互いの姿が見えなかったので、敵は、日本軍の兵力を過大に推定したのではあるまいか。とすると、萱こそ救いの神だったということになる。

戦闘準備を完了して、敵さんいつでもござんなれと、心構えだけはできたが、昨夜到着した箱田小隊長以下の十三名を加えても、味方は僅か十九名（二名の負傷兵を避退させたので）の劣勢だ。おそらく敵は、昨日の倍も三倍もの兵力で来攻するだろう。考えてみれば心細い次第なのだが、心細いという感じはすこしもおこらなかった。

まもなく味方主力が到着するだろうと思っていたし、たとえ全滅してもそれまでは持ちこたえるんだという考え以外には何もなかった。

それにしても中隊からの連絡が待たれた。きのう岩瀬を報告に出したけど、果たして彼は無事に着いただろうか。そんなことを考えているうちに、すでに陽は高く昇ってしまった。

午前九時ごろだった。突然、壕の西方にあたっておびただしい足音が聞こえた。地響きになって壕に伝わってくる。指揮官らしい大声の号令も聞こえる。

われわれはスワとばかり身構え、銃を壕のふちに乗せ、その方向に銃口を向けたが、私は立ち上がって皆を制し、撃たせなかった。撃てば、こっちの位置を敵に示すことになるし、こちらから撃つにしても敵の位置がハッキリしなかったからである。

とにかく、一弾も無駄にしたくはなかったし、味方主力が到着するまでは一兵も損したくなかった。

米軍は上陸作戦にあたり、徹底した空爆と艦砲射撃を行った。写真は日本軍の戦車防御水壕を越えて進軍する米軍兵士

しかし、敵はついに射ってきた。機銃と小銃の音が一斉に起こった。間髪を容れずこちらも撃った。軽機を持った小倉上等兵は私と同じ壕にいたが、彼も憑かれたように眼の色を変えて撃ちだした。彼は、もともと中隊でも名射手といわれた男である。萱越しではあるが、彼の射撃は確実な効果を与えているように私には思えた。

味方のどの壕も一斉に銃口から火を吐いている。

猛烈な彼我の銃声の中に、突如、敵の重機の音が加わった。同時に、弾が私の壕の真上を過ぎた。私も小倉も思わず首をひっこめ、撃つ手も止まった。ふり向くと、小倉が口をぱくぱくさせている。なにか言っているらしいのだが、銃声にかき消されて聞こえない。私たちはまた夢中で撃ちまくった。

ふと気がつくと、敵の射撃がいくらか小止みになっている。この機会にと思って私は壕から首だけを出して、分隊員の名を大声で呼んでみた。

「青木ッ、清水ッ、大塚ッ、石井ッ」

「はあーい」

みんながそれぞれ壕から答えて、鉄帽の顔を僅かに見せた。みんな無事だったか。

「敵の射撃中は頭を出すなッ。敵が近づいたら手榴弾を投げろ。いいな。わかったな」

「はあーい。わかりました」

四名とも元気がいい。小止みになっていた敵の射撃はまた激しくなってきた。ずっと近い。敵の歩兵が接近してきたらしい。軽機の音も、さっきよりはずっと近づいている。いよいよ来るな、と私は思った。

重機陣地は依然として同じところらしいが、その発射音は、他の火器を圧して遥かに迫力があり、頭上に飛んでくる弾丸も、すべてそれが重機からのもののように思えた。

なんと思ったのか、突然、小倉は軽機を持ちなおすと、壕の外へ身を乗り出そうとした。私は、あわててうしろから彼を引きずり戻した。彼は敵の重機陣地に、もっとしっかり目標を定めようとしたのであろう。しかし、この瞬間の動きだけでも、より正確に銃口は敵の重機陣地に向いたようである。彼は再び頭をひっこめ、あとはカンに頼って撃ちだした。

私はこの際、敵を殺傷するよりも、十分でも二十分でも多く時を稼いで味方本隊の到着を待つ考えだった。しかし、どうしても持ちこたえられない場合は、手榴弾を投げて突撃するつもりだった。

萱が燃えてます！

敵は、昨日と違って、日本軍が小部隊であることを知ったらしい。銃声も足音も次第に接近してくる。私は息をつめて突撃の機をうかがっていた。

隣りの壕の青木一等兵が突然叫んだ。

「分隊長殿ッ、萱が燃えています！」

思わず顔を出して見ると、前方に濛々と煙りが上がっている。メラメラと燃えている焰も見える。

さらに青木が叫んだ。

「分隊長殿、敵がやって来ます！」

なるほどそうだ。煙りを煙幕のように利用して、そのうしろから匍匐《ほふく》してやってくる米兵の姿がチラと見えた。距離は五十メートルぐらいか。敵の掩護射撃が猛烈になった。いよいよ最後の時が来た。

「三分隊、着剣して手榴弾用意ッ！」

私は大声で命令した。ガチャガチャと着剣の音が一斉に起こった。私も手榴弾の安全栓を抜いた。

その時である。

「突っ込めッ！」

絶叫とでもいうべき箱田小隊長の甲高い号令が耳を打った。はじかれたように私も着剣した銃を握りしめて立ち上がった。続いて、

「三分隊突っ込めッ！」

と号令するつもりだった。だが、咄嗟に私の口を衝いて出たのは全く違った命令だった。

「三分隊は待てッ！」

一瞬、私は、自分で自分に戸惑った。軍隊では、二律背反は許されない。上官の命令は絶対だ。この反省がすぐ私の心裡を走った。しかし私は命令を変えなかった。変えることを妨げるものがあったからだ。

それは瞬間の判断だった。突撃の条件たる味方火器の掩護がない——これは在満四年の演習で繰り返し教え込まれていた教条であった。この判断が殆んど無意識のうちに私に違った命令を出させたのだ。

この一瞬のためらいのうちにも、敵は接近して来ていた。眼の前の萱がかなりの幅でバサバサと倒されてくる。近づいてくる。

だが、このとき、火の手はわれわれの真正面にまわっていた。パチパチと音を立てて燃えひろがっていた。これが敵と味方とを遮る火焔の幕となっていた。咄嗟に私は判断した。〈この火の中から敵が躍り出てくることはあるまい〉

次の瞬間、私は斜右のあたりに切迫した危険を感じて叫んだ。

「目標ッ、斜右ッ、撃てッ！」

小倉の軽機が火を吐いた。越川分隊の軽機もうなり出した。すると前方八十メートルの敵重機も狂ったように鳴り出した。戦場は再び騒然たる銃声の嵐に包まれた。

「突っ込めッ！」

箱田小隊長の絶叫が再び聞こえた。しかし、それは彼我銃声の騒音の中に消えた。

「石井上等兵殿がやられました！」

そう叫ぶ声は大塚一等兵だった。続いて越川軍曹の叫び声が聞こえた。

「神子伍長！　小隊長負傷だッ。おれもやられた。あと頼んだぞッ」

だが私は振り向くこともできなかった。迫りくる敵を射つ、射つ、射つ――それ以外に何もない。十五メートルになったら手榴弾を投げて突っ込むんだ。ただそれだけだ。

「残っている弾は全部射てッ」

私は叫んだ。

その時である。頭上で物凄い音がした。砲弾が炸裂したのだ。この一瞬、敵味方の銃声がハタと止んだ。つづいて第二弾が頭上を通過した。と思ったら、斜右前方に落ちて炸裂した。萱が燃え上がった。

一瞬止んだ敵重機が、またうなり出した。と、第三弾が来た。それは私の壕の真上を掠めて敵重機陣地のあたりに落ちた。とたんに射撃音が止んだ。

私はそれが味方連隊砲の掩護射撃だとやっと気づき、思わず立ち上がって叫んだ。

「友軍の連隊砲だぞッ！」

レイテ島守備部隊の第十六師団は米軍の圧倒的な兵力の前に苦戦を強いられた。写真は戦死した日本兵の横で、日本軍の塹壕を奪取して次の戦闘に備える米兵

しかし、いったん沈黙した敵重機が、またけたたましく鳴り出した。するとそこを狙って第四弾が来た。また銃声が止む。また鳴る。また砲弾がくる。どうやら味方連隊砲は敵重機陣地を見つけて集中攻撃を加えてきたらしい。私は身うちがぞくぞくするほど嬉しくなった。士気というか、元気というか、血が湧き立つ感じだ。

だが敵も執拗だった。砲弾の炸裂したあと、ほんの数秒間だけ銃声は止むが、またすぐ射ってくる。私はその不敵さにドキッとした。われわれは大和魂こそ世界無比と教えられてきたが、彼らにもまた彼らの強靱な魂のあることを発見して私は驚いたのだ。漸くにして、容易ならざる敵、という実感が私の心にも認識されてきた。

第何弾目かの炸裂、そして敵重機陣地は遂に沈黙した。——その隙をみて私は壕を飛びだし、石井上等兵の壕に飛び込んだ。石井は膝を曲げて頭を垂れた姿勢でうずくまっていた。

石井も死んだ

「石井、どうしたッ」と声をかけながら、彼の鉄帽をもち上げてみた。眼はあいているが、その眼はもう動かなかった。眉間に小豆大の穴があいている。鼻孔から血がポタリポタリ落ちている。鉄帽をはずしてみると、後頭部にザクロのように大きな傷口があいていた。念のために手くびを握ってみたが、もう脈はなかった。その手くびに腕時計だけがカチカチ鳴っていた。

「石井も死んだ……」

悲しみよりも、歯を噛み鳴らしたいほどの怒りが私の全身を走った。思わず敵のほうを見る。すると、そこには依然として濛々たる煙りがあった。燃えさかる火もあった。煙りは右方向に流れて行く。ハッと思った。そうだ、小隊長も負傷しているのだ。もしこの煙りと焔が負傷している小隊長を包んだらどうなる。私は、われを忘れて、その方向に這って行った。地べたを這いまわって小隊長をさがしてみた。だが小隊長の姿は見当たらなかった。あきらめて引返すと、その途中、萱の中に将校用帯革、眼鏡、抜き身の軍刀と拳銃とが落ちていた。まぎれもなく箱田小隊長のものである。これはいったい、どういうことなのだろう。小隊長はどうなったのだ。どこへ行ったのだ。

その時また敵重機の射撃がひとしきり盛んになってきた。危険だ。私は急いでそれらの品を拾い集め、片手に抱えて自分の壕に這い戻った。

壕に飛び込んでホッとすると、妙な感覚が蘇ってきた。石井上等兵の手首を握ったとき、手首は火のように熱かった。死人の手首が熱い——奇怪な現象だった。その感触が、いま、なまなましく思い出された。すると、またしても猛然たる怒りがこみ上げてきた。

私は、彼が「自分たちの壕はあそこでよくありますか」と尋ねたときのことを思い出した。彼は、あそこに壕を掘ることを望んでいなかったのだ。つまり、もっと私の近くに来たかったのだ。その気持ちを察知しながら、私は敢えてそのままにさせてしまった。それが運命の岐《わか》れ目となったのだ。——私は激しい自責の念に襲われた。

それにしても、小隊長はいったい、どうなってしまったのだろう。敵に拉致されたのではないだろうか——という不安がしきりに頭を擡《もた》げる。

しかし、こんな思考もすぐ吹っ飛ばされてしまった。一時下火になっていた敵の軽迫撃砲弾が再び落下しはじめたからである。壕の周囲の土砂が炸裂音と共に盛んに吹き上げられる。同時に、今度はすぐ右後方から敵の軽機と小銃の一斉射撃が起こった。しまった！　すでに腹背に敵を受けたらしい。事態は遂に最悪である。

加えて、われわれには、もはや弾丸がない。射ち尽くしてしまったのだ。処置なし、である。いよいよ石井のあとを追う時が来たのか——と、私は覚悟した。

その時である。砲弾がすさまじい音をたててわれわれの頭上を掠めた。次の瞬間、あたり一面の空気をビリビリ振動させて物凄い炸裂が起こった。同時に、敵重機音がピタッと止んだ。

「命中か？」

私は咄嗟に思った。気のせいか、敵の歩兵にも動揺が起こったような気配を感じた。

「命中ッ、命中ッ、五、六人いっぺんに吹ッ飛んだぞッ」

と叫ぶ声が丘陵の上の方で聞こえた。あッ、関谷（秀夫）伍長の声だ——間違える筈もない彼の甲高い声だ。彼は千葉県山武郡出身の四年兵、北満で毎日一緒に演習していた戦友だから、声ばかりではない、動作の特徴までが眼に浮かぶ。彼は指揮班の副班長でありながら、擲弾筒《てきだんとう》分隊を指揮していたのだ。

これで敵歩兵部隊の動揺が読めた。私は敵の重機や味方の連隊砲や、自分の分隊ばかりに気をとられていたが、その間に彼と彼の指揮する擲弾筒分隊も、われわれのすぐ近くに位置して奮戦していたのだ。そう気がつくと、勇気百倍した。いや、それればかりではない。八尋中尉の声までも聞こえてきた。北満で演習していたときと少しも変わらないあのおちついた号令が聞こえてきた。距離が遠いので号令の内容まではわからないが、頼もしいことこのうえもない。地獄で仏、などという形容はこの場合適切ではない。それは正に天来の声であった。ありがたい、ありがたい。中隊主力が到着したのだ！　遂に私は持ちこたえたのだ！

涙がボロボロこぼれた。その涙を手の甲で拭いながら、私は半身を起こして、力いっぱい手榴弾を投げていた。殆んど無意識だった。それを見て、小倉、青木、清水、大塚も一斉に投げ、すぐ頭を地に伏せた。私の一発に続いて他の四発が同時に炸裂したので、轟音は耳をつんざくばかりだった。間髪を容れず、私は立ち上がりざまに叫んだ。

レイテ決戦のために関東軍精鋭の第一師団を赴援させたが、物量に勝る米軍の攻撃に部隊は各地で敗走を続けた。なかには捕虜になるよりも首を吊って自殺を選ぶ兵士もいた

重機陣地を占領

「目標ッ敵重機関銃陣地、突っ込めッ！」

五人は、着剣した銃を構え、喚声をあげ萱の茂みへ躍り込んだ。他の分隊の兵も私たちに続いてくるのが足音でわかった。

私は先頭に立って、すでに下火になっている焼野原の方へ走った。米兵があちこち倒れている。倒れた上を火焰が通り過ぎたのだろう。真黒い灰の中に、屍体は焼けただれ、膨れ上がっている。飴色に焦げた脇腹から黄色い脂のようなものが噴き出ている屍体もチラと眼に映った。

あたりには動いている敵兵はいなかった。素早く撤退したものらしい。振り返ると私に続くものは八人だった。

敵重機陣地と見当をつけた前方の瘤地が眼前に迫った。私たち九名は、二手に分かれて、左右からその瘤に駆けのぼった。

ここにも敵兵はいなかった。あるのはいくつかの屍体と大破した重機関銃やその他の火器、装具類だけであった。味方連隊砲はもののみごとにこの陣地に直撃弾を与えたらしい。銃座から五、六メートルも吹っ飛ばされてバラバラになった重機の一部に、まぐろの赤身のような肉片がベッタリと附着していた。屍体の多くは仰向けに倒れていたが、腹に巻いた弾帯の小銃弾がひとりでにパチパチと破裂しているのもある。それがまた傍らの手榴弾に引火してときどき大きな音をたてた。弾丸だけが生きているようで、なんともいえない奇怪な、また悽愴な光景であった。

われわれ九人は、こうして敵重機関銃陣地を占領した。まさに一番乗りである。

実は私は死ぬつもりだったのだ。八尋中尉の声を聞き、中隊主力の到着を知ったとき、私は、これで死んでもいいと思った。すでに射つべき弾はなかったし、残された道は突撃だけだった。中隊主力の到着まで持ちこたえるという私の任務は果たした。だから私は突撃したのだ。ところが、意外にも敵の抵抗はなかった。そして私たちは敵陣地一番乗りということになってしまった。

なにか夢のような気がする。私は呆然としてしばらく立っていた。しかし、すぐ、長居は無用と気がついた。敵の逆襲があるかもわからないし、それに敵の屍体が発射する銃弾の危険もあった。気をとりなおしたわれわれは、勢いにまかせて稜線まで駆け登ってみた。

あッ、敵だ。雪崩をうって反対側の斜面を駆けおりて行く。海が見える。カリガラ湾だ。

右手に当たって盛んな銃声が聞こえる。見ると右方稜線上に群をなして友軍がいるではないか。指揮官八尋中隊長の姿も見えるではないか。そうか！　さっきの声はあそこからだったのか。中隊は全火器を稜線上に並べて、斜面を退却して行く敵の背後から狙い撃ちに射ちおろしている。おもしろいように命中する。もんどり打って転がり落ちてゆく敵兵の姿も見える。

われわれも射ちたかった。しかし、残念なことに弾はもう一発もなかった。占領した重機陣地に敵の自動小銃やカービン銃が遺棄されてあったが、拾ってきても急場の役には立たない。みんな地団駄踏んで口惜しがった。

とはいえ、戦闘見物をしている場合ではない。私たちは再び重機陣地に駆け戻り、占領のしるしに重機の脚一本と、自動小銃、カービン銃、弾薬、糧食などの戦利品を、九名が持てるだけ持って、ひとまず壕に帰ることにした。

私はその途中で、指揮官らしい将校の屍体を見つけた。戦国武士が敵将の首級を挙げるような気持ちで、私はその鉄帽に手をかけた。脱がしてみると、その内側には寒天状の血糊がべっとりと溜まっていた。一瞬、私は無残な気がしたが、思いなおしてその鉄帽を持ち帰った。

壕に帰りついたわれわれ九名は、壕の中に残しておいた装備を身につけると、ひと休みしてから中隊長の許へ報告に出かけることにした。九人で戦利品を抱えきれないほど抱えた恰好は珍妙だった。

日本軍は米爆撃機の発進地である島内のブラウエン飛行場制圧のために空挺作戦を実施、薫空挺隊が敵地に降下して米軍と交戦した。写真は爆雷を抱えてジャングルを進む隊員たち

そのころ中隊は、すでに稜線一帯を完全に占領していた。敵の抵抗も完全に止み、時たま遠方から飛来する迫撃砲弾があちこちで炸裂する程度であった。

八尋中隊長は、道路わきの壕で、第三大隊長の佐藤（喜一）大尉と何事か打ち合わせの最中であった。珍妙な恰好で突然あらわれた私たちを見ると、両隊長とも壕から出てきて道路上に立った。私は、みんなに戦利品を地面に置かせてから、

「気をつけえ、大隊長に敬礼、頭（かしら）あ右ッ、直れ」

と号令し、つづいて中隊長にも敬礼しようとすると、

「敬礼は要らん」

と中隊長は手を振った。その八尋中尉の前に直立し、

「第一小隊の生存者、神子伍長以下九名、ただいま帰りました」

と報告した。八尋中尉のまるい童顔がニコッと笑った。といっても、激しい戦闘の直後なので、その顔は汗と埃にまみれて真黒だった。

「おお、神子伍長、無事だったか。よくやったぞ。御苦労であった」

おきまりの軍隊用語ではあるが、そのかたい言葉も、この人の口から出ると、無限の情味を感じる。そういう人柄であった。九州男児、士官学校出身、若いに似合わぬ沈着な人物で、兵たちから敬愛され信頼されていた。

私は敵陣地に突入してから重機陣地を占領するまでの経緯を、かいつまんで報告した。

功績名簿を持ってこい

佐藤大隊長も傍らで、微笑を浮かべながら八尋中尉と私との問答を聞いていたが、

「うん、なかなかやるなあ」

と口を入れた。それからうしろを振り向くと、

「おい、功績名簿を持ってこい」と大声で命じた。

別の壕から下士官が一冊の帳面を持って出てきて、敬礼して大隊長に渡した。佐藤大

尉は腰に下げた図嚢から鉛筆を抜き出して、ちょっと考えるようなふうだったが、帳面をひらくとその第一ページに何かを記入しはじめた。

ああ、私と私の部下は、今日の行動を「功績」として認められたのだ。

しかも、開巻第一ページの第一号として記入されているのだ。

戦功――それは、われわれにとって、夢に見る花だった。すでに満洲事変以来、新聞は、殆んど毎日のように、どこかの戦場での誰れかの戦功を報道していた。殊に、大東亜戦争に入ってからは、それが一段と華々しかった。しかし、その多くは空を征く航空部隊か、海を征く艦艇部隊の戦士たちの上に飾られるものであって、地べたを這うわれわれ歩兵には縁遠いもののように思い込んでいた。それがいま、確実にわれわれの手に与えられたのである。夢ではない。現に、われわれの眼の前で、大隊長は功績簿に書き込んでいる。

前に書いたように、私は、進撃部隊の先頭に立って進んだとき、それを男子の本懐と感じた。今はそれ以上である。戦場で手柄を樹てること――それは、たとえ階級の低い兵隊の身であっても、軍人としての自覚をもつまじめな人間なら、誰しもが望む栄誉である。それを、われわれは緒戦第一日において早くもわが手中のものとしたのである。

私は感動で、かえって表情の硬わばるのを意識した。

私はここで意外な発見をした。箱田小隊長がここにいたのだ。頭部から首すじにかけて繃帯をぐるぐる巻きにされた箱田見習士官は、中隊長の傍らの壕にうずくまっていたが、われわれの到着を見ると壕から這い出して来た。私は驚いて思わずいった。

「小隊長殿、どうされましたか。ずいぶん心配しました」

「うん、すまなかった。頭をやられてね。弾がまだ入っているんだ。そのせいか、首が全然うごかないんだ」

箱田小隊長は、からだには負傷はないようだったが、見るからに痛々しい姿だった。幸い、戦利品と一緒に小隊長の装具類（私が戦場で拾ったもの）も持ってきていたので、それを渡すと、

「ありがとう」と感慨ふかげに言ってから、なんと思ったのか、

「神子伍長、いのちを大事にしろよ」といった。

私はこの一言に、無限の味わいを感じた。あの弾丸雨飛の中に突撃を命じた若い精悍な箱田見習士官の口からこんな言葉が出たというのは、単に負傷で気が弱くなっていたからであろうか。それもあったかもしれない。しかし、それだけでないものを私は感じた。箱田見習士官は、あのときの突撃命令のことを心にかけているのだと感じた。

十一月七日の勝利

私は壕に戻って、小倉と背中合わせの姿勢のまま、また眠りに落ちてしまった。迫りくる敵を前にしても眠れるという豪胆さがあったわけではない。心身ともに疲労困憊の極に達していたからだ。

だが、夢うつつの中に銃声を聞いて、私は飛び起きた。何事かを号令している八尋中隊長の若々しい声も遠くに聞こえた。壕から首を出してみると、中隊全員は稜線上の配備についていた。

私が起こすまでもなく七名の部下も今の銃声に眼を覚まし、装備もそこそこに壕を飛び出し、私に続いて稜線に駆け上がった。銃声は敵側のものであった。敵はまだ遥か下方、麓のあたりにいるのであるが、早くも稜線に向けて一斉射撃を行ないつつ進撃してくる。いよいよ敵の捲返し作戦が始まったのだ。

しかし稜線上に位置した八尋中隊七十名は地形上絶対の有利を信じていたから、いささかの動揺もなかった。現に敵弾は北側斜面の中途に突き刺さるか、稜線上に伏せているわれわれの頭上を越えて行くだけで、殆んど「われに損害なし」である。

乏しい弾薬でこの有利な態勢を出来るだけ効果的に活用するためだろう、八尋中隊長は一発の射撃も許さない。つまり、敵を至近距離に引きつけてから一挙に猛反撃を加える意図と察せられた。いわゆる満を持して放たずといった形で、われわれは敵の動きを見守っていた。

私は在満時代、射撃の成績がよかったので射撃徽章を授けられていた。だから射撃には自信があった。しかし、昨日のような戦闘では、敵の姿が見えないのだから、その自信の腕を試す機会もなかった。ところが、今日は違う。敵の姿がハッキリ見えているのだ。私は腕がむずむずした。しかし、中隊長はなかなか射撃を許してくれない。

斜面を這い登ってくる敵兵の姿が、近づくにつれ大きくなってくる。迫撃砲を交えての射撃がいよいよ激しくなってきた。日本軍からのお返しが一発も来ないのをどう考えているのか知らないが、敵は依然として射撃を続けながら遮二無二接近してくる。その距離いよいよ六、七十メートルに迫ったと思われたとき、「射てッ」と中隊長の裂帛《れっぱく》の号令が発せられた。

待ちに待っていたこの号令だ。稜線上の味方火器が一斉に火を吐いた。軽機関銃、擲弾筒、小銃……。

バタバタと敵兵が倒れる。私も射撃徽章の誇りにかけて狙い撃ちに撃った。単発なのがもどかしい思いだったが、その代り確実に命中した。さすがに、もう立ったり動いた

日本軍の揚陸拠点であるオルモックの防衛で戦死した日本兵。同市の南２キロ地点の橋梁を死守していた

りしている敵兵は一人もなく、みんな地に伏してじっとしているが、それでも狙い定めて射つと、鉄帽がガックリ前にのめるから、手応えは確実にわかった。

だが、気がついてみると、それでも敵兵はじりじりと肉迫してきている。なにしろ夥しい数だから、相当数損害が出ても、それを越えて進出してくる数のほうが遥かに上廻る。それに、敵も実に勇敢だ。いわゆる戦友の屍を乗り越えて進むという戦場魂は、彼らもまた立派にもっている。

彼我の距離はだんだんと詰まってくる。味方は僅か七十名、これは悪くすると防ぎきれないかもしれないぞ、という不安がふと頭を掠めた。

私は次第に自分の単発銃がもどかしく感じられてきた。弾を込める時間さえ惜しい。あせってるな、と自分でもわかった。危機感が次第に切迫してきた……。

突然、二、三十メートルほど下方の敵側斜面に数箇の手榴弾が一度に炸裂した。つづいてまた数発……また数発。同時に擲弾筒もつづけさまに斜面に蝟集《いしゅう》する敵兵の真ん中に射ち込まれた。

敵兵の間に動揺が見えた。この機をのがさず、私は小倉を励ましてその動揺の中心地帯に向かって軽機の猛射を浴びせかけた。

関谷伍長の元気のいい声が聞こえる。見ると彼は指揮班の部下を励まして盛んに手榴弾を投げている。彼は兵営にいた頃から手榴弾投擲距離では記録保持者だったが、さすがに彼の投げる手榴弾はぐんぐん伸びて遥かに下方まで飛んでゆく。今こそ彼は真価発揮のときに際会したのだ。

擲弾筒は八尋中隊長みずからが指揮していた。八尋中尉は沈着豪胆な性質の人だったので、十分な観測の上で指揮する。擲弾筒は手加減の角度で射つものなので、目標の前に落ち、後に落ち、三発目がやっと当たるのが普通だった。だから兵営時代は「でたらめ三発」などと悪口をいわれていたが、今ここでは、でたらめどころか、初弾から適確に目標を捉えていた。

この俄かに起こった日本軍の猛攻に、さすがの敵も浮足立ったように見えた。いや、わが方は確実に勝機を摑んだのだ。

　八尋中隊長のおちついた号令が矢継早に発せられて、勢いを得た味方の火器がいっそう猛烈に火箭《かせん》を送る。兵たちは銃身も焼けよとばかり射ちまくっている。

　遂に敵は総崩れになった。見よ、敵は雪崩を打って退却しはじめたではないか。斜面を駆けおりるのだから逃げ足は早い。たちまち潮の引いたように敵兵の姿が消えた。あとには点々と死屍を残して……。

　かくして十一月七日の戦闘もまた、わが方の大勝利をもって終わった。

　いかに有利な地形に拠っていたとはいえ、戦闘である以上、若干の損害が出るのは止むを得なかったが、幸い私の第一小隊には一名の死傷者もなかった。敵の退却後も、迫撃砲弾だけは思い出したように飛来したが、他の銃声はピタリと止んだ。戦いは終わった。兵たちは思い思いに道路を越えて谷間に下り、冷たい水で顔を洗い、水筒に水を満たし、乾パンをかじった。思えば五日の朝以来、食事は乾パンばかりだ。それもおおかた食べ尽くしてしまって、今は斃《たお》れた戦友の雑嚢からいただいて来たもので補っている始末だ。

　それでも戦い済んだあとのこの小閑は、なにかむなしく、そしてまたなにか愉しい。ああ、今日も生きのびたかと、しみじみいのちのありがたさを思うのだが、さりとて、明日の死を想うわけでもない。いうなれば虚無だ。虚無の愉しさだ。

迫撃砲に猛射され

明けて十一月八日。

今日も曇天である。今日こそ敵は大挙して陣地奪還にやってくるに違いないと思った。

この日は午前九時ごろから稜線上の配備についた。というのは、過去三日間の戦闘の経験からみて、どうやら敵の戦闘方式には或る一定のルールがあるらしく思えたからである。きまって朝の十時ごろから攻撃開始、夕方五時ごろには攻撃終了である。まるで官庁や商社の業務みたいである。アメリカ人は戦闘もまたビジネスと考えているのかもしれない。夜を日に継いで行軍し、夜襲を得意とする日本軍の伝統から見れば、まことに不思議千万である。

しかし、よく考えてみれば、このほうが遥かに合理的だということに私は気がついた。これは大きな発見であった。

どうせ戦いは永く続く。マラソンのようなものだ。最初に全力で走ればあとでヘタバルこと、自明の理である。だからスタミナの配分を考えて、たっぷり休養をとり、そのかわり戦うときには全力を尽くして戦う。これを繰り返して行くうちに、相手は必ず疲

レイテ島への陸軍兵力輸送のために護衛艦が集結したマニラ湾に10月29日、米機動部隊が空襲を行った。写真は11月5日の空襲で対空戦闘を行う重巡「那智」だが、多数の魚雷と爆弾、さらにロケット弾を受けて沈没した

れてくる。十五回戦の拳闘のようなものと考えてもよい。敵がもしそんなふうに考えて戦闘を運んでるんだとしたら、これはことだ。敵が撤退したのも、実は敗退したのではなく、時間が来たからやめただけのことなのかもしれない。それを勝ったと思って有頂天になっていたとしたら、これはとんでもない間違いであるばかりでなく、実に危険だ。

それに反して、日本軍のやりかたはどうか。休養どころか、野糞を垂れる暇さえない。みんな体力を消耗しつくしている。現に、きのうの戦いでも、逸《はや》りに逸って手榴弾を投げたが、体力を消耗しているので、手榴弾の投擲距離は、訓練時の半分も行っていない。それに反して、敵の手榴弾は遥か下方から投げ上げてくるのだが、それがみごと稜線を超えて炸裂していた。もちろん、体格の相違もあろう。しかし、疲れていては、ああはできる筈がない。こんな戦いを繰り返していたら、しまいには、日本軍は体力的に消耗し切って、勝てる戦さにも勝てなくなるのではあるまいか。

――こう考えて、私は慄然とした。

しかし、私が考えるまでもなく、八尋中隊長はすでにそのことに想いを致していたのだろう。だから私の小隊には休養を命じたし、また今日は午前九時配備を命じたのだろう。つまり敵の出勤時間より一時間だけ早くこちらも出動させたわけである。

果然、午前十時――まず敵の迫撃砲弾が落下しはじめた。その弾着を見て、私は「おやッ?」と思った。非常に正確である。稜線附近への命中精度が非常に高い。敵は、この三日間に、八尋山の地形、距離、日本軍の配備等について研究に研究を重ねた上での攻撃と受けとれた。なにしろ観測機が始終頭上に飛んで来ていたのだから、それも可能なわけだ。

その命中精度の高い迫撃砲攻撃が、しかも猛烈に、今日は稜線に集中してきた。

味方に損害が出はじめた。このまま頑張っていると、非常に大きな損害の出る虞《おそ》れが出てきた。

八尋中隊長は遂に決断したらしい。命令が出た。

「全員、ひとまず稜線から退がって、各自、壕の中から応戦せよ」

迫撃砲攻撃はいよいよ猛烈をきわめてきた。稜線から道路に至るまでの広い斜面全部が敵迫撃砲弾によって耕されているといった感じだ。一平方メートル当たり数十発とかぞえられそうだ。

しかし大部分のタコ壺は、稜線から比較的近いところにあったのと、斜面が約四十五度の角度をなしていたため、稜線を越え抛物《ほうぶつ》線を画いて飛来する砲弾は、多くは壕の背後に流れ、直撃は殆んどなかった。

こういうふうに稜線を挟んでの射ち合いとなると、小銃は全く無力だった。加えて私の小隊は一張羅の軽機関銃が故障で使えなくなったのだから、火器としては七挺の小銃だけになってしまった。

迫撃砲があれば十分戦えるのだが、それがない。頼れるのは擲弾筒だけだ。

仕方がないから私は、できるだけ派手に土煙りを挙げるように稜線を射てと命じた。つまり、これによって威嚇を加え、敵が稜線に近づくのを妨げようとしたのである。

突然何かが、ズシン、ズシンと無気味な響を立ててわれわれの背後の斜面に射ち込まれた。ふり向くと、街道上を一台の大型戦車が驀進してくる。昆虫の触角のように動く機関砲がこちらへ向けられて、砲口から火を吐いている。

ちょうどこの時、頭上にはまた観測機が舞いはじめた。腹背に敵どころか立体的に包囲を受けたことになる。上陸以来最悪の苦戦に陥いりつつあることを私は意識した。

兵が二名、背中を丸くして斜面を駆けおりてゆく。何か抱えている。爆雷だな、とわかった。たぶん中隊長の命令で、あの戦車に肉迫攻撃を試みるのだろう。斜面には起伏があるので、二人の兵は巧みに戦車からの死角に当たる地点を縫って駆けおり、萱の茂みに姿を消して行った。

稜線をはさんで射ちあう

斜め左の稜線上に何か動くものをチラと見た。敵の鉄帽だった。私は銃口をそのほうに向けて待った。匍匐の姿勢ながら、とうとう敵は姿を稜線上に現わした。間髪を容れず私は引鉄を引いた。敵は頭を地につけた。その鉄帽を狙って、私はさらに三発射ち込んだ。もし、まだ動くようだったら、もう一発お見舞い申そうと狙いをつけていたら、敵のからだは、伸び切ったままズルズルと後退した。稜線の向う側で脚を引っぱっているらしい。その引っぱっている兵の銃であろう、銃身の先端が潜水艦の潜望鏡のように稜線上を出たり引っ込んだりしている。

私は壕を飛び出すと、そこまで駆け上がり、稜線上に伏すと同時に早射ちでその兵をも仕止めて壕に駆け戻った。

私のこの行動は軽率だったかもしれない。なぜなら、これを見ていた右側の壕の斉藤一等兵が、私と入れ違いに壕を飛び出して行った。

「危いッ、何をするんだ！」

と小倉上等兵が留めたが間に合わなかった。斉藤は銃を握って、どんどん斜面を駆け登ってゆく。そして稜線の上に立ったと思うと身を躍らせて向う側に消えてしまった。

さあ、大変なことになってしまった。さすがの私も顔色を変えた。どうしようかと考えていると、また足音が聞こえた。見ると斉藤である。彼は息せき切って駆けおり、自分の壕に飛びこむなり言った。

「畜生！　あんまり憎らしいから、頭を蹴飛ばしてやった」

私は彼が発狂したのではないかと思った。しかし、そうでもなさそうだ。

彼は酒も煙草も飲まず、召集前は私の故郷（千葉県青堀）の静養園で天然ガスの井戸掘りに従事していたというが、日頃から至極まじめな、おとなしい青年であった。こういうのが興奮すると、大胆というか、無謀というか、とんでもない行動に出る。これも戦場における異常心理というのであろうが、その原因を作った私自身も、反省すれば、やはり多少の異常心理であったように思う。

幸いに二人とも敵弾に当たらなかったが、これは敵の迫撃砲攻撃が止んでいた時であり、且つ敵の手榴弾の死角内での行動だったからで、偶然の幸運というよりほかない。

こんなことに気をとられているうちにも、敵の戦車砲弾は、なおも味方陣地に射ち込まれていた。さっきの二人は不成功に終わったのだろうか？　首をめぐらして街道のほうを見ると、敵戦車は依然として道路上を右から左へと進みつつ戦車砲を射っている。失敗だったのか？　二人はどうなったのだろう？

「あッ、小隊長殿、あれです！」

一緒に見ていた小倉が叫んだ。

二人の兵が道路脇の溝から飛び出した。素早くキャタピラの下に爆雷を投げ込むなり、また溝に飛び込んだ。爆雷は爆発したらしく、戦車はちょっと動揺した。しかし、擱座はしなかった。ところが、戦車はそこで進行を停め、やがて後退して行った。米軍の大型戦車には爆雷も効かないのであろうか。しかし、とにかく後退して行く戦車を見て私たちはホッとした。すべては小さくしか見えなかったが、あの様子では二人の兵も無事だったように思われた。

一方稜線を挟んでの手榴弾合戦も戦車の後退と共に微弱になった。敵は退却を開始したらしい。

当然、われわれは稜線へ駆け上がった。しかし、今日は昨日のように敵に大きな打撃を与えることはできなかった。擲弾筒も弾が尽きていた。小銃弾も乏しかった。加えてわが小隊の軽機は故障である。

レイテ増援輸送作戦は「多号作戦」と名付けられた。第九次作戦まで決行されたが、ほとんどが米軍機の空襲や駆逐艦との交戦で十分な成果を得られずに終了した。写真は11月10日、オルモック湾でB25爆撃機の爆弾が命中した瞬間の第十一号海防艦。第四次多号作戦に従事していた

われは陣地を奪われず、敵は退却したのだから、わが方の勝利、と言って言えないことはないかもしれぬ。だが、果たしてそうであろうか。敵は、単に今日のビジネスはこまでということで引き揚げていったのではあるまいか。そしてたっぷり休養し、元気を新らたにして、明日またやってくる。兵器、弾薬も山と補充して……。

それに反して、わが中隊はどうであろうか。もはや戦うべき武器は牛蒡《ごぼう》剣だけになってしまった。食糧も尽きようとしている。敵は、わが方のこの消耗を計算しているのだ。だから、無理に犠牲を払ってまで奪還には来ないのだ。その必要がないからだ。敵は熟柿の落ちるのを待てばいいのだ。だからこそ、今日は悠々と屍体収容までして退却したではないか。

――弱気というのではないけれども、今日の私には、そんなふうにしか考えられなかった。それにしても、後続部隊は、なぜ到着しないのだろう。私は、わからないことだらけになってしまった。

(『われレイテに死せず』出版協同社刊より抜粋・昭和40)

特別攻撃隊

特攻にゆけなかった私

特攻出撃の日を待つ隊員たちの悲壮な日常。零戦空輸部隊の指揮官だった筆者は、突然、特攻隊員を一名出せと命じられる。部下を出す気にならず、自ら志願したが……。

角田和男《つのだかずお》

解題

特攻は「特別攻撃」の略で、航空特攻、水上特攻、水中特攻などがあった。昭和十九年十月、フィリピン戦で初めて行われた特攻攻撃で戦果が認められたことから、特攻はサイパン島や硫黄島《いおうとう》の戦闘でも行われた。やがて米軍の機動部隊が沖縄・九州に現れるようになると、海軍は鹿屋《かのや》などから、陸軍は知覧《ちらん》などから次々に特攻隊が飛び立っていった。

しかし、フィリピン戦で大きな戦果を上げた特攻も、米軍の対空防御が強化されるに従い、その効果を減じていった。終戦までに、これらの特攻作戦における将兵の戦死者は、合計で五千人。そのうち、約三千九百人（海軍約二千五百人、陸軍約千四百人）が航空機での体当たりによるものだった。

特攻隊員は一般に本人の志願のうえで、指揮官が選別することで編成されていたといわれてきた。しかし、それはあくまでも形式に過ぎず、非志願者が出た場合は半ば強制的に志願させられた隊員もいたといわれている。

筆者は昭和十九年十一月、零戦を空輸中に、マニラのニコルス飛行場に不時着し

扉写真＝昭和19年11月25日、白煙を噴きながら米空母「エセックス」に突入する第三神風特別攻撃隊吉野隊の艦上爆撃機「彗星」

た。基地指揮官に報告しようとすると、いきなり「特攻隊員を一名出せ」と命じられる。空輪指揮官であった筆者は、部下を出す気にならず、自身が志願した。十日、攻撃に出撃するが敵を発見できず帰投。翌十一日の出撃の際、自機のエンジンが不調となり出撃できなくなった。

そこで筆者は一緒に出撃するはずだった部下を零戦から降ろし、自分が乗り込もうとするが部下は降りようとしない。無理矢理降ろそうとしたところ、部下は操縦桿にしがみつき、「私にやらせて下さい」と悲鳴に近い声を上げた。結局、部下は出撃していき、筆者は一人生き残ることになった。

開戦以降、戦闘機パイロットとしてソロモン海域から硫黄島と、数多くの空戦に参加した角田和男少尉。昭和19年11月6日に特攻隊に編入後、敗戦まで特攻機の直援任務についた

十一月六日、セブ基地よりマバラカット基地の二〇一空へ零戦四機の空輸を命ぜられ、昨日の輸送機でマバラカット発、早朝セブに着く。茂原《もばら》で別れた西沢飛曹長は十月二十六日輸送機で移動中に撃墜されたと言う。戦闘機に乗っていれば、決して落されることはなかったろう。この遭難を聞いたばかりなので、輸送機は心細かった。直ちにセブ発、高度三千で飛行する。

マニラ湾を通過する頃、遮風板に油が洩れかかり、爆音もやや不調となったのに気がついた。そして、僅か二、三分の内、たちまち遮風板を真黒にし、エンジンも被弾した時のような振動が激しくなり、白煙を吐き出した。こんな故障は経験もなく原因も分からない、クラーク飛行場群へ十数分の所だが、あきらめてマニラのニコルス飛行場に不時着を決心して引返した。

間もなく振動は更に大きくなり、回転も低下し、水平飛行も困難となり、誘導コースを廻る暇もないまま、海岸より着陸コースに入った所でプロペラも焼付いてしまった。

しかし、好運にもそのまま滑空して定着マーク内にピタリと着陸する事が出来た。後の列機の邪魔にならないように、斜に滑走して左側一杯に寄って停止すると、直ぐ整備員が駆け寄って来て調べてくれた。シリンダーの一個が裂けていた。よくも火災を起さなかったものと、驚く程だった。恐らく、材質不良に依るものと思われたが、この頃の機材には信頼し兼ねるものがあった。

列機が着陸して揃うのを待ち、迎えの車に乗り指揮所へ報告に行く。車を降りるが早いか雷が落ちて来た。

「馬鹿者、何で滑走路の真中に飛行機を止める。ここは内地とは違うぞ、直ぐ掩体壕に入れなくちゃ駄目じゃないか。ぼやぼやするな」と大声で怒鳴りつけられた。

床の高いバラック建の指揮所だが、相当に大きい。階下まで近づき見上げると、驚いた事に中将、少将、大佐級のお偉い方々がぞろぞろざわざわしている。誰が基地指揮官なのか見当もつかない。

困ったな、と思っていると、さっきの大佐の雷が進み出て来て、「俺が報告を受けよう」と言う。誰か知らないが参謀肩章のない所を見るとここの司令なのかもしれない。余り戦争慣れはしていないな、と思う。掩体壕まで操縦して行けるものかどうか、着陸を見ていればプロペラの廻り具合で分りそうなものだ。ちょっと情けない気がした。

一応型通りの報告をすませ、その後の処置をお伺いして待機する事になった。階下に待つ程もなく、厚木空で補習学生だった菅野直大尉が降りて来た。今は確か二〇一空の飛行隊長のはずである。

「分隊士、さっきはどうも。気を悪くしないでくれ、いきなり頭の上から白煙をもうもうと噴きながら着陸して来たので、すわ空戦、空襲か、と司令部は防空壕へ飛び込むやら見張りを怒鳴りつけるやら、大騒ぎで気が立っていたのだよ。悪かったな」と、大佐の代りに慰めてくれた。だが、後がうまくない。

「飛行機は当基地に置いて、陸路マバラカットまで帰るように、但し当地で今編成中の特攻隊に一名欠員が出来たので、ここの中から一名選抜して特攻隊員として残すように」

と、言うのである。これには私も驚いた。列機には誰も特攻を恐れる者はないと思うが、不時着した先で私の判断で決める事は出来ないと考え、

「私の一存で決める事は出来ません、マバラカットに飛行長新郷中佐が居られますから、許可を取って戴きたい」と、申し入れた。菅野大尉は「それもそうだな」と階上に上ったが、しばらくして現れた。

「分隊士、駄目だなあ、飛行隊の指揮系統は所在基地の先任者がとる事になっているんだ。ここに着陸した者は自動的にここの指揮官の指揮下に入る事になる。

それで作戦に関しては二五二空もマバラカットの飛行長も関係なくなる訳なんだ。

マニラの先任指揮官は一航艦長官の大西中将であり、ニコルス基地の指揮は直接長官

がとられる。

これは長官直接の命令だ、角田少尉は戦闘機隊の指揮官としてその隊から特攻隊員一名を選出し、司令部に差出すべし。残りの三名は十一時のトラック便でクラークまで送る。時間がないから人選を急ぐように」との事である。

所属系統、指揮系統とよく分らないが、こうなってはやむを得ない。どうしても決めなければならないなら自分でやるしかない。そこで先任の宮本上飛曹に、帰隊の上この状況を飛行長に報告するよう頼み、列機の搭乗員に別れを告げた。

正午過ぎになって待っていたように特攻隊の命名式が行われるという事で、艦隊司令部に案内された。民家を徴用したのだろう。芝生の庭が特にきれいだった。ここで尾辻中尉以下の先着者に紹介されたが、あれよあれよと言う間の出来事で、覚悟はしていたものの、頭の中は「があん」となって、ひたすら緊張するばかりである。

私達は神風特別攻撃隊梅花隊と命名され、同時に命名された聖武隊と共に尾辻中尉の指揮下に入った。私はその中の直掩、戦果確認機四機の隊長と言う事になった。

大西中将の訓示

正面にずらりと並んだ将官参謀方の数は、我々十一名の隊員を遥かに超えている。既に頭でっかちの海軍の末期的症状がはっきり現れていた。

南西方面艦隊司令長官大川内中将、第二航空艦隊司令長官福留中将、第一航空艦隊司令長官大西中将と、交々《こもごも》立って訓示される。だが、その言葉に何か喰い違ったものがある様に感じられる。爆装七人、直掩四人のために、三人の長官の後には数えきれないほどの参謀肩章が重り合っている。こんな事で日本が勝てると思っているのだろうか。

簡単ながら目に染みるような白布に覆われた長い机を前にして、別れの清酒が配られ、大西長官は右端の尾辻中尉より閲兵式のように順次その前に立ち、みなの顔を見て廻られた。そして、私の前では特に私の右手を両手でしっかり握り、喰い入るように鋭く見つめて、

「頼んだぞ」と言われた。

この大西中将の一言が鉄鎚のように頭に響いた。私の心を見通してしまったような鋭い眼光に、不平、不満、疑問も消し飛んでしまい、いよいよ俺も最後だな、と思った。

この後直ちに三十分待機となり、これがずっと続いた。

日没後には、宿舎のマニラホテルに帰り、日出と共に司令部の庭先の野天椅子で索敵機の情報を待つ。今か、今か、と一分一秒の時の流れが息苦しい。しかし、みな落着いているように見える。無口ではあるが悩んでいるような顔は一つもない。実に澄み切った心境が現れている。又しても、私はこの人達には遠く及ばない、と感ぜずにはいられ

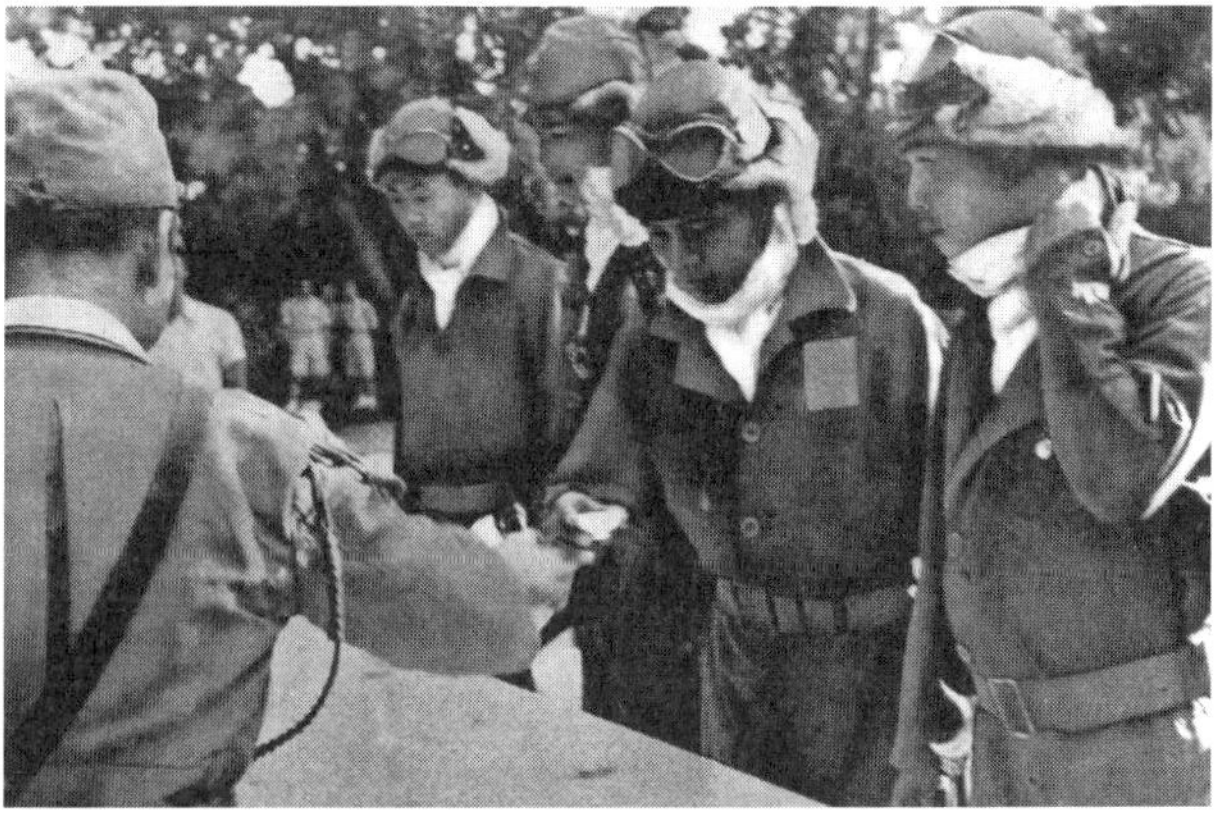

大西瀧治郎中将の第一航空艦隊による特攻の戦果から、福留繁中将が指揮する第二航空艦隊も特攻隊の編成に踏み切り、両隊を統合して連合基地航空隊が編成された。上の写真は昭和19年10月27日に行われた第一神風特別攻撃隊初桜隊の命名式で、命名書を読む福留中将と初桜隊員。下の写真は出撃前に水盃を交わす第三神風特別攻撃隊聖武隊の隊員。ともにマニラ郊外のニコルス飛行場より出撃した

なかった。

司令部の掌経理長は、時々宿舎の様子を見に来て色々面倒を見てくれた。「何か欲しいものはないか、食べたいものはないか」等、親切な言葉に、誰かが遠慮しながら、

「内地を出てから俸給を貰っていないので、夕食後散歩に出ても小遣いがなくて困っています。俸給を戴けないでしょうか」と言いだした。

掌経理長もこれには困った様子だったが、早速司令部に問合せてくれた所、

「所轄部隊から履歴書、給与証明書等の身上関係書類が来ていないので、俸給は支給出来ないが、司令部から一日一人当りビール一本、煙草（光）二箱を支給する、これは特に長官の心づかいです。光は市内で二十円で売れる（定価の百倍）から、一個を小遣いにして貰いたい」

と、初めて闇取引というものを教わった。この時、隊長の尾辻中尉は財布を私に渡し、

「角田少尉は、特務士官だそうですね。初め予備士官かと思って、少々不服だったのですが聞いて安心しました。どうか必ず生きて帰って下さい。もし、無事内地に帰られたなら、この財布の中の印鑑を生家に送り届けて、私の最後の模様を親達に話してやって下さい。中の二百円は搭乗員達を適当に遊ばせてやって下さい」

と静かに言う。

飛行学校を卒業したばかりだというのに、部下思いの立派な隊長振りだった。

ここには我々の他にもう一隊の特攻隊が待機していたが、宿舎も異なり、名前も分らなかった。この隊長は予備中尉だという事で、この人は司令部の入口の部屋で毎日何か書き綴っていた。朝から晩まで文字通り寸暇を惜しむように何時見ても鉛筆を忙しそうに走らせていた。誰のために、何を書き遺そうとしているのか。ああッ、あの人が何か書き終るまで、敵機動部隊が現われなければ良いが、と蔭ながら祈った。私は、

「尾辻中尉も、何か書き残されませんか」と聞いた所、

「いや私はよいのです。兵学校に入った時から戦死の覚悟はしておりますから、今更別に言い残す事もありません」と、これはまた実に淡々としたものだった。

決死の型にも色々あると感新たなものがあった。

戦場の女子

酒好きだが煙草はのまない私は、搭乗員達と配給の煙草とビールを交換して一人飲むのが常だった。その日も一同、夕食もそこそこに散歩に出掛けた。私は広いホテルの部屋に一人ポツンと残って飲んでいた。三十分余りもした頃、ドヤドヤと四、五人の搭乗

員が帰って来た。

ドアを開けてまだ私がいたので驚き、困った様子で入口に立止っている。何かあったのか、とよく見ると廊下の薄暗い所に若い女性が一人立っている。これは困った、特攻隊員が街の女を宿舎に連れ込んだとあっては、上官として見逃す訳には行かない。何と言って止めさせれば良いものか、と見つめたまま立往生してしまった。

彼等もまごついた様子だったが、その中の先任者らしい者の話を聞くと、

「街へ出る途中の暗い所でこの婦人に呼び止められ、子供を連れているのが珍しく事情を聞きました所、片言の日本語で『子供に一週間ばかり何も食べさせていない、夫は比島陸軍中尉でマッカーサー司令部と共に蘭印に行っているが、音信不通で生活に困り、今夜初めて街角に立った』と言うのです。余り可愛想だから、夕飯の残りでもやろうと思って連れて来たのです。よろしいでしょうか」

と言う。

おどおどしながら入って来た母子を見れば、母は二十五、六歳の白系混血の美人、子供は四、五歳の可愛らしい男の子。服装も清潔だ、私はふと故郷の妻子を思い出した。私にも女の子だが丁度この年頃の子供がいる。この戦争は遠からず日本本土に敵を迎える事になるだろう、その時我が妻子はどうなるのだろう!! 私は黙ってうなずいた。

喜んだ搭乗員達は、未だ流し場にあった残飯でにぎり飯をつくって持って来た。夢中

特攻はフィリピン沖海戦から常用手段となった。写真は昭和19年10月25日に出撃した菊水隊の1機が米護衛空母「サンティー」に突入した瞬間

でかぶりつく子供、涙をためて見守る母、それを囲んでにこにこ楽しそうな搭乗員達。

彼女が仮に敵のスパイであったとしても、私はやむを得ない、これでよいのだ、と一抹の不安を打消して寝室へもどった。

休日の特攻隊員

十日、朝から小雨が降った。正午になっても止まず、今日は索敵機が未だ出ないので、待機を解く、との指令があった。休業と分るとたちまち搭乗員達は消えてしまった。隊長も一人で出掛けたようだが、ビールの配給はまだだし、退屈なので掌経理長に教えられた慰安所の辺りでも散歩して、ひやかして来ようかと出掛けて見た。

慰安所は木造二階建てのバラックで、ラバウル辺りよりやや上等の建物だった。台湾出身の慰安婦が十五、六人いると言う。雨も小止みなのでブラブラ歩いて行くと、その建物の裏口に出た。

そこには隊長が立って居り、私の足音に振り返って静かに、静かに、と言う。そして手真似で言われるまま板壁の向うを見ると、正面帳場の座敷を開け放して五、六人の搭乗員と同数の慰安婦達がトランプ遊びの真最中だ。

慰安婦は十八、九歳か、揃いの純白の服で美人揃いだ。茶褐色の飛行服もちょうど同年代、わあわあ大騒ぎしながら遊びに興じている。その姿に、一幅の名画を見るような神々しさを感じた。

私が「隊長も一緒になったら良いでしょう」と言うと、彼は静かに頭を振って、「私が行くと搭乗員が遠慮しますから」と、言う。彼等とあまり年の違わぬその顔を見て私は胸がつまった。まだ二十一か二だろうと言うのに、特攻隊の隊長として徹し切って無我無心の慈母観音と言ったような表情だった。

しばらくして、隊長と私は小雨の中を黙ったまま宿舎に帰った。

戦後昭和四十七年の秋の彼岸に、東京世田谷の特攻観音の除幕式が行われた。戦友に

昭和19年10月30日、ルソン島東方海上でセブ基地より出撃した葉桜隊による特攻を受けた米空母「フランクリン」（右）と軽空母「ベロー・ウッド」

誘われ参拝したが、私はこの観音様よりも尾辻中尉の方がずっと観音様らしい顔をしていたな、と悲しく思い出した。

エンジン不調

この日の午後、急にレイテ湾東方に敵機動部隊発見の報を得て、マニラ湾岸道路より発進した。予定コースを索敵したが、敵を発見できず、更に足を百浬《カイリ》近く延ばす。増槽を持った私の方が燃料を心配する程だったが、日没となって漸く反転帰途に就いた。セブに着陸したのは午後九時頃だったと思う。満月であったが夕方から雲量十となり、暗夜と変らない夜間飛行となった。

コースは、ちょうどドラッグ沖を通過する。爆装機の燃料が心配なので廻り道は出来ない。下に米戦艦群のいる事は分っていたが、誘導機の私が航空灯を消しては編隊飛行は出来なくなる。航空灯をつけたまま弾幕の中を高度三千、増速して高度二千まで落し、突破する。爆発音と共に機体は揺れ、目前にはチカチカ花火の様に高角砲が炸裂する。それでも航空灯をつけていたためか、探照灯の照射を受けなかった。おかげで助かった。

二回目の出撃は、十一月十一日午前だった。司令部始め多数の報道班員等に見送られ

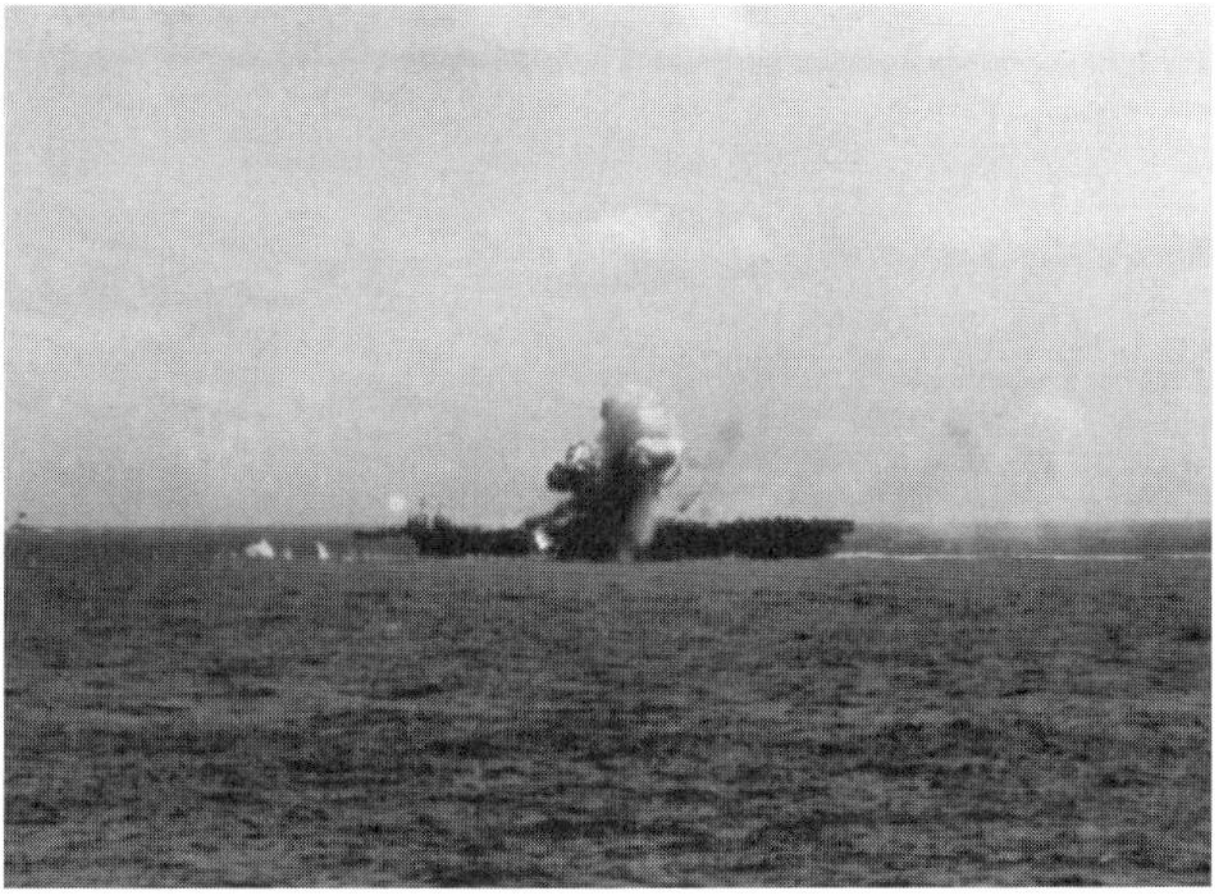

米空母エセックスに特攻機が命中した瞬間。11月25日の特攻でフィリピン水域で行動中の米空母４隻が損傷を受けた

てマニラ湾岸道路から発進した。離陸後気付いたが、エンジンの調子が悪い。地上運転では異状なかったのだが、スイッチを切換えA・C《エアコントロール》レバーを動かして見る、だが良くならない。燃料混合比がやや薄過ぎると判断した。薄く白煙を噴くが水平飛行には差支えない、ここで引返し、修理とか予備機に取換えていたのでは間に合わないので、レガスピーで燃料補給の際に直して貰おうと思い、そのまま進撃した。これが一生の悔を残す事になろうとは、その時は思いも及ばず、ただ一刻も早く敵機動部隊を捕捉する事ばかりが念頭にあった。

　十二時頃レガスピー着、直らに整備員に調整を頼む。ガソリン補給の間、搭乗員は最後の弁当を開いた。その時、基地の整備兵曹長がやって来て遠慮し勝に、「気化器の調整法が分らないから見に来て貰いたい」と言う。これには困った。今まで随分零戦の試験飛行も行って来たが、搭乗員は原因さえ確めれば、後の調整は整備員がやってくれる。私は、「燃料をちょっと濃くすれば直ると思うんだが」と、腰を上げずにいると、整曹長は、「申し訳無いんですが、当基地にはマーク持の整備員は私一人しかいないんです。ところが私も計器が専門で発動機は触った事が無いんです。ここは陸攻基地で、陸攻には搭乗整備員がいるため基地には無章の兵隊しかいないのです」と言う。驚きの連続だ。飛行隊は電報一つであらゆる基地を飛び廻る、まさか戦闘機の整備の出来ない基地があるとは思っていなかった。

航空隊の編制が変えられて、基地航空隊と飛行隊が分離されたが、名目だけで完全な作戦配備が出来ていないのだ。誰の責任か、腹が立つ。しかし、最大の怠慢は私自身なのかも知れない。今まで余りに優秀な専属の整備員にめぐまれて、私はただ不良個所を指摘するだけで、それがどうして調整されているか、最後まで見届けていなかったのだ。

「今、エンジンカバーを外して待っていますから、ここの目盛を幾つ増せとか、減らせとか、直接指示して貰えれば有難いんですが」と、言われても自信はない。

昭和十五年八月、初めて漢口で零戦の講習を受けた時、一度確に詳しく説明を聞いた覚えがあるが、とに角一応燃料は薄いのだから調整目盛を（＋）へ若干廻して貰う。三

特攻しか策がなくなった海軍は沖縄戦まで次々と特攻隊を編成、次いで陸軍も同様に特攻を採用した。上の写真は朝鮮半島北東岸の元山海軍航空隊で編成された特攻隊で、昭和20年4月に出撃地となる鹿児島の鹿屋基地に向かう前の出陣式の様子。下の写真は昭和20年7月、台湾新竹航空基地から出撃地の宮古島に向かう第三龍虎隊。わずか300馬力の九三式中間練習機に250キロ爆弾を搭載しての出撃となった

十分ばかりの休憩で、出発は急がなければならない。

私は大急ぎで試飛行に飛び上った。隊長初め、エンジンを発動して待機している。危惧していた様に、果して調子は良くならない。噴出する白煙は以前より反って多くなったようだ。飛べない事もないが、なるべく隠密に接敵しなければならない誘導機が、こんな白煙を吐いてはたちまち敵に発見される。

直ちに着陸して、隣に待機していた二番機に駆けより、「おい、交代してくれ、お前残ってくれ」と、声を掛けた。上官の頼みだ、直ぐ交代してくれるかと思っていたのに、彼は静かに、

「三番機とかわって下さい」と言って、そのまま落着いて試運転を続けている。私は、それもそうだ、私がいない時は彼が直掩隊長になっていたはずだ。経歴から見ても敵と遭遇した場合彼がいた方が力になるだろう。と思い、次の三番機に駆けより、

「おい俺の飛行機は駄目だ、お前交代して残ってくれ。この飛行機を俺に貸せ」と言った。しかし、先程から私の行動を見ていた彼も平然と、

「四番機と交代して下さい」と、同じように答え、当然のように運転を続けている。この時初めて私は気が付いた。

こいつら普通の事では飛行機から下りないな、と。そこで、今度はゆっくりと四番機に近付いた。今までの二人はマニラで初めて会った連中で、名前も良く覚えていない。

昭和20年2月、米軍の硫黄島上陸を受けて編成された神風特別攻撃隊第二御楯隊。
2月21日の夕方より硫黄島沖の米空母群に特攻を仕掛けた

だが四番機の聖武隊中山二飛曹は、私が筑波航空隊の教員時代に教えた練習生である。彼ならば私の言う事を聞いてくれるだろうと、

「おい、お前は残れ。俺が飛んで行くから」と、高飛車に有無をいわせぬつもりだったが、私の様子を見ていた中山は、「私が行きます、分隊士が残って下さい」と、またも同じ事を言う。

それで私は声を荒らげて、

「俺が行かなくて誰が誘導するんだ、下りろ」と叱りつけ、落下傘バンドに手を掛け引摺り下そうとした。すると、何と、彼は操縦桿に両手でしがみつき、

「教員、私がやります、私にやらせて下さい」

と悲鳴に近い声をあげた。「あッ」と私は手を緩めてしまった。久し振りに聞く「教員」と呼ぶ練習生の声、命名式の時、私は彼に気付いていたが他の搭乗員に差別感を与えてはならないと思い、黙っていた。

彼も言葉を掛けては来なかったが、私が教員であり、特務士官である事を隊長に知らせたのも彼であった。教え子は何年経っても可愛いものである。

彼の悲鳴の様な声に手を緩めた私は、遂に彼を引摺り下す事が出来なかった。そこで、若いが指揮官である隊長に頼むしかない。

尾辻隊帰らず

「隊長、搭乗員は私の言う事を聞いてくれません、隊長命令で誰か交代するものを指名して下さい」こうした私の申出に、尾辻中尉は相変らず物静かな表情のまま、ちょっと思案していたが、

「私達は、K部隊より選ばれて、死所は一つと誓い合って来た者同士です。今ここで誰彼に残れと言う事は私にも出来ません、分隊士が残って下さい。

分隊士は他部隊からの手伝いですから、誘導機はなくても私が何とかしますから。そして飛行機が直ったら原隊に帰って下さい。長い間御苦労様でした」

昭和20年5月4日の菊水五号作戦で10隊61機の特攻機が沖縄本島沖の米艦隊に攻撃を仕掛けた。写真は米護衛空母「サンガモン」に突入する特攻機

征く者が残る者に御苦労様でしたとは!! 物静かな中に不動の決意が窺われ、私はもう何とも言う事が出来なかった。全身の力も抜けるような感じで、首を垂れて隊長機より離れた。

飛び立つ僚機を見送りながら、早くも私には自分の不甲斐なさを後悔する気持がわき上っていた。それは一生続く事だろう、なぜあの時無理にでも中山二飛曹を引摺り下さなかったのか……。

十二月末頃、「この日、梅花隊、聖武隊は敵に会わず、セブに帰投し、翌十二日再び出撃したが発進後間もなくレイテ島の手前に待ち伏せていた優勢な敵戦闘機群に遭遇して、全滅した」と言う事を聞かされた。

当時の梅花隊編制

爆装隊長一番機尾辻是清中尉、二番機高井威衛上飛曹、三番機岡村恒三郎一飛曹、四番機坂田貢一飛曹

直掩一番機角田和男少尉、二番機和田八男三上飛曹

聖武隊編制

爆装一番機岩井辰巳上飛曹、二番機小原俊弘上飛曹、三番機吉原久太郎二飛曹

直掩三番機本沢敬巳上飛曹、四番機中山孝士二飛曹

(『修羅の翼』今日の話題社刊より抜粋・平成2)

本土防空作戦

北九州防空戦 B29撃墜王

北九州・八幡の上空に初めて姿を現したB29。
超空の要塞を迎え撃つ
夜間戦闘機「屠龍《とりゅう》」と飛行第四戦隊の奮闘。

樫《かし》出《いで》 勇《いさむ》

解題

太平洋戦争末期、大都市から中小都市まで日本のほとんどの都市を壊滅させた、米軍の大型爆撃機がＢ29「スーパーフォートレス」である。日本語では「超空の要塞」と表現されるが、「要塞」の名は伊達ではなく、撃墜は困難なまさしく難攻不落の空飛ぶ要塞だった。

そのＢ29が初めて日本本土に空襲を行ったのが、昭和十九年六月十六日だった。中国の基地から出撃したＢ29が北九州の工業地帯を爆撃したのだ。これに対して筆者（当時大尉）が所属する二式複座戦闘機「屠龍」を装備した飛行第四戦隊が全力でこれを迎え撃ち、果敢な空戦を行った。

その後もＢ29は幾度も日本本土に現れた。日本の空を跳梁する要塞を撃墜する手段は、大きく分けて二通りあった。一つは飛行機で近くまで飛んでいって攻撃すること。もう一つは地上から高射砲で狙い撃ちにすることだった。しかし、そのいずれも効果的ではなかった。Ｂ29は高度二千メートルの低空から高度一万メートルの高空まで、あらゆる高度で日本の領空に侵入することができた。低空ならそれなり

扉写真＝米軍はサイパン島占領後、6000フィートの滑走路を持つイスレイ飛行場（日本側名称はアスリート飛行場）を完成させ、B29が中国の基地から進出した

に迎撃も可能だったが、高度一万メートルなどの高空から飛来した場合、日本軍の装備していた高射砲のほとんどが届かなくなる。また、戦闘機もそれだけの高々度では極端に性能が低下した。さらにB29の機体そのものも、簡単には撃墜されない高い防護性を誇った。

それでも日本軍の各防空戦隊は、難攻不落の「超空の要塞」に対して果敢に挑んでいった。筆者はそのB29攻撃に目覚ましい活躍をした一人。昭和二十年五月には、西部軍司令官から「熾烈なる敢闘精神と優秀なる戦技」に対して武功徽章が授与され、「B29撃墜王」と呼ばれるようになった。

北九州に襲来するB29に対して、毎回目覚ましい戦果を重ねた筆者の樫出勇大尉

初の空襲警報

リリリリーン。リリリリーン。

ひそまり返った部屋の二つの電話が、殆んど同時に、けたたましく鳴った。

一つは飛行師団、一つは西部軍司令部との直通電話である。私は、先ず、飛行師団作戦室からの受話器をとった。

「情報情報、西部軍管区警戒警報発令。飛行第四戦隊は待機姿勢に移行すべし」

これを聞き終って、私は引きつづき西部軍司令部直通の受話器を握った。師団と同様の情報だった。

昭和十九年六月十六日二十二時四十分であった。その時、私は警急出動の当直であり、しかも戦隊情報主任でもあったので、情報掛将校を呼び、戦隊命令を下達させるとともに、一方、戦隊長に報告した。ここに、私たちの戦隊は、待機姿勢に入ったのである。

B29の爆撃目標となった日本の鉄鋼業の中心地である北九州。同空域の防空のため、山口県小月の飛行第四戦隊が任務に就いた

当時、戦隊の作戦規定として、次の三項の姿勢が規定されていた。

一、予備姿勢
飛行機は格納庫又は飛行場掩体内に格納し、整備作業を続行。夜間は警急出動機以外の整備員は休養。

二、待機姿勢
戦隊戦力の三分の一の飛行機は飛行場に配列せしめ、警急出動態勢に置き、人員は警急服務者は飛行機附近に於いて待機休養。その他は予備姿勢。

三、警急姿勢
何時如何なる場合たりとも、全機出動可能なる態勢を整えること。即ち飛行機は全機飛行場に配列、人員は機側に於いて待機の姿勢。

戦隊長阿部勇雄中佐は、私の報告を受けると、すぐ戦隊指揮所に出て来た。私の第三攻撃隊（飛行中隊）は、折柄、警急姿勢の勤務に当っていたので、私は、戦闘本然の任務に服するため、隊の控所へ駈足で急ぎ、戦闘配置についた。

夜間出動機は、整備員の手で、順序よく回転を入れている。各機の爆音が、あたりに緊迫したものを漂わせ出した。

出動準備

実はその日の夕刻までに、何の敵情報もなかった。だから、友軍機の無通報（陸海軍機を通じ、戦時中は、飛行の目的、航路、高度の飛行通報を出して飛ぶ規定になっていた）飛行か、よしんば敵機にしても、たいしたことはなかろう、とも思うのであった。

「教官殿、敵機でしょうか」

控所の空いた椅子に腰を下すと、隣りの河野軍曹が話しかけた。

「まあ、単機偵察かも知れないな。偵察機なら、是非、捕捉して墜とさなければならん」

そんなふうに答えた時だった。

「情報情報」

戦隊の拡声器が、昂奮を帯びた口調で、がなり出した。いつもと違う調子だった。

B29迎撃用として20ミリ機関砲を上向砲に装備し、戦闘能力を強化した二式複座戦闘機「屠龍」。昭和19年6月の時点で飛行第四戦隊には35機が配備されていた

「二十二時四十五分、敵大型機編隊、朝鮮釜山上空を東進中。命令、各隊は警急姿勢に移行すべし」

命令は復唱された。更にマイクは、西部軍管区空襲警報発令、と情報を伝達した。二十二時五十一分であった。

街のサイレンが唸り出した。

「河野、偵察機じゃない、空襲だぞ。慎重にやれよ」

私は、そう云いながら、地図を見た。各隊は、一斉に試運転を開始している。

「報告はいいから、慎重にやれよ。離陸は編成順に出発。早く乗れ」

部下に云って、私も愛機に搭乗し、出動命令を待った。

始動車は、ライトに赤布を覆い、空

B29による日本への初空襲は昭和19年6月16日未明。中国の成都基地から発進した68機のうち47機が北九州八幡市に飛来した。写真は8月20日の3回目の八幡市空襲の様子

襲警報間の行動に注意を払いながら、順々に出動機のエンジンを廻している。

各隊全機の始動が終ると、地上での無線調整が始まった。私の隊は、殆んど実戦の経験がなく、それらの者は、いささか泡をくっているのが感じられた。

私も最初は、いくらか不安であったが、ノモンハン、中支、北支などで、小型機ではあったが十数回交戦し、四～五機撃墜した経験があったせいか、操縦席に坐ってみると、落ちついて行くのが判った。

同乗者田辺軍曹に、無線の調整を命じ、

「送信は混雑するから、やるなよ」

そう云っていると、わが機からの送信がないためか、指揮所から、私を呼び出し、

「感どうか、明どうか」と連絡して来た。

「こちらは樫出、感良し、明良し。感、明、良好」と応答した。

初見参のB29

「命令、戦隊は全機出動、要地上空三千、朝鮮方面より侵入せる敵機を邀撃《ようげき》すべし。命令終り」

いよいよ出撃命令が下令されたのだ。（要地とは、八幡、小倉附近の工業地帯の総称）車

輪止をはずし、離陸位置に向って滑り出した。出発線について、後方を見返ると、私の編隊は、順調に続いている。

前哨燈を点滅して、出発の合図をし、レバーを全開して滑走に移った。

浮揚、上昇に入った。念のため、戦闘指揮所を呼び出すと、感も明も良好との返事があった。続いて、僚機の編隊に連絡すると、編隊全機、無線の状況は良好であった。

上昇しながら、編隊を組んで、要地上空に直進。下関上空に来たときは、高度千五百米《メートル》に達していた。その頃、戦隊全機の離陸が終り、各機、無線の調整を実施していた。

二十三時十八分、要地上空に達した。高度は三千米だった。無線で「第三攻撃隊配置完了」を指揮所に報告した。

所定の空域を哨戒しながら、果して敵機であるかどうかが、まだ信じられなかった。

「情報情報、二十三時十五分対馬北方に爆音」

「対馬西方に大型機編隊東進中」

「敵大型機編隊、高度五千、対馬上空東進中」

矢継早に、情報が入って来た。もはや疑いを入れる余地はない。まさしく敵機なのだ。敵機の高度は五千米――とすれば、こうしてはおられない。すぐさま上昇に移った。

情報は、刻々、敵機の接近を伝えた。

「只今より試射する」

私は、編隊各機に対し、愛機の三十七粍《ミリ》機関砲を、北方海上に向って、一発ずつ発射することを指示した。

弾は、機体に相当な衝撃を与え、青白い焔を残して飛び出して行った。

敵は、針路を変更したのであろうか、情報が途切れた。私たち操縦者は、哨戒中は、情報をきくのが唯一の楽しみだった。だから、情報が途切れると、指揮所へ情報を請求するのが癖のようになっていた。今しも、その要求をしていると、

「二十三時三十三分、六連島《むつれじま》北方に爆音」

「三十五分、六連島上空、高度四千、敵大編隊要地に向う」と知らせて来た。

敵機は近い。しかし、照空燈は、まだ照射を開始しない。私たち邀撃隊にとって、夜間戦闘では、照空燈が、敵機を捕捉しない限り、攻撃不可能であった。それなくしては、視認出来ないからだった。

敵機が迫っているのに、何をしているのだろうかと苛立ってさえ行く。

「命令、敵機は要地上空に侵入。各隊は攻撃すべし」

戦隊長の命令が無線に入ると同時だった。サッと、照空燈が一斉に照射し出した。

数十条の光の帯が、敵機を捕捉しようと、縦横に夜空を截っている。遂に、敵一番機を捕捉した。捕捉したのは大型四発機だった。なるほど大きい。若松上空へ向っている。

「この野郎！」

日本本土を空襲するB29の編隊。サイパン島の飛行場が整備されると、東京をはじめ各主要都市への爆撃を行うようになった

思わず呟いた。それほど大きい敵だった。

私たち邀撃隊は、攻撃隊形になった。

敵機は、若松手前の海岸上空で、照明弾を投下した。暗黒の地上が暴露され、八幡市街が浮かび出た。

敵先頭機は、刻々、八幡上空に侵入する。

「敵機発見、敵機発見。敵大型機、若松上空高度四千、只今より攻撃」

最も近くに待機していた第一攻撃隊長小林公二大尉からの連絡だった。

「敵機発見、戸畑上空、高度四千、只今より第一撃」

続いての無電は、西尾半之進准尉からのものだった。

訓練通り、前方から接敵し、第一撃

を敵の二番機に指向して、突進を開始したのだ。敵の爆撃法は、単縦陣であった。友軍機の攻撃には、誂《あつら》え向きであった。

照空燈は、捕捉後は三本で照射し、一機たりとも逃がすまいとする。

敵三番機は、やや遅れて、若松上空から侵入して来た。私の待機空域に近い。

「樫出、敵機発見、大型四発機、若松上空、高度四千、只今より接敵」

私は、そう連絡し、八幡上空四千二百米の高度から、機首をやや下げ加減にして、直前方から突込み、敵機の直前下方に入った。同時に、わが機の標識燈を点滅（友軍機と地上に対し、只今より攻撃の標示）しながら突進し、距離一千米に近づいた。

精密照準をしながら、五百米ほどに接敵したとき、初見参の大型機が、果して敵機であろうか、と不思議にさえ思えるのだった。

一機撃墜、遠賀川上空

「撃墜するぞ！」

二百米に迫ったとき、伝声管でいうと、

「教官殿、頼みます！」

後席の無線士田辺軍曹の声が、流石《さすが》に緊張していた。

海軍は東京防空の戦闘機隊として、昭和19年3月に第三〇二航空隊を編成した。写真は局地戦闘機「雷電」に搭乗する雷電隊

距離約八十米。

私は、三十七粍砲の引鉄を引いた。グッグッと、発砲の衝撃が機体に伝わった。わが機の弾丸が、敵機の左翼取付部附近に炸裂するのが見えた。と思う間もなく、敵機は、わが機にかぶさるように迫った。

大きな機体だった。前面一杯に拡がった大きな機体だった。対進距離五十米、あわや——というとき、私は無意識に離脱操作をしていた。

「教官殿、どうでした」

田辺軍曹の声は、まるで夢からさめたような声であった。

「後方を見ろ」

そういいながら、機首を引き上げて、私も振り返った。敵機は、照空燈の光芒の中で、めらめらと発火していた。火焔は、見る見る大きくなり、やがて機体が傾き、斜めになって降下し出した。完全な墜落状態であった。

「樫出、一機撃墜、遠賀川《おんががわ》上空」

初めて会敵したB29を落としたのだ。私ははずむ心を押えて放送した。戦闘指揮所から、つづいて飛行師団作戦室から「了解」の返電があった。打てば響く応えにつられて、更に、尾部のマークはFだったことを報告した。時に、午前零時十三分であった。

間もなく、

「只今より攻撃！」

門司上空での木村准尉機からだった。

「戸畑上空、高度四千、第一撃」

木村准尉からの放送が続いた。

高射砲隊は、私たち邀撃隊の外側にはみ出した敵機を狙って射ち上げている。照空燈は等間隔に侵入してくる敵機を捕捉している。

その頃、八幡の中心街に、数カ所火の手が上った。爆弾を投下されたのであった。

「八幡上空、高度四千、只今より攻撃」

藤本軍曹の無電が入った。同時に、突込んで行く藤本機の姿が、光芒の中に現われた。

「下関上空、高度四千、敵機発見、只今より接敵」

佐々大尉からだった。

藤本軍曹から、敵機の方向舵は二枚なり、と知らせて来た。B29の外にB24も加わっているようだった。

油量計は、三百立《リツトル》。まだまだ燃料の心配はなかった。

洞海湾方面から要地に侵入してくる敵機があった。

「樫出、洞海湾上空、高度四千、敵機発見、只今より接敵」

そう放送して、二回目の攻撃に向った。わが機の右手に、河野軍曹機が突進している。若松上空で、内田実曹長が第一撃をかけた。

私たちの戦闘空域外側では、青白い炸裂光が、しきりに火花を散らしていた。友軍高射砲なのだ。低空――二千米以下では、高射機関砲の赤い火線が、するするッと伸び上っては消えている。八幡の火災は、小倉にも及び今や数十カ所から燃え上っていた。

私は、情報と教育の両主任を兼務していたので、戦闘終了後は、戦闘要報、戦闘詳報を作製して、指揮官に提出しなければならなかった。そのため、全般の戦闘状況を観察しておく必要があった。各機の連絡状況、周囲の哨戒、上空から観察した地上の被害など――自分の戦闘以外にも気を配らねばならないことが多かった。

戦闘いまやたけなわ

敵機との距離八百米になった。

前回は、いってみれば夢中であったが、今度は、落ちつきも出来、それだけに自信が倍加していた。

照空燈に捕捉されたB29が、まるで私の攻撃を待っているかのように思えるのだった。ところが、どういう間違いだったのか、友軍の高射砲弾が、私の機の附近に猛烈に炸裂し出した。危なくて仕方がない。私自身が、戦闘空域外にいるのであろうか。そんな筈はないのだが——ともあれ、友軍の弾に当るのはやり切れない。

「洞海湾上空の高射砲の射撃は止め」

繰り返し放送した。

高射砲の射撃は、ぴたッと止んだ。

二百米に迫った。いよいよ射距離である。

照準鏡の敵機が、ぐんぐん大きくなり、胴体と両翼のつけ根附近だけが入り、その他は眼鏡の外にはみ出し、更に大きくなるばかりであった。距離は約百米になった。と思う間もなく、わが機も、光芒の中に入っていた。

陸軍防空隊の飛行第四十七戦隊に配備された二式戦闘機「鍾馗（しょうき）」。飛行第四十七戦隊は昭和19年11月24日、東京に空襲を行ったB29を邀撃した

敵機の前方銃が赤く閃いた。わが機を発見して、乱射し出したのだ。

——しまった！

敵機に先制攻撃をかけられたのだ。しかしこの期に及んで、ひるむわけに行かない。肉を斬らして骨を斬る。ままよ相討ちになろうとも、攻撃をしなければならない。

「射つぞ！」

後席へ知らせて引鉄を引いた。

命中！　敵機の操縦席附近だった。

わが機は、まるで呑み込まれるように、敵機の腹下に入った。私は、とっさに左斜めに反転していた。

三千米にまで降下したとき、機首を水平に復した。

敵機は、百八十度旋回して、北方海

上に向っていた。逃げる気なのだ。

折角、命中したのだ。逃がしてはならぬ——むらむらッと、激しい攻撃心が湧いた。

レバーを全開にして、私は追撃に移った。

敵機を追尾して、第二弾を浴びせた。

元来、訓練の時は、前方攻撃だけを実施していた。しかるに、後方から射ったので、射距離の判定が困難だった。手応えがあったのか、無かったのかすら判らなかった。

第三弾、第四弾を射ち込んだ。

敵機の高度は、次第に下って行く。約一千米に下ったとき、速度も亦、四百粁《キロ》になっていた。墜ちる、もう落ちると思った。墜落を確認しようと、なおも追跡しているうち、照空燈の照射圏外に出てしまった。

突然、真暗になったため、敵機の姿を見失った。やむを得ず機首を反転した。

「敵機は速度を落し、高度低下、若松北方海上高度八百にて見失う、撃墜不確実」
指揮所に連絡すると、「了解」の返電があった。
上昇しながら、担当区域の

厚木基地で出撃準備中の三〇二空夜戦隊。写真は指揮所前に整列した夜間戦闘機「月光」

八幡上空に向った。途中、木村准尉が、小倉地方で一機撃墜し、続いて西尾准尉が一機撃破、また森本曹長が戸畑上空で一機撃墜不確実——との無電が入った。

戦闘は、なお酣《たけなわ》なのだ。

「敵機発見、小倉上空、高度四千米、只今より接敵」内田曹長からであった。

「只今より攻撃」佐々大尉の連絡だった。

間もなく佐々大尉も、内田曹長も、撃破したと、それぞれ指揮所へ報告するのが傍受された。

闇に見失うB29

敵の編隊が途切れた。

約五分もたってからであった。

消えていた照空燈が、再び照射し出した。

敵の第二梯団であろうか。

離陸後、かなり時間が経過している。油量計を見ると、残りは百四十立であった。

あと三十分戦闘出来る。十五発の砲弾は、まだ半分ほど残っている筈であった。

照空燈の照射方向を見渡した。

遥か北方海上に、敵一機を捕捉している。

「敵機発見、六連島南方、高度五千、只今より接敵」

野辺軍曹からであった。私も亦《また》、六連島に機首を向けた。時に零時三十六分。

敵の針路は、第一梯団の来襲方向と違っていた。北九州の真北から入って来たのだ。

照空燈は、五、六本になった。しかも、その一機に集中している。敵は、単機なのだ。

敵機は、戸畑北方海上から、右九十度旋回し、若松北方海上沖合を経て、玄界灘に向った。虎視《こし》眈々《たんたん》と待ち構える、わが攻撃部隊を察知したのであろうか、それとも、照空燈に捕捉されたのを恐れたのであろうか……。

野辺機に続いて、私の編隊四機が追いかけた。追跡しながら見守っていると、野辺機の砲口に青白い炎が閃いた。射ったのだ。しかし、野辺機の後方にいる私たちには、それ以上確認することが出来なかった。

敵機は、増速して海上へ遁れて行く。私たちは五機で追ったが、遂に照空燈の圏外で見失ってしまった。零時四十分であった。

この単機侵入を企図したB29は、戦果偵察が目的のようであった。

祝酒を注ぐ師団長

在空機は、要地上空に帰還し、待機空域の哨戒配置についていた。

「命令、その後、敵の後続部隊の情報なし。西尾編隊は上空警戒に待機。その他は速やかに着陸すべし」

私たちは、小月基地に向った。途中、空襲警報が解かれ、零時四十九分に警戒警報が解除されたことを伝えてきた。

わが方は、全機無事だった。ただ、内田曹長機の左翼に、十三粍弾が一発被弾しているだけであった。これは反って、敵の装備銃を知る資料ともいうべきであった。

戦闘指揮所には、三好飛行師団長、作戦参謀、情報参謀二名、阿部戦隊長たちが、笑顔で待っていた。

報告を終ると、師団長は、

「御苦労、御苦労」と一人ずつ犒《ねぎら》いながら、用意の祝酒を注いで廻るのであった。

撃墜六機（内不確実二機）、撃破七機――それが、B29第一回本土邀撃戦の戦果だった。

警急服務者を残し、私たちが兵舎の寝台に横たわったのは午前二時三十分であったが、根本整備隊長指揮下の整備員たちは、それからが大仕事であった。整備員たちの苦労を肝に銘じながら、深い眠りにおちていた。

（『B29撃墜記』今日の話題社刊より抜粋・昭和43）

硫黄島の戦い

司令部付兵士が見た硫黄島玉砕

「一人十殺」を合言葉に
約一カ月続いた激闘のなか、
爆破された地下壕で
瓦礫にはさまれて苦しむ兵士は言った。
「拳銃で頼みます」
その言葉に全員が泣いた――。

金井《かない》 啓《けい》

解題

東京から南へ約千二百五十キロに浮かぶ硫黄島《いおうとう》は、東京都品川区とほぼ同じ面積約二十二平方キロメートルの小さな島であるが、戦略的には非常に大きな価値があった。米軍は日本から南へ約二千キロのマリアナ諸島を占領し、そこを基地に長距離爆撃機Ｂ29を日本本土空襲に発進させていた。往復約五千キロの航続距離を誇るＢ29だからこそマリアナ基地からの出撃が可能であったが、護衛の戦闘機をつけることができず、Ｂ29の被害も少なくなかった。

硫黄島はマリアナ基地と日本本土のほぼ中間に位置するため、Ｂ29を警固する戦闘機の出撃基地として適していた。そこで米軍は昭和二十年二月、精鋭の海兵隊七万五千名からなる硫黄島攻略作戦を開始した。

対する日本軍守備隊は栗林忠道中将が指揮する約二万一千名で徹底抗戦の構えを敷いた。守備隊は敵機の爆撃や敵艦の艦砲射撃の合間を縫って、島の要塞化に取りかかった。硫黄ガスが噴き出す島の地下に交通壕を張り巡らし、ところどころに大きな洞窟を造るのだ。地下陣地に潜り込んだ守備隊は、時に地上に出ては米軍の戦

扉写真＝約１カ月間の激戦を物語る硫黄島の風景。遠方の山が日本軍守備隊の拠点だった摺鉢山

車に体当りするという作戦をとった。

日本軍にとって硫黄島の戦いは勝利を望むものではなく、少しでも戦いを長引かせ、米軍による日本本土への空襲を激化させないことが目的だった。

日本軍将兵は「一人十殺」を合言葉に頑強に抵抗し、戦闘は約一カ月続いた。その結果、太平洋戦争において、攻める米軍が守る日本軍よりも多い死傷者を出した唯一の戦場となった。筆者は当時、司令部付の海軍上等兵曹。

硫黄島守備隊を指揮した第百九師団長の栗林忠道中将

硫黄島に着く

硫黄ガスを噴き出す東西八キロ、南北四キロのちっぽけな孤島、それが小笠原諸島の南に浮かぶ硫黄島だ。地熱が非常に高くて、洞窟内の温度は四十八度にも達するという。高野部隊に編入され、旧型駆逐艦に乗って、この島へやってきたとき、私たちはなんとなく無人島の探検に上陸したような錯覚におちいったものだ。

いたるところに硫黄の臭気を漂わせているこの島には、水がきわめて乏しかった。天水が足りないので、井戸にわきたまる水を飲むのがやっと。それも白く濁って塩分をふくんだ硫黄くさい水だった。しかし、気候は、日本の真冬にあたる十二月、一月でも、海軍外被一枚で凌《しの》げる、ちょうど台湾の正月ごろの気候だったので、私たちはわりあい呑気に、その日その日をすごしていた。

日が暮れれば寝るという島の慣習にしたがって、二枚の毛布にくるまっての雑魚寝《ざこね》は、私たちに異郷にあることをしみじみと感じさせた。屋根と床だけの兵舎、それもところどころにムシロを垂らしてあるところなどは、どう見ても平安朝時代の住宅だった。だが、朝は早くから名も知れぬ小鳥が美しい声で囀《さえず》り、水不足さえ我慢すれば、結構、住めば都だった。

だが、そんな安逸をむさぼったのもわずか数カ月のこと。硫黄まじりの水で炊く飯は下痢《げり》患者を続出させ、多かれ少なかれ下痢患でない者はない、という悪い状態になってしまった。そのうえ輸送船の足は次第に遠のいて、主食も日一口と減量されていった。乾燥野菜とワカメの入った、あの硫黄くさい汁の味は、いまでも忘れることができない。

無事ながら妙に不安な明け暮れだった。しかし、あのように恐ろしい悲劇がこの島にくりひろげられることを誰が予測したろうか。少数の高級将校はうすうす感じていたのかも知れない。なぜなら、補給の減った兵器弾薬を何とかこの島へ送り込ませようと、彼らが懸命に対策を立てているのを、私は何度か見ていた。

決戦の時せまる

やがて敵機の来襲が始まった。また時を同じくして、いつの間にか現われた敵艦の艦砲射撃を受けるようになった。この平和な南海の孤島にも、いよいよ戦火が及んできたのである。

昭和十九年六月ごろ、サイパンに敵が上陸したという電報が入ったが、その直後から敵の艦砲射撃はすさまじさを加えてきた。はるか沖合から飛んでくる砲弾は、島の唯一の小学校に落下し、私たちの兵舎を叩きこわして、火災を起させた。空襲も毎日のようにおこなわれた。

応戦態勢に入った守備隊にとって、弾薬の欠乏は致命的だった。高角砲一門につき、あたえられた弾薬は一日三発という情なさ。おまけに航空隊の弾薬庫が直撃弾をくらって、命の綱ともいうべき砲弾を一挙に爆発させられてしまった。この弾薬庫は、二日間ぶっ通しで爆発しつづけたのである。泣くに泣けない気持とはこのことだろう。

島の中部、南部に飛行場をもつ硫黄島は、すでに敵手に落ちたマリアナ基地と東京とを結ぶ唯一の戦略的中継地として、敵がひそかに狙っていた島だった。この島が、もし敵の手に渡るようなことになれば、東京を中心とする関東一円はおろか、日本全土が戦爆連合の空襲下にさらされることは、火をみるよりも明らかだった。それだけに敵も必死に攻略しようとしたのである。

いかにしてこの攻撃に対処すべきか。それが守備隊に課せられた最大の問題だった。連日の砲爆撃にさらされながら、司令部は鳩首協議をつづけた。そして、激論の末に、守備隊指揮官栗林中将は、この島の縦横に坑道陣地を構築して持久出血戦法に出るという作戦大綱を決定したのだった。

敵の攻撃はいよいよ激化し、決戦の日は時々刻々に迫っていた。島の兵力は二万三千余名、糧秣はおよそ二カ月半分を保有していた。私たち先発隊がこの島に到着して間もなく、友軍主力が大挙上陸してきていた。警備隊司令は和智恒蔵中佐である。航空隊司令官市丸海軍少将以下の航空参謀は、それよりやや遅れて司令部に到着していた。私は、電路班（通信隊）員として司令部付となり、分隊長高野大尉、分隊士高橋兵曹長の指揮下に入ることになった。

すぐにも私たちのしなければならぬことは、一日も早く坑道を完成することだった。

栗林中将は決死の覚悟を部下に求める「敢闘の誓（ちかい）」6カ条を作成し、将兵の士気を高めた

夜が明けるのを待って、硫黄の臭気が鼻をつき喉をさす壕にもぐりこんで、コツコツと穴を掘っていくのだが、これは容易なことではなかった。硫黄島の築城は、元山を中核として二十八キロに及ぶ坑道の構築が計画され、敵が上陸してくるまでにほぼ七十パーセントは完成していたのだが、この坑道づくりで最も困難をきわめた個所は、摺鉢山《すりばちやま》と元山とを連結する坑道だった。有害な一酸化炭素と硫黄を含んだ物凄い熱気のため、私たちは十分間交代で掘り進んだが、その十分間が死ぬほど苦しかった。熱気ばかりでなく、鼻をつく硫黄臭を防ぐために、全員が防毒面を装着して作業をつづけなければならなかった（結局、この区間の坑道は未完成に終った）。

私たちを苦しめたのは、熱気や臭気ばかりではなかった。一日半リットルに制限された水は、いかに喉が焼けつくように渇こうとも、絶対にそれ以上はあたえられないのだ。いや、半リットルの水さえも、この島ではぜいたくな配給だったのだ。西海岸にある井戸水は、この島で得られる唯一の湧水だったが、それでさえ海水まじりの硫黄くさい水で、おまけに地熱のため、汲み上げたときは湯気が立っているという有様だった。だから、ときたま通りすぎるスコール以外に真水にはありつけず、スコールが来ると、坑道作業のわずかな交代要員が、バケツ、防水テント、飯盒など、ありとあらゆる容器を動員して、一滴をも惜しんで集めるのだった。たとえ半リットルであろうと、それはありがたい天のめぐみというべきだった。

昭和20年2月19日、米軍は硫黄島上陸に際して艦載機120機による空爆と約8000発の艦砲射撃を行った

猛射砲撃を浴びて

昭和二十年一月のなかば、曲りなりにもトーチカらしきものが出来上った。トーチカといっても、土を盛りあげただけの機関銃座にすぎないのだが、これが第一線の抵抗陣地というわけだった。二月下旬には、待望の坑道が血と汗の結晶としてほとんど出来上った。

連日の空襲と艦砲射撃は、相変らず激しかったが、二月十一日の紀元節は何事もなく過ぎた。だが、紀元節のささやかな祝いが終って間もない十三日に、数百隻からなる敵の大機動部隊が硫黄島を指向して進行中という無電が入った。

ついに来るべきものが来たのだ。戦闘配置についた私たちは、見えない影におびえて無気力におちいっていたいままでとは打って変って快活になり、久しぶりの笑い声が坑道やトーチカにひびいた。下痢の苦痛を訴える者もいなくなってしまった。

無気味な一夜が明けた二月十六日の午前六時ごろ、突如、耳をつんざく轟音が私たちを包んだ。艦砲の一斉射撃である。あとはもう何が何やらわからない猛射猛撃。それが止むと、敵の上陸作戦が島の西海岸に展開された。しかし、潮流と、トーチカの頑固な応戦のため揚陸できなかったらしく、今度は迂回して南海岸を襲ってきた。だが、この辺は身を守る一本の草木もない砂浜だったため、上陸部隊はほとんど全滅したらしかった。

この日の夕刻、司令部は大本営へ〝敵撃退〟の無電を打った。しかし、間断なく降りそそぐ砲弾によって壕はつぶされ、主砲陣地はうち砕かれて、甚大な被害を受けてしまったのである。味方陣地へ叩きこまれた鉄量は、想像を許さないほど厖大《ぼうだい》なものだった。

開戦第一日のわが兵器は、二十サンチ砲（臼砲）二十門、ロケット砲七十門、迫撃砲百六十門、対戦車砲大小あわせて六十門、対空火器三百余、小口径火器およそ二万、戦車二十輛、火焔放射器少数だった。また、わが海軍の対空高角砲は、すべて水平砲台として活用するよう布陣されていた。

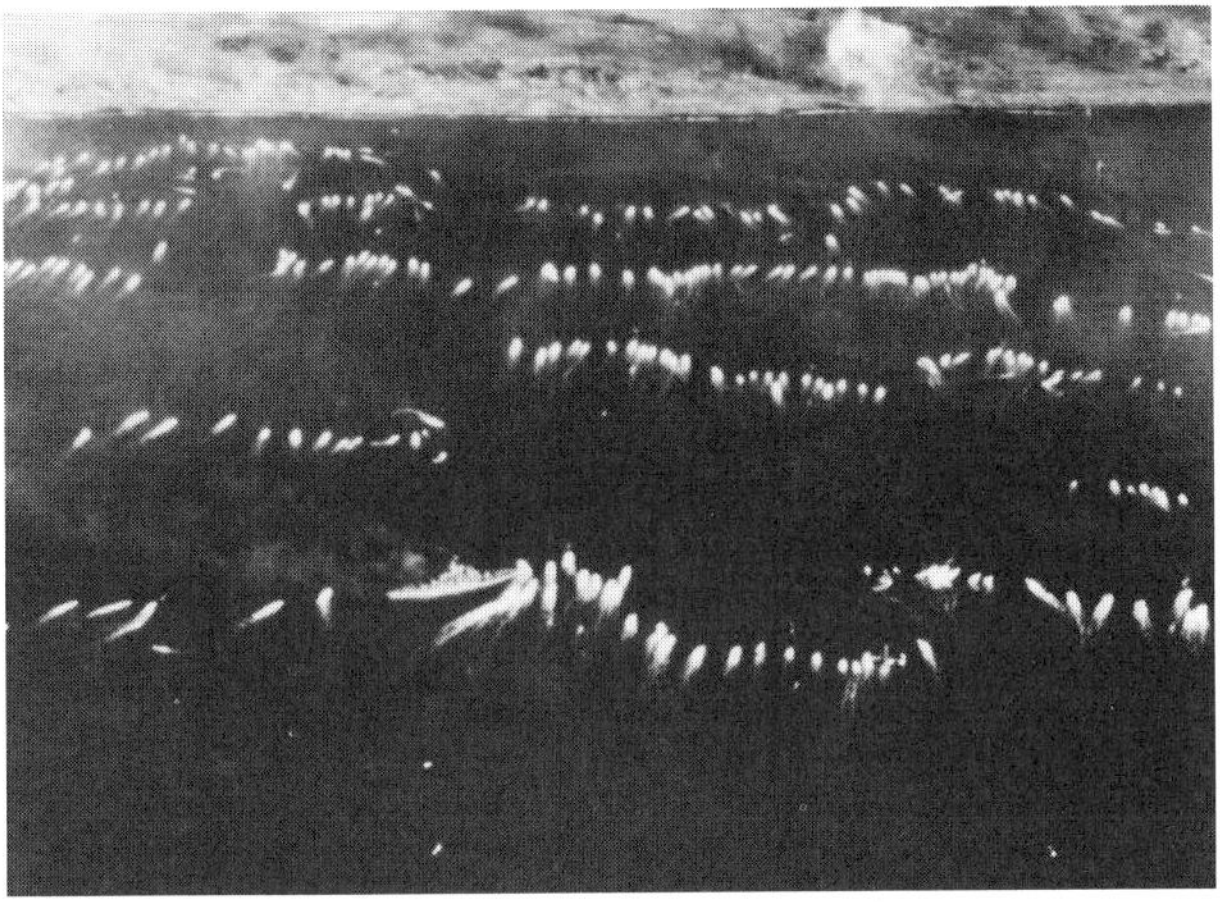

硫黄島に押し寄せる米海兵隊３個師団の上陸用舟艇。上陸部隊指揮官ホーランド・スミス海兵隊中将の計画では「5日間で攻略できる」作戦だった

敵上陸の開始

十八日になって、摺鉢山の要塞砲が火を吐いた。海岸線すれすれの地点まで接近した敵艦隊を見たこの陣地が、とうとう我慢できなくなって、一斉砲撃に出たのである。もともとこの要塞砲は、敵上陸用舟艇群に対して用意されていたもので、敵艦船への攻撃は固く禁じられていたのだ。やむにやまれぬ反撃とはいえ、このためにわが主砲陣地は敵機動部隊の発見するところとなり、一瞬の後には、敵の猛烈な一斉砲撃をあびて、沈黙させられてしまった。それは島ぐるみ吹き飛ばされてしまうような、物凄い連続斉射だった。

私のいた司令部の壕内では、高級参謀たちが、「何ということをしてくれたんだ！」と口々に叫びながら、轟音とともにバラバラと降りかかってくる土砂を握りしめたコブシで、壁を叩いていた。

集中砲撃を受けたのは、摺鉢山の陣地だけではなく、海岸線の水際陣地も飛行場も、徹底的に叩かれてしまった。

十九日の午前八時ごろ、敵が島の南岸に上陸したことがわかった。いよいよ決戦である。四日間にわたる徹底的な砲爆撃によって、わが第一線の抵抗陣地を潰滅させた敵は、戦艦三、巡洋艦九、駆逐艦三十からなる主力部隊の掩護射撃と、五隻の空母から発進する爆撃機の掩護爆撃とともに、百三十隻の舟艇をもって上陸を開始してきたのだ（この日、敵が沿岸の陣地にあびせた艦砲射撃の巨弾は、およそ八千発と伝えられている）。

午前十一時ごろ、戦車二百輛以上を先頭に立てて上陸してきた海兵隊と黒人兵からなる敵の主力は千鳥部落を目ざし、一部は地熱が原に向って、激戦を広範囲に展開した。

それからの四日間は、地獄をこの世に移したようなものだった。味方の被害も大きかったが、敵の損害も大変なものだったらしく、二月二十二日に、司令部の無電台が傍受したところによれば、「われわれは、いまだかつて経験したことのない頑強な敵軍に衝突した。われわれは毎日、一ヤード一ヤードの血の前進をしている。死傷者はきわめて多い。一刻も早く医療品を送れ。一刻も早く救援せよ」という無電が、サイパン島とグ

擂鉢山砲台からの砲撃で海岸線に釘付けにされる米第４海兵師団

アム島に向って平文で打ちつづけられていたのである。
だが、この四日間の友軍の勇敢な反撃もついに空しく、上陸した米海兵第四、第五師団は、海岸線のトーチカ陣地と火砲陣地を完全に粉砕し、さらに千鳥飛行場および元山第二飛行場の占領に成功したのだった。

擂鉢山陣地全滅す

二月二十三日、この日から中央地区主陣地帯で、日米両軍の寸土を争う必死の攻防戦が展開されることになった。

この日、ついに擂鉢山の友軍主力が全滅した。この山は硫黄島における最も重要な拠点だったが、厚地海軍大佐の指揮する海軍守備隊の大半は十八日の艦砲射撃で戦死してしまい、山容も一変する状況だった。

南海岸に上陸してきた敵が、この擂鉢山を攻撃してきたのだが、飛行機と戦車に守られた敵上陸軍はジリジリと山頂に迫り、二十一日にようやく星条旗をひるがえしたが、それもたちまちわが軍の手でひきずり下ろされるという大乱戦をつづけていたのだ。

わが抵抗陣地は、すくなくとも一カ月以上は応戦しうる態勢をととのえていたはずだったが、陣地の背後に上陸されてしまったので、どうすることもできなかったのだ。構築した機関銃座も、海岸線に向っては有効ではあっても、後方に対しては手のほどこしようもなかったのである。

三月八日夜。およそ千名の海軍航空隊の将兵たちが、特攻作戦を企てて、突如、独断で夜襲をかけた。厚地大佐の指揮する夜襲隊は、敵幕舎目がけて突っ込んでいったが、敵の戦車と兵隊に包囲されて、進むことも退くこともできずに、全員玉砕してしまった。

武器弾薬は目に見えて足りなくなってきたので、司令部は内地へ向けて、大至急補給たのむとの電報を打った。幸いにも二、三日して補給の輸送機が飛来したので、われわれは決死隊を募《つの》って、補給弾薬の回収に深夜出発した。補給品は、島の不時着基地に落下傘をもって投下されてあったのだ。途中、われわれは何度か銃撃された。やっとの思

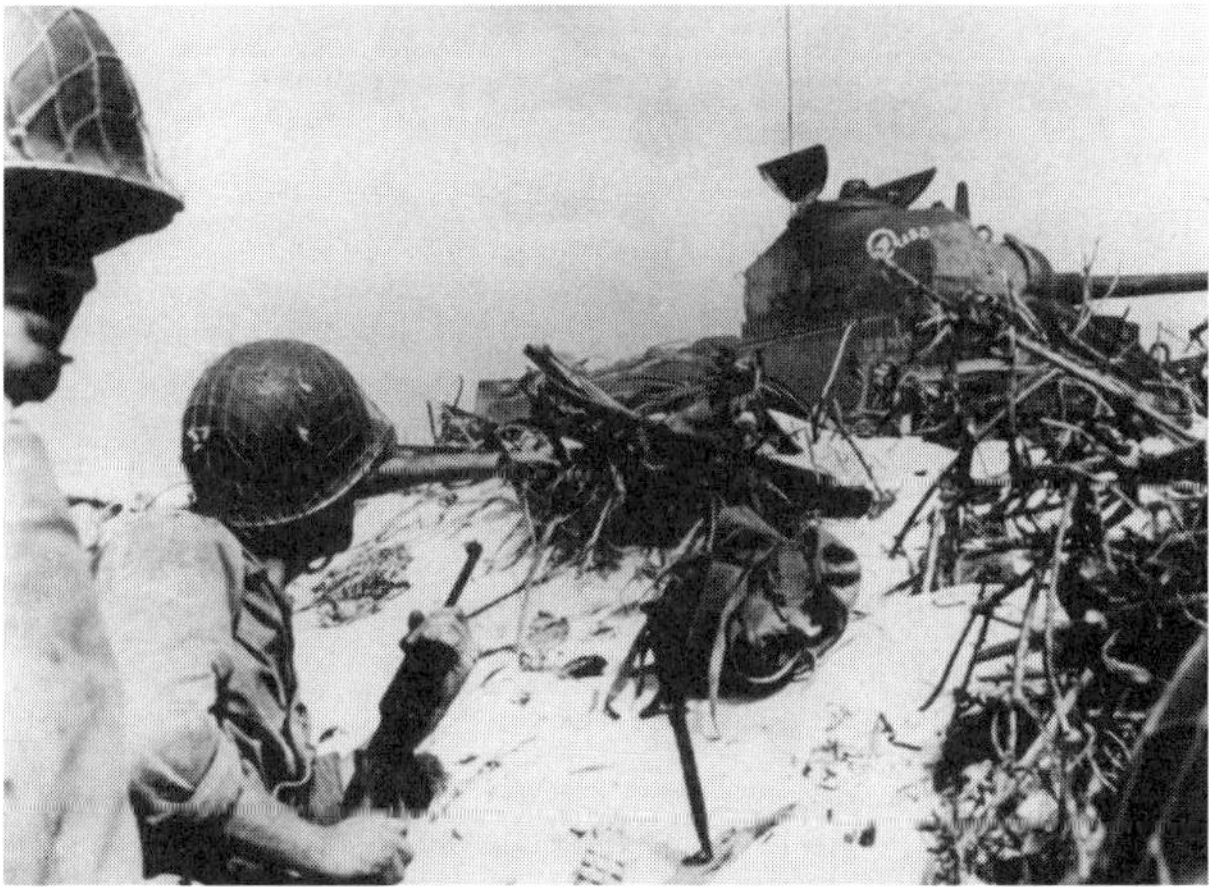

上陸を果たした米軍だったが、坑道陣地を利用した日本軍守備隊による洞窟入口からの奇襲や肉弾攻撃に多くの死傷者を出した

いで辿りついた目的地点から運んできた梱包箱を、月あかりの下で胸をおどらせながら解いたとき、われわれの眼に入ったのは僅かな雷管《らいかん》と竹槍だけだった。

敵の厖大な物量に対応しなければならぬこの決戦に、竹槍一本で臨めとは、あまりにもむごい話ではないか。この島が万一落ちれば、この島に叩きこまれた鉄量以上のものが、祖国の土に叩きこまれるかも知れないというのに、竹槍で米軍を追い返せというのだ。しかし、もはや竹槍しか送ることができない内地の窮迫した状況を考えて、私たちは胸のつまる思いがした。実際、われわれのなかにも鉄帽を持たず、小銃の射ちかたも知らぬ応召兵がずいぶんまじっていたのだ。

彼らは手榴弾を十個ほど身につけて、それで戦うほかはなかったが、体力は衰えきっていたから、投擲《とうてき》しても十メートル飛ぶか飛ばないかという状態だった。そこへ持ってきて竹槍では、戦争などできるはずもなかった。

北地区を死守していた陸戦隊は、司令部の近くにタコツボを掘って、そこに全員が入っていたが、これを摺鉢山の敵陣地に発見されて迫撃砲弾をあびせかけられ、全滅してしまった。一日に五十メートルぐらいしか前進しない敵を迎え撃つために、タコツボ陣地に布陣していたわけだが、タコツボに入るのが早すぎたために、全滅しなければならなかったのである。

三月十三日ごろ、司令部は北方へ百乃至《ないし》二百メートル移動することになり、われわれ

2月23日に摺鉢山が陥落、米兵によって頂上に星条旗が立てられた

は遊撃隊として、司令部を安全にその地点へ移動させる任務をあたえられた。栗林中将らは天然壕に入っていたが、敵の戦車がこの壕へ入ってきたため、一瞬にして一大修羅場と化してしまった。

天然壕は、内部がジグザグの稲妻型につくられているから、ところどころのポケットの入口に毛布でもかけておくと、この火焔からのがれることができるのだが、いざ土壇場になると、そんなことにも気がつかないものだ。そのためにどれほど多くの生命が失われたことだろう。

三月十七日、ついに最後の決意を固めた栗林中将は、次のような訣別の電報を大本営あてに発信せしめた。

「戦局ついに最後の関頭に直面せり。十七日夜半を期し、小官自ら陣頭に立ち、皇国の必勝と安泰とを祈念しつつ全員壮烈なる総攻撃を敢行す。

敵来攻以来、想像にあまる物量的優勢をもって空海陸よりする敵の攻撃に対し、よく健闘をつづけたるは、小職のいささか自ら悦びとするところにして、部下将兵の勇戦は真に鬼神をも哭《な》かしむるものあり。然れども、執拗なる敵の猛攻に将兵相次いで斃《たお》れ、ために御期待に反し、この要地を敵手にゆだぬるのやむなきに至れるは、まことに恐懼《きょうく》に堪えず、幾重にもお詫び申し上ぐ。

特に本島を奪還せざるかぎり、皇土永遠に安からざるを思い、たとい魂魄《こんぱく》となるも誓って皇軍の捲土重来の魁《さきがけ》たらんことを期す。いまや弾丸尽き水涸れ、戦い残れる者全員いよいよ最後の敢闘を行わんとするにあたり、つらつら皇恩のかたじけなさを思い、粉骨砕身また悔ゆるところにあらず。ここにとこしえにお別れ申し上ぐ」

軍旗は十三日にすでに奉焼されてあった。残存兵力は千余名にすぎなかったろう。その夜は、彼我ともに手榴弾を投げ合う白兵戦だった。敵は、あるかぎりの手榴弾を壕のなかへ投げ込むと、壕の入口にラセン状の鉄条網を仕掛けて逃げていく。袋の鼠にしようというわけだ。われわれは壕を飛び出したり、壕に閉じ込められたりしながら、戦車と海兵隊に向って必死の突撃をくりかえした。

夜が明けた。われわれは生き残っていた。地上は全部米軍、地下はわずかに日本軍という状態だったが、その地下に対しても、夜明けとともに壕の入口に布陣した敵が、猛烈な銃撃をあびせかけてきた。壕に閉じこめられてしまったわれわれは、息のつまるような硫黄の臭気のなかで、飢えと渇きにさいなまれながら、生きる努力をつづけた。

再び司令部の壕へ

総攻撃の日から約三週間、たしか四月六日だったと思うが、すでに破壊されて発信できなくなっていた天然壕の無電機が、突然、「大型輸送潜水艦が撤収作戦に向った」と受信した。われわれは半信半疑だったが、思いがけぬ朗報に躍りあがって喜んだ。

私のいる壕には、二十名ぐらいが生き残っていたが、ある日、昼間眠っているところを突然襲われて、半数の戦死者を出してしまった。私は、この壕の危険を考えて、一緒にいた主計長とも別れ、部下四名を連れて壕をあとにした。あとで判ったのだが、翌日この壕は敵の機銃にやられてしまった。生き残った二名の下士官の話によると、主計長とともに壕のなかで寝ていたら、米兵が機銃の腰だめ射撃をしながら入ってきた。この下士官は、死んだふりをしながら、ひそかに石を手に握りしめていたが、すきをうかがって突然立ちあがり、石をふりあげた。

米兵は悲鳴をあげながら壕を飛び出していった。手榴弾でもぶつけられると思ったらしかった。しかし、そのあとが大変だった。敵はこの壕にダイナマイトを仕掛け、ガソリンを流し込んで火をつけたのだった。

ところで、われわれは壕をいくたび換えたことだろう。しかも次の壕へ移ったあと、きまって前にいた壕がやられていた。人間の臭いでもするのだろうか、などと私たちは真剣に考えたりしたものだ。

ある夜、部下と一緒に壕を出たとき、私は不運にも敵が張りめぐらしたピアノ線に足を引っかけてしまい、信号火箭《かせん》があがった。同時に五メートルぐらいの至近距離から猛烈な射撃をうけた。愕然としたわれわれは、かたわらの小さな岩かげにうずくまった

3月26日に栗林中将以下、約400名が最後の突撃を仕掛けて日本軍の組織的戦闘は終わった。写真は投降する日本兵だが、残存兵の多くはその後も洞窟内にこもりゲリラ戦を続けた

が、その頭上を銃弾がシュンシュンと飛んでいった。われわれは、敵が弾を射ちつくすのを待ち、敵が新しく装塡しているひまに移動しようとした。そのとき敵の投げた手榴弾が足もとで炸裂した。

もうまごまごしてはいられない。私はただちに司令部の元の壕へ移ることを決意し、戦車壕をこえて暗闇の中を逃げ出した。途中、石川上等水兵が敵弾を受けて即死、他の三名は十メートルほどの断崖をすべり落ちてしまった。私もあわてて断崖をすべり降り、「楠の木」と「桜」の合言葉で確認しながら、司令部の元の壕へ帰りついた。

ついに捕虜となる

司令部の壕にたどりついて一息ついていると、突然、敵兵数名が懐中電燈で照らしながら入ってきた。毛布をかぶっていたわれわれは一斉に手榴弾を投げつけた。敵兵はあわてて飛び出していったが、壕の入口にダイナマイトを仕掛けてしまったので、われわれはたまらないほど息苦しくなってきた。

これに我慢できなくなった一人が、「朝になったら、自分は出ていく」と言い出した。窒息《ちっそく》するような坑内だ。外へ出る危険はわかっているが、止めることはできなかった。しかし、出ていった彼を待っていたものは、激しい機銃の音だった。外はそれきり静かになってしまった。

その日は背の高い豪州兵が入ってきた。ポケットにひそんでいた私は、敵兵が通りすぎるのを待って、横面目がけて手榴弾を投げつけた。これは発火しなかった。びっくりして逃げ出した敵兵は、入口にハッパをかけると、今度は黄燐弾《おうりんだん》を投げ込んできた。黄燐弾の苦しさはちょっと言葉にはならない。私たちは手で土をかき分けて、そこに顔を埋めて、辛うじて呼吸する始末だった。

壕内には死体が累々《るいるい》ところがって、何ともいえぬ悪臭を放っていたが、いまはそれど

36日間の戦闘で日本軍の死傷者2万余名に対して、米軍の死傷者は2万8686名に上った

ころではなく、腐った死体に鼻をおしつけて、黄燐弾を避けなければならなかった。しかもその合間にも、血だらけの手で小岩をかきのけながら、這い出る穴を探さなければならなかったのだ。

そんなとき、八木上水が石にはさまれて悲鳴をあげた。彼のからだをおさえつけた石は、押しても引いても動こうとはしなかった。苦しみ悶える八木は、手榴弾で自決するという。手のほどこしようもないわれわれは、やむをえず手榴弾を発火させて彼に渡そうとしたが、なかなか発火しなかった。今度は「拳銃で頼みます」という。

これればかりは私にはできなかった。

全員が泣きながら八木の苦痛を見守っ

ているうちに、手榴弾が発火した。こうして八木は永久に苦痛から解放された。この炸裂と同時に大岩が陥没し、幸いにも私たちを閉じこめていた土がくずれて、ポッカリと穴があいた。

夜を待って私たちは穴から這い出した。そして海岸線に向った。そこで筏《いかだ》を組んで、内地へ帰ろうという悲壮な思いつきだった。しかし、気力も体力もつきはてていた私たちは、やっとたどりついた海岸付近の壕で、息もたえだえに横たわることになった。筏を組む元気は、ついに出なかったのだ。

それから幾日経ったろうか。たしか五月六日とおぼえているが、その日は雨が降りしきっていた。顔見知りの三沢兵長が、われわれの壕の上を通りかかって私を驚かせた。彼が米兵の服を着ていたからである。

「どうしたんだ、その服？」

「うん、死体から剝《は》ぎとったんだ」

そんなやりとりのあとで、彼は私に、水を呑ませてやろうか、といった。壕内にいた小松二等兵曹が、危険だから出ない方がいいとしきりに言う。

しかし、水の誘惑には勝てず、私は壕から手を引っぱり上げてもらった。明るい壕の外へ出た私の眼の前には、米兵が機銃をかまえて、待っていたのである。

（「丸」昭和34・6）

沖縄戦

沖縄軍参謀が語る七万の肉弾戦

持久か攻勢か――
日本軍司令部の作戦方針が二転三転するなか、
勝敗を決したのは米軍による肉弾戦だった。
米軍は艦砲や空爆の数に頼った
物量だけの軍隊ではなかった。
作戦遂行まで将兵全員が飲酒を禁止していた
規律高き軍隊だったのだ。

八《や》原《はら》博《ひろ》通《みち》

解題

昭和十九年十二月、フィリピンのレイテ決戦に敗れた日本軍は、次の戦場を台湾または沖縄、次いで本土決戦と想定した。米軍は当初、フィリピンの次に台湾攻略を想定して検討していたが、来るべき日本本土作戦への進攻拠点として沖縄を攻略すべきとの結論に達した。

大本営は迷った挙句、台湾も沖縄も同じような兵力で防衛するという総花的な方針をとった。すでに沖縄を守る第三十二軍には三個師団が配置され陣地構築も進んでいたのだが、十二月下旬、いきなりそこから第九師団を防衛軍の少なかった台湾へと配置換えした。沖縄の守備隊にとっては大打撃である。第九師団の担任地域を埋め合わせるためには大がかりな配置転換が必要となり、防衛態勢の見直しを迫られた。

沖縄防衛戦はそれまでの水際撃滅作戦を取り止めて、内陸部での持久戦とならざるを得なくなった。あえて米軍の上陸を許し、敵が陣地の間近に迫ったら、小部隊での肉弾攻撃を仕掛けるのである。

扉写真＝沖縄本島を南方から望んだ航空写真。米軍は沖縄を日本本土進攻のための拠点とみなした

沖縄本島防衛の作戦指揮にあたった第三十二軍。左から司令官の牛島満中将、長勇参謀長、そして本稿の筆者である八原博通高級参謀（作戦主任）。作戦立案にあたり、積極攻勢を主張する長参謀長と持久戦を主張する八原作戦参謀との間で意見が対立、二転三転する作戦方針の変更に軍の統制は乱れていった

昭和二十年四月一日、十八万名もの米軍が上陸。兵力・火力で圧倒する米軍の前に日本軍は敗退を続けた。六月二十三日、牛島満第三十二軍司令官が追い詰められた摩《ま》文《ぶ》仁《に》の洞窟陣地で自決し、軍の組織的戦闘は終結した。

沖縄県民が普段暮らしている場所が戦場となった沖縄戦には、県民男子も防衛隊、あるいは義勇隊の名目で配属された。沖縄戦はあわせて十九万名近い犠牲者を出し、そのうち県民の死者は約十二万二千名といわれ、軍人軍属を除く住民は九万四千名に上った。筆者は当時、第三十二軍参謀（大佐）。司令部の解散後、内地へ脱出の途中、米軍に捕われた。

神風は沖縄で吹く？

昭和十九年十一月上旬レイテの戦いが日に敗色を濃くし、不安に緊張した空気が沖縄全島に重苦しくのしかかっていた頃、第三十二軍の将士は異常な決意を胸に秘め、黙々として洞窟築城陣地の構築と、これを利用する米軍撃滅の訓練に昼夜兼行で精進していた。当時牛島中将を長とする沖縄に在る第三十二軍は、第九、第二十四、第六十二師団、独立混成第四十四旅団、第五砲兵団等を基幹とする約九万五千の戦闘集団であった。

沖縄の首都人口六万の那覇は、約一カ月前に敵の空襲を受けて、既に灰燼に帰し蕭《しょう》条《じょう》たる島の秋空には、比島に向う友軍機が十機二十機と白雲を縫い銀翼を閃めかしつつ連日南下に急であった。今度は沖縄がやられる番か？　否、沖縄に於いてこそ今迄太平洋の島々で敗退し続けて来た戦勢を一挙に挽回するのだ。神風は沖縄で初めて吹く。将兵はこのように自問自答しながら、作戦準備を続けていた。

大本営の呼号する比島方面最後の決戦に勝てば、勿論沖縄の作戦価値は問題にならなくなる。従って大本営の沖縄に対する関心が急速に薄らぎつつあるのは当然だ。然し比島の戦勢は期待に反し、日に非である。どうしても、我々は沖縄で乾坤一擲《けんこんいってき》の勝負をやらねばならぬ運命にあるのだ。

十一月一日、軍司令官は敵の上陸予想地帯の一つ——後日実際に上陸した——沖縄中部西海岸の嘉手納《かでな》沿岸に軍主力を投入して、米上陸軍を撃滅する演習を行って満足すべき成果を得た。我々は軍の作戦計画即ち十六インチの巨弾や一屯《トン》爆弾でもびくともしない程に堅固な築城に拠り、周到な計画訓練のもと、敵上陸軍に対し大小四百門の砲を以て鉄槌的打撃を与え、三コ師団の歩兵を以て之を撃滅する——この策案には十分根拠ある自信を持っていたのだ。

ところがこの夜あの沖縄作戦の悲劇的転機となった運命の電報が舞い込んだのである。

「第三十二軍より一兵団を抽出し、比島方面に転用することに関し協議致し度きに付高級参謀を十一月三日台北に参集せしめられたし」

軍司令官もこれに随行した参謀長、高級参謀も唖然として暫くは言葉もなかった。

十一月十三日、作戦準備の拠り所を失い、熱意も冷めて、半ば茫然としている軍司令部に、沖縄本島より、一兵団と中迫撃二コ大隊を抽出する旨の大本営命令が到着し、次いで十七日抽出兵団は第九師団と決定した。これで、軍は沖縄に在る兵力の三分の一を失い作戦計画を根本から変更して、新発足しなければならないことになった。兵力物量の不足を、訓練築城に依って補わざるを得ない軍としては、軽快な野戦と異り、其の作戦準備を概成するにも、数カ月を要することは、現在迄の経験で明らかである。

敵の上陸を、昭和二十年の三、四月の頃と判断していたので、新作戦準備の為に残された時日の余裕は幾何《いくばく》もなく、焦躁感は深刻となった。しかも第九師団が十一月下旬から十二月にかけて一船団又一船団と沖縄を去るのを見送っては、島に残る将士の心は暗くなるばかりであった。

十一月二十五日、軍の新作戦計画は決った。それは今迄のような鮮明な決戦主義的なものでなく戦略持久を根本の方針とするものに変った。比島方面の戦いが決定的に不利となるに従い愈々《いよいよ》其の色彩を濃くし我々は出来るだけ長く出来るだけ多くの米軍をこの島に引きつけ、そして出来るだけ多くの損害を与え、漸く称え始められだした所謂《いわゆる》本土決戦を有利にすることに腹を決めた。

敵の上陸軍を撃滅するのは敵が我々のこさえた罠にうまく落ち込んだ場合に限る。従って、米軍が現実に上陸したあの嘉手納沿岸を含めた中部地域は放棄して前述の目的に合致した南部地域に軍主力を配置した。そして、敵が嘉手納方面に上陸した場合には、中部と南部の狭隘な地域に之を邀《むか》えて、持久戦に持ち込み、若し敵が南部沿岸に上陸して来た場合は、これを上陸点付近に撃滅する計画であった。

昭和20年3月26日、米軍は沖縄本島上陸の橋頭堡として渡嘉敷（とかしき）島への上陸作戦を敢行した。写真は渡嘉敷島の上陸地点に向けてロケット弾を発射するロケット中型揚陸艦

来年の桜の花の咲く頃

国内戦の様相は、既に昭和十九年六月のサイパン戦で経験ずみで一般市民を如何に行動せしむべきかは、軍の憂慮した重大課題であった。サイパンでは多数の市民が、軍と運命を共にし、数々の悲劇を現出し、識者を痛心せしめた。

一億玉砕の当時の指導精神よりすれば、非戦闘員と雖《いえど》も、所謂鬼畜米軍の手に委するのは許し得ないところであった。

沖縄で戦闘が起れば、文字通りの国内戦である。主戦場と予想せられる、沖縄中南部地区は、全国で最も人口の稠密な地域であって、其の数三十万を越えたであろう。果して、此の人々を軍と共に、祖国に殉ぜしむべきであろうか？　中央の態度は、これを肯定するようでもあり、又必ずしもそうでもないようである。東西四乃至《ないし》十数粁《キロ》、南北約三十粁の地域に三十数万の老幼婦女子が、彼我激闘の間、砲爆雨下の中を彷徨する様は、想像しただけでも戦慄を覚える。彼等を収容すべき洞窟陣地には余地少く、長期戦に備える軍には、これに与えるべき糧秣も十分ではない。ひいては、戦闘部隊も思い切った戦闘行動が不可能になる。軍は沖縄県首脳部とも協議して、非戦闘員は、予想する作戦圏外に、移動させることに決めた。

先ず十九年の夏頃から九州及び台湾方面への、学童疎開が始まった。当時敵潜水艦の跳躍漸く甚《はなはだ》しく、約千名の学童を搭載した輸送船が、九州に向う途中撃沈され、全員犠牲となるような惨事も惹起したが、これを秘密にして、極力島外疎開を強行した。然し情勢の逼迫《ひっぱく》するにつれ、危険の増大と船舶の不足が甚しく遂に断念せざるを得なくなった。それでやむを得ずその後は残された唯一の方法、即ち主戦場になるまいと判断される島の北半部に移動させることになった。しかし戦いの勝利を信じ、軍に頼っていた一般市民は、軍が考える程事態を深刻に考えず、移転を嫌う自然の人情もあって計画通りには行われずあの惨苦と犠牲を生ずる原因になったのである。

戦後映画になって、全国民を感動させた姫百合部隊や、鉄血義勇隊の活動は、勿論指

4月13日に撮影された沖縄本島中部の西海岸を埋めつくす米艦艇。揚陸艦船から大量の物資や車両が陸揚げされた

導に服した点もあろうが、寧《むし》ろ祖先墳墓の地、我が家、我が学校、そして祖国を守護せんとする盛り上る力に依り結成され、勇戦して、その多くが若き命の花を散らしたのである。軍としては、一部幹部中に、斯かる挙を呼びかけた者もあったが決してこれを強制するようなことはなかった。

桜の花の咲く頃……と判断し、予期していた通り、米軍は幾度かの大空襲の後、二十年三月二十三日米太平洋艦隊の全力に英極東艦隊を合わせて、沖縄海面に殺到して来た。

九州、台湾及び支那大陸よりする我が航空隊の邀撃《ようげき》も空しかった。そして、すっきりと美しく晴れあがった四月一日の朝、海空陸の全戦力を嘉手納沿岸に結集投入し、一日にして米第十軍総員主力の十八万余人を揚陸してしまったのである。

米軍は、一カ月前の硫黄島上陸の苦い経験もあって一大決戦を予想し、打つべき手は総てを尽し、重大な覚悟を以て上陸を実行したのであるが、事の意外な発展に、矢張り一時不安と喜びの交錯した微妙な心理状態に陥ったようである。戦後米軍司令部の一将校より聞いた話だが、米軍上陸の際突撃して来たのはたった二人の女兵士だったという。女と侮り油断した一将校は、此の女兵士の銃剣で胸部を刺されたそうである。どういう事情で、この二人の女性だけが、健気にも突撃を敢行するに至ったのかわからない……。何れにせよ、米軍が嘉手納沿岸に上陸した場合、軍は首里陣地帯で戦闘する方針で準備していたのだから、嘉手納付近で、日本軍の強い抵抗を受けないのは当然である。

南下した米軍主力と、首里北方陣地の我が第六十二師団主力との本格的戦闘は四月五日頃より始まった。軍は敵の砲爆撃を嘲笑する堅固な陣地に拠り、戦略持久方針に透徹し、米軍に目に物見せん期待で、胸をふくらませていたのだ。従来の戦訓では、十六吋《インチ》の巨弾や一屯爆弾を見舞われると、一切の物は粉砕され、守兵は失神すると脅されている。ところが、実際戦闘が始まると、我が陣地は、文字通り米軍が誇りとして頼る砲爆を嘲笑して、守兵の損害は軽微であった。

米軍も、その戦闘記録に砲爆は鉄板上に投ずるピンポン球ほどの価値しかないと嘆じている。勢い込んだ米軍が、先ず多大の損害を蒙り、我が鉄壁陣地の前に跳ね返されたのは当然である。

無意味な攻勢

だが、こうして作戦が筋書通りに順調に滑り出したと思った瞬間、味方陣営に其の根本を覆すような強力な圧迫が加わり始めた。前から問題になっていた嘉手納付近に在る北、中飛行場保持に関する、軍と中央との見解の相違点に火がついたのだ。

この意見の調整は、戦闘開始前既に出来ていた筈なのに、勿論他の理由もあったろうが、急に第三十二軍は大挙北、中飛行場に出撃せよとの督励が始った。

止むなく、軍は一時攻勢に出る手配を取ったが、準備のない裸の突撃は、絶対に不可であるとの意見が勝って、漸く出撃を中止することが出来た。然し、軍内外の出撃論の余燼《よじん》は容易におさまらず、四月十二月夜、遂に数大隊の歩兵を以て夜襲を決行するに至った。勿論戦理に反した攻撃であったから、約二大隊が全滅するような大損害を受けたのみで成功はしなかった。

此の頃戦艦大和を中心とする我が残存艦隊が沖縄に出撃し、大和の主砲を以て、我が軍の攻勢に策応して敵地上軍を撃滅しようとの通報に接した。我々は感謝感激に堪えなかった。然し海上には、堂々海を圧して戦艦重巡各十数隻の敵艦隊が遊弋《ゆうよく》し、空には無数の敵機が我が物顔に乱舞しているのを目撃しては此の壮挙が成功するような実感がどうしても湧かない。志は有難いが益なき犠牲は見るに忍びない。牛島中将は日本艦隊の沖縄突撃を中止するを可とする意見を各方面に打電された。

こういうふうに攻勢論や、面子のための夜襲で、統帥指揮を錯乱され、無用の損害もあったが、それでも軍は首里北方陣地帯で、約一カ月間、米軍の数コ師団に対し、我は第六十二師団と第二十四師団の一連隊、之に軍砲兵が協力して激闘を交え、若干の地歩を与えはしたが、首里主陣地帯は厳として保持されている。この期に於ける敵の損害は我が軍より遥に甚大だった筈である。

攻勢になったのである。だがこの攻勢は三日、四日と続行されたが、戦場の一小局所で、奇蹟的成功を見たのみで、全局に於ては失敗に終った。抑々《そもそも》の初めから無理な攻撃であったから当然の帰結である。

軍は五月四日午後攻勢を中止して、再び持久態勢に帰った。第二十四師団は兵力半減し頼みとする軍砲兵も弾薬の大部分を射ちつくした。戦力著しく低下した為に、敵の我が陣地蚕食《さんしょく》のピッチは以前に比して速くなって来た。それでも、全線文字通り死闘を繰り返し、五月下旬迄、首里陣地線は保持された。

四、五の二カ月間主陣地帯上に行われた大小幾百の戦闘は、どの一つを採りあげて

日本軍陣地を攻撃する火炎放射戦車。これらの米戦車に対して、弾薬箱を抱えて体当たり攻撃を行う部隊もあった

も、彼我共に祖国の名誉にかけた勇敢決死のものであるが、参考の為に、米軍側の戦闘記録を次に掲げてみた。

これは我が軍の戦力衰えた五月中旬に、わが左翼混成旅団の陣地中央にある、標高五二高地（米軍はシュガーローフ高地と称した）の反対斜面を占領していた、陸士五四期生尾崎大尉の大隊に対する米海兵第六師団主力の殆ど十日に亘る猛攻記録の一節である。

硝煙と戦塵渦巻く

シュガーローフ高地に対する攻撃。

五月十三日夕第六海兵師団は攻撃再興の為第二十九連隊を投入した。支援航空隊は爆弾数百発を以て砲兵陣地、建造物、貯蔵地域等を幾度も爆撃した。戦艦一、巡洋艦四、駆逐艦三も此の攻撃を支援した。敵の残存砲兵の巧妙な使用に依って、シュガーローフ高地附近敵陣地に向う海兵隊の進撃は困難であった。

日本軍混成旅団の砲兵は八門の十糎《センチ》榴弾砲と四門の山砲より成り、加うるに隣接部隊より屢々《しばしば》砲兵及び重迫撃砲の補足射撃があった。秀れた観測の下、火砲を一門或は二門毎に使用し、海兵隊及び戦車に対し非常に正確な射撃を行った。或る時の如きは観測所の真只中に敵弾が落下し、第二十二海兵連隊の第一大隊長と三名の無線手及び三名の戦車将校が即死し、三名の中隊長が負傷した。

五月十四日第二十二海兵連隊第二大隊は、シュガーローフの、掩護高地の前方斜面を

第三十二軍の司令部があった首里（那覇市）に迫る米軍。日本軍の首里防衛線のひとつである安里五二高地（米軍は「シュガーローフ」と名付けた）では、5月12日から19日にかけて激戦が繰り広げられた

占領することは出来たが、此の高地を越え或は迂回せんとする行動は必ず敵の猛射を受けた。進撃した五十名の将兵の中生還したのは僅か十名で、午前中は死傷者の後送に終った。然しながら、海兵隊はシュガーローフの北方を掩護しているクィーン高地を攻撃して成功した。シュガーローフに対する第一回の攻撃は猛射を受けて停頓した。薄暮二コ小隊を編成、其の一小隊が第二回の攻撃を実施した。猛烈な迫撃砲火の為午前二時迄には小隊長は戦死し他の大部分も死傷した。生存者は斜面にくっついたまま退けなかった。第二大隊の副大隊長は、第二十二海兵連隊G中隊の二十名と補給部隊の二十五名を狩り集め、生存者の増援を企てた。彼は部下と共に、小さな谷を渡り、シュガーローフの坂を登り、約四十碼《ヤード》前方に重機二銃を据え、それを支援する射撃チームを置いた。海岸班から二十名の増援も到着した（米軍の損害が甚大で、炊事当番まで狩り出して居るという情報を、我々は首里の軍司令部でキャッチし、これを混成旅団の第一線に伝え、激励していた）。手榴弾や擲弾筒の弾が部隊附近に盛に落下するので、副大隊長は部隊を高地の頂に移した。此の高地を攻略する唯一の方法は我が方で日本軍得意の突撃を敢行することであると彼は断言した。

シュガーローフ山上の海兵小部隊は、反対斜面の至近距離に達していたので、敵は手榴弾を効果的に投ずることは出来なかったが、追撃砲弾の落下は増加した。各個掩体の中にいた副大隊長は破片を首に受けて即死した。高地上の一小隊長も戦死し、他の小隊

米軍が沖縄本島に上陸すると、日本軍は連日にわたって沖縄周辺の米艦船に向けて特攻を仕掛けた。上の写真は5月14日、鹿屋基地から発進した爆装零戦が米空母「エンタープライズ」に突入した瞬間。下の写真は特攻機の突入を見守るだけの米艦船の乗員

長も増援部隊を率いて登坂中に負傷した。瞬時集った四、五名の将兵の真只中に砲弾が落下したため、彼等は伏せたまま動かなかった。

迫撃砲火及び敵の斬込の為に生存者の数は漸次減少し、五月十五日の黎明にはシュガーローフの高地には僅か将校一名と疲労した兵士十九名が残った。夜明けと共に敵は正確な砲火を浴せ事態は悪化した。午前十一時交代部隊が既に出発したとの大隊命令を受けた。敵は頂上に集中射撃を行い、其の歩兵は反対斜面に在る横穴より出て高地の坂を匍い登っていた。猛射の為交代は困難を極めた。有利に交代する為には、山頂を奪還せんとする日本軍を先ず攻撃する要がある。小隊長マーフィ中尉は着剣突撃を命じた。頂上で手榴弾戦が始った。三五〇発の手榴弾は忽ち尽きて了った。マーフィ中尉は中隊長メービー大尉に退却の許可を求めたが、如何なる犠牲を払っても死守せよと命ぜられた。

今やシュガーローフの前斜面一帯は砲弾の炸裂で硝煙と戦塵が渦巻いていた。マーフィ中尉は独断で退却を命じ部下を掩護しつつ後退中破片に斃《たお》れた。中隊長は生存者の撤退を掩護する為中隊に前進を命じつつ、大隊長に退却の許可を乞うたが許されなかった。然し間もなく大隊長はメービー大尉の報告を受けた。曰く「小隊の撤退は完了した。陣地は防守し得なかった。負傷者の後送も出来なかった。日本軍は再び山頂を奪還せるものの如し……」

5月31日に米軍は首里城地下の司令部を占領（背景の建物は武徳殿）、第三十二軍は首里城の陣地から島の南端にある摩文仁に司令部を移した

牛島司令官の最期

シュガーローフ高地附近の争奪戦は更に十七、十八、十九日と一層凄惨な肉弾白兵戦を繰り返して続行された。そして此のシュガーローフ争奪戦の十日間に於ける海兵第六師団の損害は死傷二、六六二名、精神病者一、二八九名に達したという。

この一局地の戦闘を観察しても明瞭なように、戦闘最後の決は多くは勇敢な肉薄戦に依って定った。大艦の巨砲も、飛行機の爆撃も戦闘の決定打にはならない。物量のみに依って勝ったと思われがちの米軍に、此の敢闘力があったのである。米軍は沖縄戦の終始を通じ、将兵全員飲酒を禁止されていたそうで、殆ど信じ得ざる事実である。

陸上に孤立苦闘する軍を、終始鼓舞激励してくれたのは連夜九州及び台湾方面より出撃して来る我が陸海の特攻機であった。多い日は百機を越え少い日も十数機、月明或は黎明薄暮を利用し、果敢に敵艦船に突入した。

敵海上部隊の主力は之に応ずる為か、日没となると西方遠く慶良間《けらま》、粟国島《あぐにじま》方面又は南方海面に避退した。特攻が始まると、必ずドロドロの轟音が遥に聞えて来て、我れ孤ならずの感を深めたものである。

五月下旬になると戦闘員の損害、疲労、兵器弾薬の欠乏甚しく、全戦線弾撥力を失い、右翼の中城《なかぐすく》湾岸の拠点、運玉森の高地は奪取され左翼に於ては那覇の廃墟に続々敵が侵入し始めた。此の頃、首里で玉砕説も出たが、今後の作戦を研究した結果、残存五万の兵力を以て、地域的に持久抵抗しつつ南方十数粁の沖縄島西南端に後退し、与座、八重瀬の両高地を拠点とする陣地を占領し、戦闘を続行する案が採用された。

軍の退却は五月末より始った。多少の士気の沮喪はあったが、折からの豪雨泥濘と、敵の追撃の緩慢もあって、逐次、持久抵抗しながら、整然と後退した。

六月五日には残存の軍三万余人を新配備に就け終り、軍司令官は島の南端、海岸に屹立する標高八九米《メートル》の摩文仁高地の洞窟陣地に入った。軍と共に南部に流れ込んだ市民には、知念半島方面に戦禍を避けるように指令したが、この方面に早くも続々進撃し来

6月22日頃から摩文仁の司令部も米軍の攻撃にさらされ、翌23日に牛島司令官と長参謀長が自決、日本軍の組織的戦闘は終了した。写真は摩文仁岳の中腹に建てられた牛島司令官と長参謀長の墓

た米第二十七師団の先鋒に遭遇し、再び主陣地帯内に引返して来る者が多かった。旧琉球王、尚《しょう》公爵一族十数名も此の例に漏れなかった。

十五、六日頃になると全戦線はメチャクチャな乱戦となった。戦闘は徒手空拳、しかも裸で、戦艦、飛行機、戦車に抗したようなもので、唯々一方的に大量虐殺されるに等しい。第一線の指揮官からは「無慚無慚やられる部下を見て居れない。兵器を！　弾薬を！　戦車体当り用の爆薬を！」と請求して来る。

しかし軍はこれに応じ得ない。中央も玉砕し行く軍を憐み、完全制空下を無理に一機二機と兵器弾薬を夜間投下してくれるが、末期の水のようなものに過ぎない。徳之島守備隊が最後の誠意をこめて、派遣してくれた弾薬満載の五隻の漁船も、われらの眼の前の海上に撃沈された。

六月十八、九日頃、摩文仁に在る第六十二師団砲兵団及び混成旅団の各司令部を中心とする集団と、その西北約三粁の真栄平《まえひら》に在る第二十四師団司令部の集団は、敵の為分断されてしまった。愈々最後の処置をつける秋《とき》が来たのだ。大本営始め関係諸軍との袂別の電報も交された。隷下諸隊への別れを告げる最後の軍命令も出された。本土決戦参加或は遊撃戦続行の任を帯びて、参謀や司令部附将校の多くが出撃して行った。島田県知事と最後迄離れず随行した荒井警察部長の二人もうらぶれた姿で軍司令官を訪れ、永遠の別れを告げた。

六月二十二日砲爆の間、摩文仁高地のあたりは近接戦の機銃声がさかんである。敵戦車群がしきりに司令部洞窟に砲弾を叩きつけてくる。間もなく山頂を占領した敵兵が、垂坑道上より手榴弾を投下し、長参謀長近傍の数名が死傷する。他の司令部も略《ほぼ》同様の状態であろう。

予《か》ねて期した処に従い日頃西郷さんと愛称された牛島司令官は参謀長と共に六月二十二《ママ》日午前四時三十分残月南海に没せんとする頃、海岸に屹立する断崖上に於て剣道五段坂口副官の介錯で見事自刃し果てられた。両将軍共に死に臨んで悠々、其の顔容は神とも仏とも見まごうばかり、一切の思念を越えて清々しく和やかであった。

投降する日本兵の後に島民が続く。沖縄戦では約12万人の沖縄県民が犠牲となった

先に、小禄飛行場を死守して、後退を肯《がえ》んじなかった海軍陸戦隊大田少将等は、既に六月十一日最期を遂げ、爾後六月二十八日頃迄には、第六十二師団長藤岡中将、同旅団島中将、有川少将、砲兵団長和田中将、混成旅団長鈴木少将、第二十四師団長雨宮中将等が相次いで自決し、軍の組織的戦闘は終った。

春光緑に映えた沖縄の山野は、日米両軍三カ月の死闘の末、山々は容をあらため、威厳と哀愁を加え、地上一切のものは吹き飛ばされて姿を消した。

屍臭は地に満ち、戦友の遺骸は累々と横たわっている。長将軍遺詠の如く九旬の敢闘は一夢の裡《うち》に終った。総べて死する者約七万、市民の運命を共にした者も数万に達するであろう。

（特集文藝春秋「日本陸海軍の総決算」昭和30・12）

原爆投下1

私は「インディアナポリス」を撃沈した

「原爆存在の秘密が事前に聞き出せたかもしれなかった……」
原子爆弾をテニアン島に運んで帰投中の米巡洋艦を魚雷攻撃で撃沈した伊五十八潜水艦艦長の回想。

橋本《はしもと》以行《もちつら》

解題

昭和二十年八月六日、原子爆弾が広島に投下された。この原子爆弾はアメリカのニューメキシコ州アラモゴードの試験場からサンフランシスコを経てマリアナ諸島テニアン島に運ばれ、そこからB29「エノラ・ゲイ」に搭載されて広島へと飛び立った。

「リトルボーイ」(広島型原爆)を米本土からテニアンまで運んだのが米巡洋艦「インディアナポリス」である。七月十六日、インディアナポリスは長さ四・五メートルの木箱と内側に鉛を敷いた高さ六十センチ、直径四十六センチの円筒を積み込み、サンフランシスコ湾を出航した。木箱の中身は起爆装置、円筒の中身はウラン235だったが、艦長はその中身を知らされず、ロスアラモスの研究所からやって来た海軍大佐から、万が一、艦が沈没するような事態になったときは、救命ボートに移してでも絶対に救わなければならないと厳命されていた。

インディアナポリスが出航したのと同じ七月十六日、筆者の橋本以行海軍中佐(当時)を艦長とする「伊号第五十八潜水艦」が呉軍港を出撃した。山口県の平生《ひらお》

扉写真=米巡洋艦「インディアナポリス」。米軍が第二次世界大戦で敵軍の攻撃で失った最後の艦艇となった

テニアン島内に残るリトルボーイを保管していた保管庫。保管庫手前に原爆搭載記念碑が建てられている

にある特攻隊基地で六基の人間魚雷「回天」と六名の隊員を収容すると、フィリピン東方海面に向かった。二十九日の深夜、大型艦らしき艦影を発見し、六本の魚雷を発射した。三本が命中し、間もなく目標は消滅した。橋本艦長は検討の末、アイダホ型戦艦撃沈と報告したが、この艦こそが二十六日に無事にテニアンに原爆を運んだインディアナポリスだった。同艦は米軍が第二次世界大戦で最後に失った巨艦であり、乗組員約千二百名中生き残ったのは三百十六名だけで、米海軍最大の悲劇といわれた。

好餌を求めて

出撃準備を完了した。いよいよ二十年の七月十六日、呉軍港を出撃することになった。いつもなら、すぐわきに見上げるような巨体を横たえていた大戦艦「大和」の姿はすでにない。本艦伊号第58潜水艦は、例によって艦橋の横に描いた日の丸の上に、黒地に白の菊水を染め抜いた紋所を掲げている。

〝出港用意！〟の号令一下、サッと艦橋に「非理法権天」と「宇佐八幡大武神」の二旒《にりゆう》の旗がひるがえった。いま本艦は桟橋を離れようとしている。上甲板に整列した乗員の服装は、防暑服に宇佐八幡宮の神印を打った白鉢巻き姿である。

〝前進原速〟の号令のもと軍艦マーチの斉唱が起きる。艦は静かに桟橋を離れる。『しっかり頼むぞーッ』の声を肝に銘じる。万歳と歓呼の声に手を振って応えながら次第に沖に出る。かつて沖縄に出撃するとき、港内いっぱいにいた軍艦は、いまはみな島陰に影をひそめてひっそりしている。何という変わり方であろう。あのときは各軍艦から盛んな見送りを受けたものだったが……。山々の緑の景色は変わらぬが、沖からふりかえる街は一望の焼け野原と化している。呉工廠は鉄骨の残骸をさらしている。廃墟に等しい呉軍港をあとに、艦は早瀬の瀬戸をすぎ、広島湾に出る。磁気機雷の掃海ずみ航路をたどって平生に向かう。

平生に一泊、明くる十七日早朝、真夏の青空に菊水の旗ひるがえる式場で、出撃特攻隊員を送る荘厳な儀式が行われた。平生は特攻隊の基地である。本艦に六勇士が乗り込んだ。楠公父子の誠忠の魂を受けついだ六勇士の必死必中、君国に報いるの真心には、鬼神も泣いたであろう。

『あとから行くぞ』
『しっかりやれよ』
『成功を祈る』

との特攻隊同僚の、天地をゆるがす歓呼の見送りを受けつつ艦は抜錨、出でて帰らぬ必死のますらおは、見なれた山や島角、そして灯台の一つ一つにも名残はつきぬ。特攻隊員は、いつまでもいつまでも艦橋にたたずんでいた。見送りの内火艇が島陰に消えたあとも、しばしすぎ行く島々を見つめるのであった。

十八日夕刻、豊後水道を一路南下する。夕もやのなかに消えてゆく祖国日本の最後の島影、沖ノ島を見守る回天乗員の姿に心をひかれるが、目前に敵潜水艦の危険がないとはいえない。いますぐにでもドカンと来るかも知れない。感傷にひたるときではない、と速力を増して大角度のジグザグをやりながら、次第に暗黒となる海面を南へ、南へと突き進む。

月は次第に円くなり、もう第一の会敵予期海面である沖縄―サイパンの航路にも近づいた。回天乗員と例によって缶詰料理ではあるが夕食を共にし、盃を挙げて成功を祈る。簡単ながら最後の別れをした。会敵の様子によっては一言も言葉を交わさずに別れねばならないのだ。いつでも「準備完了」のように、と大体状況を説明しておく。本艦に与えられた任務は「フィリピン東方海面で敵艦を攻撃する」ことである。

回天発射

サイパン―沖縄航路上へ来たが、いっこうに敵らしいものに出会《でく》わさない。海は静かであり、月は明るく、「好餌《こうじ》ござんなれ」と腕を撫して待つが敵影さらになし。

回天の乗員は毎日、乗艇の準備に、観測訓練に余念がない。回天四人の下士官乗員はた

上の写真が回天特別攻撃隊多聞隊を乗せて出撃した伊号第五十八潜水艦。下の写真は回天５基を搭載し、硫黄島水域に向かう千早隊の伊号第三七〇潜水艦

まには隊長の伴修二中尉や水井淑夫少尉と五目並べや将棋をしているが、士官室へ呼ぶと窮屈がるのでゆっくり話す機会もない。

次の沖縄―グアム線上も空しくすぎて、二十二日の満月となった。「いまならば昼夜間いずれなりとも攻撃できるのだが」とあたら月を眺めながら、ねっとりと油を流したような海上を、次のレイテ―グアム線上に急行する。

月は次第に欠けてくる。好機去んぬるかなと気が気でない。苦しいときの神頼みではないと思いながらも艦内神社に会敵を祈る。

七月二十七日、やっと命ぜられたグアム―レイテ航路海域に至ったので、この線上に沿って西航する。と二十八日早暁、午前五時三十分敵機を電探に感じたので急いで潜航する。敵は近いぞ。もうこのころはわが方でも電波探知機が相当進歩していたので、飛行機にやられる懸念はなくなっていた。敵機、敵艦の所在を電探と水中聴音器で十分探索したのち午後二時浮上した。と、「こはいかに！」潜望鏡を高く上げて見回すと、三本マストの船が見えるではないか。次第に近づいてくる。大型油槽船だ。『占めた！』と思わず歓喜の声がほとばしり出た。久しく出会わさなかった敵船だ。まだ敵は感づかないらしいが、潜航して接近するよりほか仕方がない。潜航と同時に、

〝回天戦用意！〟

〝魚雷戦用意！〟

と下命する。どうも水中聴音器の感度が悪い。前方に駆逐艦がいる。魚雷の有効射程に近接できない。そこで回天の使用を決意する。

〝一号艇および二号艇用意！〟

ときに午後二時七分。第一号艇艇長伴中尉乗艇発進用意を下命し、ついで第二号艇艇長小森一飛曹乗艇発進用意を下命した。ところが、第一号艇は発進用意に手間どったために、第二号艇を先に発進させることにする。敵速、敵進出方向、時間などを電話で知らせる。午後二時三十一分、二号艇は機械を発動、〝よし〟と電話で報告がくる。〝発進！〟の号令のもと、二号艇の最後のバンドはガタンと解けて、

『有り難うございました』の言葉を最後に敵油槽船目がけて突進して行く。これより十分遅れて一号艇も用意完了、敵駆逐艦目がけて突進し去る。ときまさに午後二時四十三分。艇長伴中尉は、

『天皇陛下、万歳！』を高らかに一唱した。

二基とも聴音によると順調に走り去ったようである。南方特有のスコールが大洋のところどころに沛然《はいぜん》と降り注いでいるが、目標はよく見えている。だがなかなか命中しない。そのうちに見えなくなってしまった。二号艇発進ののち約五十分して爆発音の報告があり、さらに約十分して爆発音の報を得たので浮上したが、激しいスコールで何一つ見えない。

会心の突撃を行ったと認めて、二勇士の冥福を祈る。平生特攻基地で、今か、今かと戦果を待ちあぐんでいるとは思ったが、引きつづきこの方面で行動するので、電報の発信はしばし延期することにする。この日の夕食から士官室でともに食事をするのは水井少尉だけとなる。伴中尉いまやなし。護国の英霊と散り去ったのである。

水平線上に黒一点

この付近は確かに敵の通路だ。しかし同じ場所にいつまでもいるのは面白くない。次のレイテーグアム、パラオー沖縄の交叉海面に向かうべく海上を走る。

七月二十九日、この日は雲が多く天気は悪かった。しかし波はそうたいしてなかったので、水上で目的地に向かう。大型水防望遠鏡四つと対空、対水上用の電探とによる見張りには絶対の自信があった。必ず敵より先に発見できると確信していた。視界のよいときに恐ろしいのは敵潜水艦だけで、ほかには不意の攻撃を受けることはないと信じ得られるようになった。乗員の技量と兵器の能力もやっとこれまでに進歩したのだ。

これがもう二年早かったならば、二年前にこのように電探が発達していたならば、かほどまでに損害をこうむらなかったろうに！　いま少し戦果を上げることができたであろうに……。

テニアン島北飛行場はマリアナ諸島最大のB29専用の飛行場だった。手前に見えるのは日本機の残骸

相変わらず水上を走ろうと思ったが、夕闇とともに視界が悪くなり、午後七時五十分ごろには、いよいよあたりが見えなくなってきた。かくては敵に遭っても攻撃はできないばかりでなく、下手をすると先手を打たれて不意打ちを食うかも知れない。視界回復を待つことにして、午後十時には月が出るので、それまで潜航する。

潜航直後、機関長桑畑大尉が機械の整備上、次の浮上予定時刻を聞きに来た。『月が出て視界がよくなっておれば浮上する』と返事する。このごろは水上航走が多いためディーゼル機械の手入れをする暇がないから、わずかの時間でも利用しなければならないというので、約二時間の予定で整備することにする。

潜望鏡を出しても真っ暗で何も見えない。そこで、午後十一時を知らせるように命じて、士官室の一隅にある艦長室の寝台のゴザの上に防暑服のまま横になる。潜航中の速力二ノット、水中排水量三〇〇〇トンの巨体は、暗黒の海面下三〇メートルを南西に向かって静かに動いている。

不要の電灯を消した薄暗い艦内は、冷却通風の音と、時々潜舵横舵という潜水艦だけにある舵を操る音のほかは何も聞こえない。深夜の静けさである。いま乗員の三分の二は寝ているのだ。魚雷の上に、米袋の上に、あるいはカイコ棚のような棚の間に、褌《ふんどし》一つの真っ裸になって寝ている。幸い本艦は新艦であるので冷却機がかなりよく利き、蒸し暑く汗で寝苦しいというほどではない。

起きているのは残り三分の一の当直者と機械の手入れをしている機械部員と、もう一つ艦内にいる多数のネズミだ。ネズミはいくら征伐しても減るどころか増えるばかり、全く困ったヤツらだ。このときとばかり随所に、とくに烹炊《ほうすい》所に奇声を発しながら大あばれである。

午後十時三十分になった。司令塔にいる哨戒長からの命令で艦長（橋本中佐）を起こしに来た。と同時に〝精密聴音異状なし〟と報告する。精密聴音とは水中聴音の妨害になる雑音――すなわち三つの舵はもちろん、艦内の通風機、ポンプ類全部、ときには推進機も止めて、音のするのは、ジャイロコンパスと時計くらいまでにして、特別に念を入れて周囲を聴音するのである。

しかし今日は聴音器の調子が悪いのか、水温の関係で聴音がうまくいかないのか、ともかく聴音成績がすこぶる悪いので〝異状なし〟の報告も余り当てにできない。そう思いながら顔をサッと洗って服装を整え、発令所に行って艦内神社に拝礼、八幡宮の神札の入っている白鉢巻きをしめ直して司令塔に登った。哨戒長として当直中の航海長田中宏謨大尉が〝異状なし〟と報告したので、潜望鏡を出して外界を見るべく〝夜戦用意〟を発令した。号令一下、司令塔は暗黒になって諸計器だけがかすかに光っている。

時計は午後十一時を示した。月の出ののち一時間たった。眼は闇になれてきた。〝深さ一九〟を令して潜航深度一九メートルにし、速力をいままでの「最微速」の二ノットを「微速」三ノットにした。深さが一九メートルになるや、夜間用の潜望鏡の上昇を命じて水面すれすれで、すばやくあたりを見た。視界はずっとよくなって、おおむね水平線は認められる。月はすでに東の空に昇っていた。半月に近いが明るさは水中襲撃に十分だ。雲も月の付近は少ない。潜望鏡を次第に高く水面に出して二回、三回と周辺を精密に観測する。だが何も見えない。浮き上がろうと決心した。そこで、

〝一三号電探用意！〟を下令した。

対空電探の用意を命じたのだ。これは航空機捜索用の電波探信儀である。「一号三型

電波探信儀」という正式の名称を「一三号」と略称していたのである。ついで対水上用の電探をも用意させるため、

〝二二号電探用意！〟を発令した。二号二型電波探信儀の略称である。

電探を水面上に上げて敵機の所在を探索するが、何ら反応がない。当直の電探員は艤装以来特別教育を受け、普通科ではあったが、高等科以上の技量のある乃村上水だ。敵機なしと判断し、浮き上がって敵を求めるべく〝総員配置に就け〟の号令を下す。ベルが鳴り渡る、乗員は一斉に起き上がる。にわかに艦内が騒がしくなった。

数分もたたぬ間に、〝各部の配置よろしい〟との報告がくる。引きつづいて潜望鏡で見回してから、潜望鏡のハンドルを握りしめ、〝浮き上がれ〟と下命し、なおもぐるぐるあたりを見回す。艦は次第に浮き上がりだした。電探は〝感なし〟の連続である。近くに敵影なしと見て〝メインタンク・ブロー〟と下命する。

発令所では水雷長田中俊雄大尉指揮のもとに、外側のメインタンクに高圧空気を送り込む。メインタンク内の水は急速に排水されだしたので艦は急速に浮上し、すでに上甲板が水面上に出たと見るや、〝司令塔ハッチ開け〟と下令すれば、ハンドルを握って待機中の信号員長水野上曹は、サッとハッチを開け、真っ先に艦橋に飛び上がる。つづいて航海長が上がる。自分はなおも高く高く夜間用の潜望鏡を上げて四囲を見る。

待機していた水上用電探も活動をはじめる。発令所ではハッチを開いて外から空気が

広島市に投下された原子爆弾「リトルボーイ」。昭和20年7月26日にテニアン基地に運ばれた

入るようになったとみるや、高圧空気節約のため低圧の空気ポンプ排水に切り替える。とたんに高音を発して艦内が騒がしくなった。その直後のことである。

〝艦影らしきもの左九〇度〟と航海長の早口な叫びがあった。

自分は直ちに潜望鏡を下ろして艦檣《かんしよう》に飛び上がり、航海長の指さす遥か水平線に双眼鏡を向ける。まさしく黒一点。月光に映える水平線上にはっきりと認められる。もう点より大きい。間髪を入れず、

〝潜航！〟と鋭く下令する。

この一声に艦橋へ上がった四名は秒を争って艦内に突入、信号長はバタンとハッチを閉め、ハンドルを回して

〝ハッチよし〟と叫ぶ。自分は潜望鏡に目を当てた。黒影は潜望鏡に入った。〝ベント開け〟と下令。これで排水中のメインタンクに逆に海水が入って、上甲板下二尺くらいしか浮き上がっていなかった艦は、直ちに潜没をはじめた。自分は潜望鏡についたまま、とらえた黒一点から目を離さない。

水面上に艦体の一部、艦橋の天蓋を現しはじめてから、再び全没するまで、一分を要しなかった。すべてが反射的に行われたといってよい。まさに、「昭和の忍術、水遁《すいとん》の巻」である。

大型艦らしい

艦が完全に潜航状態になるや、〝艦影発見〟〝魚雷戦用意〟〝回天戦用意〟と連続して発令する。ときに午後十一時八分。艦は潜航途中から「取舵」に転舵して黒影に艦首を向けはじめた。自分は黒影を逃すまいと潜望鏡に目をくっつけたきりである。時々、潜望鏡を回してあたりを見回すが、ほかには何も見えない。次第に大きくなる敵らしい黒影はどうやらこちらへ近づいてくる。いまや発射管に注水終わり、いつでも六本の魚雷は発射できるようになった。

しかし果たして近づく黒影は何であろうか。撃って命中を期待できるほど近づいてくれるであろうか。潜望鏡をのぞいている自分は、胸中にいろいろの場合を描いて、その対策を考える。敵か味方か。これは潜水艦以外なら敵に間違いない。黒影は依然として真っすぐにこちらに来るようである。

艦種がわからないので距離もわからない。聴音器にはまだ聞こえないらしい。丸かった黒影は次第に三角形になってきた。午後十一時九分、

〝発射雷数六〟と下令して全発射管の魚雷六本を連続発射することに決める。

と同時に回天六号艇白木一飛曹を乗艇させ、予備として五号艇中井一飛曹を乗艇待機させる。五、六号艇は艦首にあって敵の方へ常に向いているからこれを用意したのである。

黒影が駆逐艦の場合も考えて〝爆雷防御〟を下令し、発射に差し支えないところだけ爆雷攻撃に備える。他には艦影はないようだ。自分はなおも夜間用の大きい潜望鏡についていた。潜水艦でないことは確かであるから敵には間違いない。重大な疑問の解決はついた。三角形の艦影は次第に大きくなるが、相変わらず真っすぐに向かってくる。これでは真上を乗り切られそうである。マストの高さの推定ができないので距離の判定が困難である。

魚雷を撃って命中させるためには、目標の針路、速力、距離が正確であることが必要なのである。これらを正確に機械的に算出するのは困難で、主として艦長が潜望鏡で観

測して決定する。商船襲撃の場合のように何時間もあとからつけて走れば、針路、速力ははっきりわかる。また距離は探信儀といって、水中で超音波を出し、その反響を捕えて測る機械もあるが、これを使えば発射前に敵にわが存在を知られるという致命的な欠点があるので、使用時機がむずかしい。

速力も聴音器で敵の推進機の回転数を計って出す方法もあるが、これはあらかじめその艦種がわかっていなければならない。しかし大体の参考にはなる。こういう有り様であったから、正確に測ることはむずかしかった。

どうも大型艦らしいと思う間もなく、三角形の黒影の頂上が二つに分かれた。前後に大きいマストがあることがわかった。「しめた！」と心のなかで叫んだ。この黒影の頂上が二つに分かれたので真上へ来る心配がなくなり、同時に艦種の見当がついたのだ。直ちにマストの高さを大巡、戦艦の三〇メートルと仮定して測り、約四〇〇〇メートルを得たので、発射時の予想距離を二〇〇〇メートル、方位角右四五度とあらかじめ方位盤に調定させた。

このとき聴音から敵速力を相当高速力に報告してきた。一度それを採用したが、目測による感じはそれほど速いとは思えなかった。夜間で艦の立てている波が全然見えなかったせいか、また連続それを見守っているせいか、とにかくもっとおそく感じたので、敵速一二ノットと決定調定させた。

広島市への原爆投下に向けて作戦説明を受ける米第509混成部隊

回天の方へは魚雷発射に夢中になって、その後発進準備を下命しないので何回も催促して来たが、そのままにしてあった。この程度の月明かりでは回天による襲撃は困難である。

魚雷で十分仕とめられる限りは使用しない腹であったのだ。もう近いので潜望鏡を時々波をかぶるくらいまで下げた。敵艦に艦首を常に向けるため、艦は右へ舵を取って、右へ向かっている。

月を背にして浮き上がった艦影は、次第にその全容を現してきた。前方に砲塔が二基重なっていて、相当大きな檣楼《しょうろう》のある艦橋がはっきりしてきた。いまや艦内は満を持して魚雷発射の号令を待っている。静かなること林のごとし。

この場合、潜水艦の眼であり頭である

のは艦長で、耳は聴音器である。艦内の乗員は一つとしてこれを通さなければ外の様子はわからないのだ。じっと次の号令を待っている。

午後十一時二十六分〝発射はじめ〟。もうボタン一つで魚雷は走り出すのだ。回天からは敵は何か、敵はどこか、なぜ出さないかとしきりに発進を請求して来る。刻々、発射の好機が近づいて来る。一呼吸して〝方位角を右六〇度距離一五〇〇メートル〟と調定を変更、さらに近づいて発射することにする。息づまる瞬間、潜望鏡の中心を敵の艦橋に合わせて照準した私は、一きわ大きな声で〝用意〟〝撃てッ〟と叫んだ。

魚雷発射の電気ボタンは二秒間隔に押された。発射管室から〝各連管発射異状なし〟と順調に発射されたことを報告して来た。六本の魚雷は扇形に敵艦に向かって突進して行った。私はなおも潜望鏡を上げたまま、すばやくあたりを見た。ほかには何物も艦らしきものは見えない。

インディアナポリスの最期

艦首を敵と平行して回しながら命中を待った。一分足らずの間の長いこと。するするとすぎ行く艦影を見ると気が気でない。と思う間もなく、艦首一番砲塔の右側の水柱らしきもの、つづいてその後方一番砲塔の真横に水柱が上がると見るや、パッと真っ赤な火を発した。つづいて上がる第三番目の水柱は、二番砲塔の真横から前檣楼にかかっている。三本の水柱は火に映えて明らかに前檣楼より高く並立した。思わず、『命中、命中！』と一本当たる毎に叫んだ。

いち早く艦内に伝えられ、乗員のすべてはおどり上がって喜んだ。

前檣付近の水柱に気をとられていた目をさらに後方に移すと、ここにも水煙らしきものが上がって消えかかっていたが、命中の分かどうか明らかでない。しばらくして命中の魚雷爆発音が三つ等間隔にとどろいて来た。まわりには艦影なく敵は止まっているが依然として浮いている。

昼間用のもう一つの潜望鏡を上げて司令塔員に見させる。司令塔はなおも暗黒のままである。間もなく誘爆音らしき音が響いて来る。命中したときより大きい。四つの連続である。なおつづいて十ばかり響いて来る。様子のわからない艦内では『爆雷攻撃』と叫ぶ声が聞こえる。直ちに『近くに他の敵艦はいない』『誘爆音である』と伝えさすと静かになった。が、敵艦上に時々閃光を認めるけれども、なおまだ沈まない。さらにとどめの必要を感じて次発魚雷の準備を急がす。

回天からは『敵が沈まないならば出してくれ』と再三いって来る。いまや敵は停止しているので暗くても命中は容易であろう。けれども命中するまでに沈没したらどうする。一度出せば収容はできないのだと思うと、この場合回天を出すことはできない。ゆっくりやればよいと思っていたが、敵の水中探信の音がすると報じて来る。敵が距離を測っているのだ。有効な反撃を受けてはと思って、次発の用意完成まで深く潜って待つことに決意、一時潜望鏡を下ろして水中聴音器と水中探信儀に敵艦の監視をまかせた。

ところが実際は敵艦はそんな反撃どころか、敵艦長は右舷に六〇度も傾いた舷側を、艦尾にはって行ったという。これが沈没寸前の姿であったことが戦後わかった。そういえば最後に潜望鏡を下ろすときにはだいぶ傾いていたようにも思われる。逃げ腰というか、浮き足立つというか、こういう場合はどうしても自分に不利なように考えがちである。実際敵の探信音だったかどうか、あやしいと思ったのはあとからの話であった。

司令塔に久しぶりで、明かりがついた。敵は何ものなりや。三発は確実に命中したのになおも沈まぬとは？　他にも艦影の見当たらないのは？　と疑問の点が多かった。間もなく探信音が消滅した旨報告

B29「エノラ・ゲイ」は原爆投下機として改修が施された15機のうちの1機で、8月9日の長崎市への原爆投下では、第一目標だった小倉市（現北九州市）の天候観測機として作戦に参加した

して来たが、魚雷装填中のため、艦に傾斜を与えると危険なので、潜望鏡が出せる深度まで浮上できない。やっと二本の魚雷の発射準備ができたので潜望鏡を上げたが、もう何ものも見えない。

沈没したと思われる海面に行く。何ものも見えないので浮き上がったが、海上はただ波のうねりだけが不気味に静まりかえっているだけである。だがもう魚雷命中から一時間もたっているので、いろいろの点から考えて沈没は間違いないと思った。手負いの艦がそう高速力で逃げられるわけはない。よしんば逃げても、まだ視界内にいるはずだ。

聴音や探信の報告して来た状況からは、沈没に間違いないが証拠がほしい。もう少し見ていれば沈没の瞬時が見られたのにと思ったがおそかった。上から見る海面は、水中からすかして見る海面より暗い。この暗さでは、漂流物を発見することも困難だ。

その上、白波さえたちはじめたので、余程ゆっくり探さねば発見は望めない。心には残ったが、敵の僚艦、僚機の来襲のことも考えて一路東北へ移動、次の戦闘準備を完了するため約一時間水上を走ったのち潜航した。

まさかこれが数日後、広島、長崎を一瞬にして壊滅させた世紀の新兵器原爆をテニアン島に届けた、米重巡インディアナポリス号とは、神ならぬ身の知るよしもなかった。このとき、いま少し徹底的に海上を捜索していたら、艦長はじめ、三一五名にのぼる生存者から原爆存在の秘密が事前に聞き出せたかもしれなかったのにと、今更残念に思われる。思えば重大なる運命の転機であった。

（『伊号58潜帰投せり』朝日ソノラマ刊　航空戦史シリーズより抜粋・昭和62）

原爆投下2

原爆下の広島軍司令部

八月六日の広島は、人間の生と死との境は、紙一重よりも薄かった——。
中国軍管区の参謀長として広島に駐在していた陸軍少将が見聞した凄惨極まる爆心地の真実。

松《まつ》村《むら》秀《しゅう》逸《いつ》

解題

世界で初めて投下された原子爆弾は、第一目標が広島、第二目標が小倉陸軍造兵廠と小倉市（現北九州市）、そして第三目標が新潟あるいは長崎とされていた。目標選定にあたっては、重要な司令部や軍需品の生産地であること、あるいは日本国民の抗戦意志をとくに挫折させるような都市で、原爆の効果を正確につかむために空襲による損害を受けていないことが条件だった。広島市には中国軍管区司令部があり、軍事施設や軍需工場も集中し、そしてほとんど空襲の被害がなかった。

昭和二十年八月六日午前一時四十五分、ウラン型原子爆弾「リトルボーイ」を積んだB29「エノラ・ゲイ」がテニアン島から飛び立った。原爆投下は一種の実験でもあり、その威力を確認するためにも好天であることが必要だった。エノラ・ゲイ出撃の一時間前、広島、小倉、長崎の天候を確認するために、三機のB29が先行して発進していた。午前七時過ぎ、エノラ・ゲイが四国南方にあった頃、天候観測機から相次いで報告がもたらされた。小倉は天候がすぐれず、広島と長崎は良好だという。

扉写真＝昭和20年8月6日午前8時15分に原爆が投下され、一瞬にして焦土と化した広島市。原爆によって同年12月末までに約14万名が死亡したと推計されている

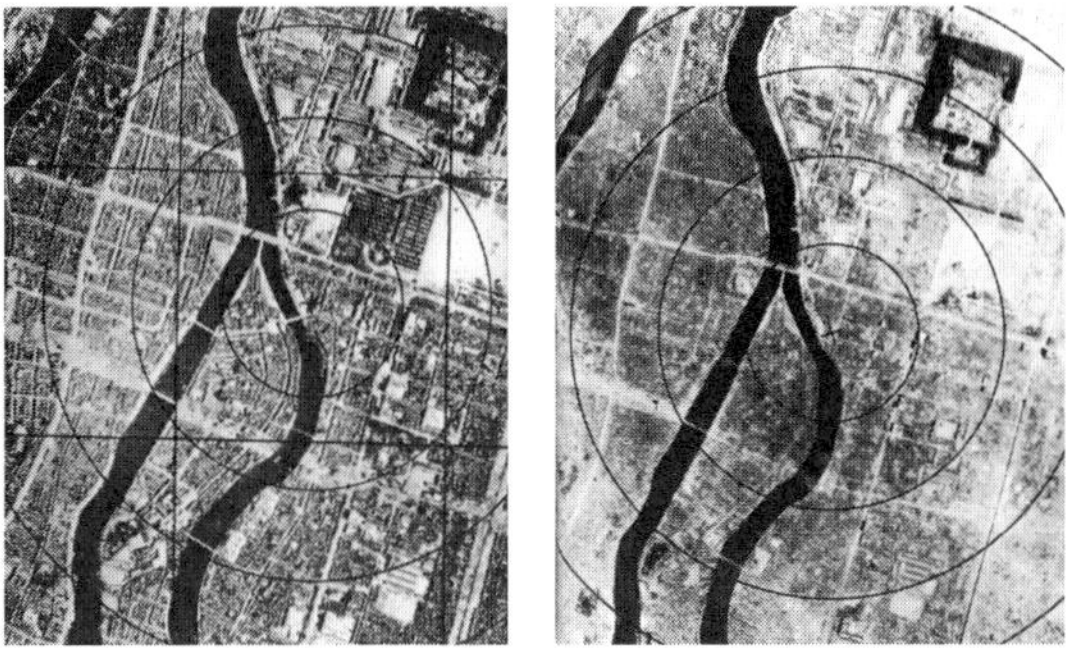

左が原爆投下に先行して米軍が撮影した広島市上空の写真。右が投下後の広島市。同心円の真ん中が投下目標となった市内中心部の相生橋

目標は正式に広島に決定し、エノラ・ゲイは原爆の効果を判定する科学者を乗せた「グレート・アーティスト」と撮影機材を積んだ「ディンプルズ91」という二機のB29とともに広島に向かった。

午前八時十五分、エノラ・ゲイは高度九千六百メートルの上空から広島市街中心部の相生橋を目標にリトルボーイを放った。広島は一瞬で死の街と化し、被爆直後に少なく見積もって七万から八万名が死亡、現在までの犠牲者は三十万名以上といわれる。

筆者は当時陸軍少将、中国軍管区参謀長として広島にあり、一時はその死を伝えられた。身をもって体験した試練を生々しく描き出している。

ピカ・ドンの朝、広島は上天気、八月の太陽はサンサンとした光の雨を、この無疵《むきず》の町に注いでいた。

私は、その頃、遠藤と流川町の軍官舎に住んでいた。

この邸は、昔、浅野家の侍大将が住んでいたところとか。座敷の縁側から、すぐ芝生になっていて、その奥の方に、庭樹の繁った築山と、小さな小石を並べた空堀があった。空堀には眼鏡橋がかかっていたし、築山と堀の間に古井戸があり、その井戸端には、この庭の中心をなしている大きな榎《えのき》が、亭々として天に聳《そび》えていた。木石の配合が、よく整った趣きのある庭である。

家は平屋で、南面して鉤《かぎ》の手に作られ、西南隅の八畳と六畳が私の居室で、東隅の一部屋に遠藤がいた。遠藤は、まだ三十足らず、紅顔端麗な陸軍大学を出たばかりの、はりきった青年参謀であった。私達二人を、以前に小さな炭礦を経営していたという黒田さん老夫婦が世話をしていた。

その頃、広島は、まだ爆弾が四、五発落ちたくらいで、ほとんど被害もなく、日本では、めずらしく焼け残った都市であった。焼けただれた東京から、一月ばかり前に転任してきた私には、めずらしい風景が多かった。床屋は開業していたし、魚屋も、八百屋も、薬屋も店を開いていた。さすがに中国第一の都市だけに、まだ物は豊富であった。

木々の緑は町をおおい、その間に点々として見える寺院の甍《いらか》や、土蔵の白壁の美しさ、道行く人の着物も、みすぼらしい物ではなかった。

私は、古城の中にある軍管区司令部に、通勤しながら、幾度か、この町が、このまま、焼けないで残ってくれればよいがと念願したのだった。

だが、軍都広島が、爆撃をまぬかるるはずはなく、早晩、B29が大挙してやってくるであろうということは、予想されるところであって、これがため、市民は皆、戦々兢々として落ち着きを失っていた。

焼夷弾が、都市の攻撃に使われていたのだが、いつも空襲は夜間だったので、日が暮れると、郊外に疎開する人々が列をなしていたし、荷車や自動車も、みな都心を離れて、山ふところ

広島市内の軍官舎で被爆し、重傷を負った筆者の松村秀逸氏

の中に、かくれていった。

　何とかしてこれらの人々を引き止めなければ、防火もできないという話もあって、人心を落ち着ける一助にもと思い、私達は、わざわざ都心に、空家を捜して、宿舎を借り受けたわけである。

　中国地方の脊梁山脈から流れ出た太田川は、広島市の北端で、七つの川に分れ、市の繁華街は、このデルタ地帯にあったのである。橋は、この町の名物である。

　家屋疎開の計画は、地区司令部と県庁とで立案したものだったが、この六つの島の中に、一つずつの広い空地――避難所を作ることと、消防自動車の通路を、川べりに作ろうということが、その主眼であった。

　家屋疎開に熱心だった地区司令部の小谷少将は、馬術の名手で、オリンピックの候補者になったこともあり、私の陸大時代の馬術教官である。地区司令部というのは、軍管区司令部の配下で、各県にあり、県庁と連絡して、防衛や動員などの業務に、あたっていた軍の役所である。

　この教官殿が、やってこられて、私に疎開の計画を説明して、ぜひ、一カ月の防衛召集をやりたい、県庁とも話しずみとのことであった。私は、市民はみな買出しに行かねばならず、交通機関は順調に動いておらず、自分の生活だけでも多忙だから、同意しがたい旨を述べた。

小谷さんにしてみれば、何とかして、広島の被害を最小限に、喰い止めたいという気持でいっぱいだったので、「早くやらなければ危ない、時間が問題だ、何とか防衛召集に同意してくれ」と熱心に口説き立てた。私は、この時くらい、小谷さんの真剣な顔を、今まで見たことはなかった。「では一週間以内なら」ということになった。

不幸にしてまだ、この召集日が終らない中に、八月六日はやって来た。

この朝、八時頃、尾ノ道地区に三機はいって来たので、警戒警報が出たが、間もなく海上に去ったので、警報は解除になった。八時といえば、出勤時間で、汽車も電車も満員であった。

用心深い郊外に夜を明かした疎開組も、大事な品物を包んだ風呂敷をかついで、家路をいそいでいた。牛車も馬車ものろのろと動き出して、都内にはいってきつつあったし、自動車は、職場について、もう運搬をはじめていた。

防衛召集で、家屋の疎開作業にあたった連中は、ロープを柱にかけ、羽目板をはずしにかかったところだった。その中には、隣組から輪番制で出て来た人や、近郊から加勢に来た人もいたし、新聞記者も、役人も、会社員もいたし、学徒動員で来た女学生や、中学生もまじっていた。

遠藤は、八時ちょっと過ぎ「御先に」とていねいに挨拶しながら、その愛馬に跨《また》がって、出ていった。黒田さんの主人は、白いシャツを着て、庭の手入に余念なかった。

廊下のガラス戸も、部屋のガラスのはまった障子も、両端の方に、開け放してあった。私は黒田夫人がたててくれた抹茶を、いつもの通り、廊下の籐椅子に腰かけて、飲み終ってから、出勤のため、軍服に着換えようと思って、部屋を二、三歩はいったところだった。

フワッと、身体が宙に浮き上がって、吹き飛ばされた。「やったな」と飛ばされながら、くるりっと身体が一回転した時、榎の上に、ギラギラと光る火の玉を見た。ドスンと部屋の片隅の違棚《ちがいだな》のところに、おしつけられた、と思ったら、ガクッと家が倒れて来た。ほんの一瞬の間の出来事で、私は、吹き飛ばされ、圧しつけられ、家の下敷となってしまったのである。

真暗の中で、木ぎれや、梁や、柱が、パリパリと、すさまじい勢いで落ちてくる。私は、無意識の中に、両手を頭の上にのせて、頭を保護していた。

私は、爆弾が、庭の榎の上で、破裂したとばかり、思い込んでいたので、たぶん、この家を中心として、周囲二、三十軒は、やられたと考えていた。

パッと、明るくなったというよりも、焔のように真赤になったので、「あっ、火が出た、ここで俺も焼死か」と観念した。しかし、熱くない。どうもおかしい。しばらくたつと、その焔は、ずっとおさまって来た。すると、右上の屋根の割目から、太陽の光線がさし込んでいた。——実は家が倒れたので、漆喰《しっくい》がはずれて、真赤なゴミが、もうも

原爆が爆発した後に出現した巨大なキノコ雲。高さは1万5000メートルにも達した

うと立ちこめたところに、太陽の光線がはいって来たので、焰のように赤く見えたのであった。――

「よし、あすこを、つき破ったら、抜け出せるぞ」と思ったので、屋根の割目へ向って、板切や、材木がゴチャゴチャになった中を、よじのぼっていった。下から、瓦を四、五枚つき破って、屋根の上に出た時は、着物はズタズタに破れてしまって、褌《ふんどし》一つの裸のままであった。

何という変りようだろう。家という家は、みな横倒しになっている。屋根を破って這い出してくる連中が、真赤に血を浴びている。えらい負傷をしておるな！　私は、呆然として、屋根の上に立った。――後でわかったことだが、私自身も、左後方から、追っかけて来たガラスの破片で、四十カ所近くも、負傷しておったのだが、その時は、全然気づかなかった。

この調子では、百軒くらいやられたかな！　それでも、まだ、私は榎の上で、破裂したとのみ思っていた。これは大変だ、すぐ、司令部に行って、救護のため兵隊を呼んでこなければならない。私は、屋根から、往来に飛び降りた。

倒壊家屋のために、広い道路は、狭くなっていた。赤ん坊を抱いて、髪の毛をふり乱して、走って行く女にあった。「ここは神田病院です」と、倒れた家の下から、聞こえてくる。「苦しい！　痛い！　救けて！」の叫喚が諸所に起る。

私は、赴任して一月、全然変貌した町内に立って、西も東も見当がつかなかったが、心は、司令部へと急がれた。放送局の前に出た。二人入口の前に倒れていて、一人は大腿部から、多量の出血をしていた。瀕死の重傷である。二階が燃え出しているのを、しきりに、水をかけているのが見える。防空服装をした顔見知りのアナウンサーが、飛び出して来た。

「どうした」

「大丈夫です、私は今、空襲警報が発令になったので、マイクに向って、空襲というところまで言ったら、後ろにひっくり返されたのです。今、気がついておりて来たところです」

「君は広島はくわしいか」

「私はここで生れたのです」

「じゃ、司令部への道案内をやってくれ」

二人は歩き出した。――これは、後で知ったのだが、この日、広島上空にはいって来た飛行機は三機、五、六千米《メートル》の高度を、エンジンを止めて、空中滑走で進入して来たらしい。それがため、監視哨も初めは気がつかなかった。飛行機は、爆弾を落してから、すぐ、全速をかけて、爆音高く飛び去った。この爆音で、あわてて空襲警報を出したが、間に合わなかったのである。時刻は八時十五分。――

米軍が撮影した原爆投下直後の広島市内。写真上部ではまだ延焼が続いている。太陽光が差し込む方向から正午頃とみられる

狭い道路は、家が横倒しになっているので、見当がつかなかった。私達は、いくつかの屋根の上に、よじのぼっては降り、降りてはよじのぼった。荷車が、ひっくり返っていて、その側で馬が死んでいるのも見たが、まだ、横倒しになったまま、断末魔の苦しみの中で、眼を大きくむき出して、後脚ではねているのも見た。

やっと、電車通りに出た。緑色の電車は、いくつも横倒しになっている。西練兵場の東南角の土手に登った頃は、火の手が、練兵場の周囲の建物から上っていた。西南の一角にある司令官官舎も火焔の中にあったし、歩兵営も病院も黒い煙におおわれていたし、偕行社は倒れていた。

いつも、青空にくっきりと聳えて、その偉容を誇っていた五層の天守閣は、見えなかった。

私は、練兵場へ飛び降りて、城門へと急いだ。練兵場の中は、惨憺たるものだった。ちょうど、演習に来ておった兵隊達は、爆風で吹き倒されて、圧死した者もあった。中には、上衣をぬいで、両袖をまくりあげて、体操をしておった部隊もあったが、強い閃光で、露出した部分は、真赤に火傷した。あっちにも、こっちにも重傷者が転がっていたし、ほとんど立っている者は、おらなかった。塹壕の中からは、呻き声が聞えてくる。

褌一つ素裸の私は、負傷者を激励しながら、軍司令部の方へ急行した。地区司令部の前に来た時は、建物は燃え落ちつつあった——疎開に熱心だった小谷さんは、この火焔の中で、焼死したのである。——私は、地区司令部の前から、堀にそって城門の方に曲った。

歩兵営からも、砲兵営からも、軍司令部からも、兵隊が、赤く焼けた両手を、芝居に出てくる幽霊のように、胸の前に高く差し上げながら、続々と飛び出してくる。——心臓より下に、手を下げると、火傷が痛いのである。

「中国軍管区司令部」と肉太に書いた標札のかかった城門は、今、黒煙を吐いて燃えつつある。司令部も赤い焰を吐いている。

顔見知りの阿部見習士官と石田上等兵に逢った。

「もう、司令部は、とてもはいれません。みんな避難しています。この分では、広島中が大火事でしょう。負傷者ばかりで、消防も何もできません」という。

「この辺に、適当な避難所があるか」

「泉邸です」

「じゃ、そこに行こう」

ぞろぞろと一緒に、泉邸に向った。足をやられた兵隊は、戦友の肩にすがっていたし、重傷者は数人を抱えていた。

「参謀長、大変な負傷です。止血しましょう」という。

私は、ここで初めて、自分の負傷を知ったのである。兵隊達は、巻脚絆をといたり、手拭を引きさいたりして、左右の上膊と首を巻いてくれた。言われて見ると、上膊と首のあたりが、少し痛む。顔をのぞいた全身に、血を浴びていたが、どこに傷口があるかよくわからなかった。

電車通りに出た時は、難民の群でいっぱいだった。裸体の人、ボロボロの着物を着た人、火傷のために真赤な人、髪をふり乱して赤ん坊を抱きしめた人、この世には見られない行列であった。火傷か負傷していない人は稀だったし、跛行《はこう》している人も少なくなかったし、肩にすがって喘ぎながら歩いている人もあった。たよるべき杖も捜し出す暇がなかったのである。一家揃って避難のできた人は、ほとんどない。親は子の、子は親の安否を気遣いながら、黙々として歩いているのである。

ピカ・ドン！　ピカは強烈な閃光でドンは家の倒れる形容である。軽傷者は屋根を破って出てくる。大きな梁におさえられたり、重傷を負った者は動けない。屋根に這い出して来た者は、家の下敷になっている妻子を、救けようと思って瓦をはずす、下の方から救いを求める声が、聞こえてくる。その声を頼りに所在を捜す。所在がわかってもなかなか出せない、何とかして救い出そうと躍起になる。ブスブス燃え出した火には、気がつかない。気がついていても、それどころではない。その間に火が廻ってくる。下の方からは「早く逃げてくれ」と叫ぶ。上の方からは「見捨てて行けるものか」と叫ぶ。生則《すなわちこれ》是死別を兼ねた悲劇は、二十四万の人口をかかえた、この市内のいたるところにくりひろげられたのである。

これは後で聞いた話だが——

地方総監の大塚惟精氏の官舎は、私の家から、百米くらい離れたところであった。日室の野口さんが建てたとか、二階建の豪奢な家で、北側に玄関があった。この朝、大塚さんは、いったん自動車にのったが、ハンカチを忘れたというので、また玄関におりて来た。夫人は、あわてて南側の居室に走って行った。

その瞬間、家は南から爆風を受けて、北の方に倒れた。夫人は、すぐ這い出すことができたが、大塚さんは、大きな梁に、大腿部をおさえられて動けなかった。夫人は北側に廻って、やっと、主人を、圧しつぶされた自動車の側に見出したが、焦るばかりで、どうにもならない。大塚さんは、下から「足を切れ、足を切れ」と苦痛に堪えながら、言った。火が廻って来た。大塚さんは、夫人に「俺は駄目だ、グズグズせずに、早く逃げろ」と厳命したという。

軍管区司令官の藤井さんは、官舎の居室で、軍服に着換え終って、刀を片手に、部屋を出ようとしたところだったらしい。居室とおぼしきあたりに、黒こげの遺骨の側に、金の総入歯と焼けた軍刀が残っていた。夫人は、庭の池を廻って、塀の下で、半焼のまま倒れていた。燃え残った帯の切れハシと、側に落ちていた財布でやっと判定がついた。馬持兵は玄関の側で、馬とともに黒い遺骨となっていた。

遠藤参謀は、ちょうど、城門脇の水濠にそって、馬を走らしている時だった。馬もろともに、古城の濠に投げ込まれた。鎖骨を折ったが、元気な彼は、重傷に屈せず、水濠から泳いで上って来て砲兵隊に救けられて、東練兵場に避難した。途中逢った兵隊の話では、いつも紅顔の遠藤も、さすがに顔面蒼白となって、苦痛をこらえていたということである。

かくて、異様な行列の行手にも、火の手は上がり出した。私達は、右に折れて、倒れた家の屋根を伝いながら、有刺鉄線の下をくぐって、やっと泉邸に着いた。

ここは、ほんとに地獄図絵であった。

私は、つかれきっていたので、川辺の松林の中に、負傷者の群と一緒に、腰をおろした。息遣いがあらかった。ソッと傷口を、さぐってみると、血はすっかり凝固して、止っている。首の包帯が、あまり堅くしめつけられてあったので、少しゆるめてもらった。胸から腹へかけて、乾いた血糊が、ベットリと、あたかもセロファンでも、はぐようにとれた。これでは、出血多量で、まいりはしないかと思った。

そこにも、ここにも、水を求める負傷者の群が、よこたわっていた。元気なものが、水を汲んでやった。夫婦づれで、子供を捜している人がいるかと思えば、赤ん坊を二人抱いて来た女の人もいた。彼女は「一人は私の子供ですが、他の一人は、どなたの御子様か、わからないのです」と言っていた。ごたごたの最中で、何が何だかわからないこ

爆心地から約620メートルにあった時計店の建物。1階部分が倒壊、2階と時計台が残った

とが、たくさん起っていた。

重傷者は、遺言をやり出した。他国から、広島に召集されて来た兵隊の重傷者が、国元の親たちに、自分の消息を伝えてくれというのが、多かった。断末魔の苦痛をこらえながら、同じ事を、何回も繰り返していた。背中の破れた軍衣を着た准尉が、図嚢《ずのう》から手帳を出して、いちいち克明に書きつけて廻っていた。

「水を、とても、たくさん飲みたがっているのですが、大丈夫でしょうか」

「さー、多量だったら、火傷に悪いかも知れない、どんなものだろうか」

誰にも、よいものか、わるいものか、判断がつきかねた。

私も、馬鹿に喉が乾いて仕方がなか

った。川の水を汲んできてくれたので、一口飲んだら、すぐ嘔吐を催して、黄色い液を吐いた。胆汁である。

何だか、疲れを覚えて来て、ウトウトとしていると、眼の前に、前額に傷を負った男が、ヒョロヒョロとやって来て坐った。よく見ると地方総監府の幹事の川本君である。川本君は、私と同郷だし、東京以来の知りあいであった。

「やー、川本君じゃないか」

「おー、やられましたよ」

「どうした」

「今朝、電車で出勤の途中、吊革にブラ下がったまま、横倒しになった。何のことはない、北海道の塩鮭を並べたようなものでしたよ」

「どこで」

「練兵場の側で」

さては、今朝見た練兵場の側で、横倒しになっていた、あの電車の中でやられたのか。しきりに、額から流れる血を気にして、上の方ばかり向いていた。兵隊が、手拭で包帯をしたが、もちろん薬品などあり得ようはずがない。どうも元気がないと思っていたが、その夜、川本君は、自宅に帰って、不帰の客となった。額の傷は、大したことはないようだったが、どこか内出血でも、あったのだろうか。

火傷はよほどいたいらしい。焼くような炎熱の天気だったセイも、あるだろう。あまり暑いから、川にはいってよいかと、尋ねてくる人もあった。ことに阿部見習士官は「私は、水泳の選手だった。水にはいって大丈夫でしょう」という。私は、さっぱり見当がつかなかったが、「君、手も顔もやられているし、川の流れも早いようだから、大丈夫か」、「いや、大丈夫です」と言いながら、とうとうこらえきれず、水にはいってしまった。火傷で熱い熱いと言っておった連中が、続いてはいり出した。

岸辺に繋っている篠《ささ》を、つかまえながら、石垣をおりて行くのである。中には、川に落ち込んだものもいたし、流されて行く者もあった。

「主人が流されて行く。早く救けて下さい」と気狂いのようになって、川に飛び込んだ女人もあった。水浴さわぎは、大変な事になり、数人の溺死者まで、出してしまったのである。

泉邸にも火が燃え移って、パリパリと松が燃え出した。風向が、時々変って、時にはもうもうたる黒煙が、泉邸をおおうこともあった。対岸の饒津《にぎつ》神社も、燃え出した。火事は両岸に拡がっていたので、中洲に逃げるより仕方がなかった。小舟や、筏《いかだ》が、活動を始めたが、乗手の負傷者で雑踏を極め、川に落ち込んだ人もあったし、転覆した舟もあった。

私達も、中洲にわたったが、川原には、傷ついた人々がゴロゴロしていた、側に黄色いものを吐きながら。私は、砂原の上にひっくり返って、寝ていた。褌は、上体から流れて来た血に染まって、パンパンになっていた。兵隊が、そっとあけて見た。大事なところを負傷しているとでも、思ったのだろうか。

ガスが、立ちこめて、あたりは、すっかり薄暗くなってしまった。時刻は、何時頃だろう、さっぱり見当がつかない。腕時計は、とまっていたし、その革ベルトは、ジットリと血をすって、腕に巻きついていた。

「爆弾だ」と叫んで、一人が川の方にかけ出した。寝ていた負傷者も、起きて走った。私も起き上がった。

「どこだどこだ」

「あそこです」

兵隊が、指差す方を見ると、どんよりした薄曇りの中に、赤い太陽が浮いていた。

「あれは、お日様だよ」

と言って、私は、また寝ころんだ。爆弾騒動はおさまった。

しばらくすると、竜巻が起って、焼トタンが、空中高く舞い上がって、川原に落ちてくるので、あぶなくて仕方がなかった。私達は、橋の下の方に、ソロソロ移動していった。途中、川原の草原から、頭に負傷していた男が「参謀長」と言って飛び出して来た。ボロボロの軍服に長靴をはいている。よく見れば、井上軍医部長だった。

焼損した広島電鉄の路面電車。当時の路面電車のうち2両が「被爆電車」と呼ばれ、今も現役で運行している

「司令部はどうだ」

「いや、さんざんです。焼死した連中が多いでしょう。私は、やっと匍《は》い出して、ここまで逃れて来ました。病院もめちゃめちゃです。何とか救護をと焦るのですが、どうにもなりません」

それから、井上軍医は私達と行をともにした。

「確かに、私は、天井に真赤な火の玉を見た」

「僕は、庭の榎の上に見たのだが。大変な爆弾だネ。こりゃ、普通の爆弾じゃないよ。川の水を飲んだら吐くし、直射を受けた者は火傷をしているし、その火傷も馬鹿にいたいらしいね。何だろう、これは、御医者さんの方でも、研究してもらわなければ」

「大変な爆弾を使いましたね」

「君は天井に見た。僕は庭樹の上に見た。二百発もおとしたかな！　それにしても、弾痕らしいものが一つもないのは、不思議だ」

橋脚によりかかって、こんな会話を、ポツリポツリ交したのを思い出す。あまりに大きな衝撃を受けて、頭もぼんやりして、もう思考力も何もなかった。

川原の砂の上では、動く気力も失っていた負傷者たちが、もうどうにでもなれという気持で、寝転んだまま、焼トタンが飛んでこようが、潮が満ちて来ようが、成るがままに委せていた。

雨が降り出した。橋の下も、上げ潮で、腰の辺までつかり出した。ようやく対岸の御宮や、人家も焼け落ちたので、下火になった。

工兵隊の演習場がある町はずれの牛田の方に、行ってみようというわけで、手をやられていたが足だけは達者な阿部見習士官を、先頭に、井上軍医と私と石田上等兵は、川岸に近い泥濘を通って対岸によじ登った。その頃は、雨も止んでいたし、泉邸の方も下火になっていた。

道の両側には、負傷者が転がっていた。井上軍医は、傷ついた人々をいたわりながら、歩いていたが、自分自身も、着のみ着のまま、深傷をおって、命からがら脱走して来たばかりで、施療をしてやることもできなかった。私は、朝から、跣《はだし》で歩いていたので、足の裏がいたくて閉口した。

二百名近くの職員を擁した軍管区司令部は、わずかに四人、裸の私を中心に、トボトボと歩く姿は、まさに敗残兵以上のものであった。広島城内の司令部を中心に、歩兵、砲兵、工兵、輜重《しちょう》兵営と並んでいた兵舎は、五千の兵員とともに、一撃の下に壊滅したのである。

山口と島根にいた部隊を呼んで、後の片づけをやるより他に手がなかったが、今は、交通通信まったく途絶の状態にあるので、どうにも、手のつけようがない。宇品の方は、どうだったろうか。暁部隊が健在ならば、出動可能ではなかろうかなどと、牛田の山の麓で、大半壊れた家屋の玄関口の戸板の上に横になりながら、こんな事を考えていた。

原爆の熱線で人の影が焼き付いた石段

すぐ、その山の中腹に、総軍司令部の兵器部長山本中将の下宿先があった。もちろん、家は半壊だったが、ここよりは、まだましだというわけで、山本さんから案内されるままに、私は兵隊の肩につかまりながら、高い階段を上っていって、縁側に横になった。

この一日は、全然、時間の観念がなかったが、もう日はトップリ暮れていた。食事は近所の人が、炊き出してくれた。砂がたくさんはいっていたが、砂飯は広東進軍で経験があるので、お湯を多い目にかけてかき廻し、砂が沈んだところで、上の方から、食って行くのである。食欲はあまりなかった。食事中、山本さんは「君、御令息は健在か？」と奇問を発した。私は「いや、女の子だけですよ」と言おうとしてハッと気づいた。私の血染の褌を見ての心配であった。「いや、これは上の傷から流れて来た血ですよ」と言ったが、昼間、川原に寝ていた時の兵隊のしぐささを思い出し、同憂でも、老将は老将らしく、表現がちがっているので、ひそかに微苦笑を禁じ得なかった。

山本さんは、食後、山をおりて行ったが、晩《おそ》くなって、呉から、かけつけて来た海軍の軍医少佐と、看護婦をつれて来た。ローソクの光の下で、ゾンデで硝子の破片をほじくり出したが、三十六カ所あった。身体が吹き飛ばされながら、ガラスの破片が後から追って来たので、傷はあんがい浅かった。ただ、左頸部の頸動脈の上が、長く切れていた。もう一分深かったら、致命傷になるところだった。右上膊が、馬鹿にいたいと思っていたら、傷口から白い神経が見えていた。四、五針ずつ、縫合しなければならないのだが、糸はなし、針はなし、消毒薬といってもマーキュロだけ、それも残り少なかった。これで傷を消毒して、身体中、包帯でくるくる巻いてくれた。

救護所で手当を受ける被災者たち

出張から帰って来た鈴川少尉が、下士官をつれて尋ねて来た。そこで、藤井司令官と遠藤参謀の消息が、ぼんやりわかった。下士官に、鉄道線に沿って健在な駅まで行け、そこから東京や管下の兵団に打電するように命じたが、これは成功しなかった。

蚊帳《かや》を縁側にはって寝た。まだ広島は諸所に、火の手が上がっていたので、爆撃の目標にならなければよいがと、心配した。疲れていたが、寝つかれない夜だった。うとうととしながら、一日の出来事が、頭の中に、マザマザと甦って来た。

もし、今朝、廊下に出ていた時、やられたら、直射を受けて、全身大やけどをしたであろう。吹きとばされていなかったら、ガラスの傷は深かったろうし、左頸部の動脈を切断されて致命傷となったかも知れないし、右上膊は、神経を切られてフラフラになっていたかも知れない。さらに、軍服を着換え終って、北側の玄関に出ていたら、大きい梁におさえられて、脱出はできず、焼死していたであろう。出勤の途中だったら、遠藤と同じ運命をたどらなければ、ならなかったろうし、すでに登庁していたとしたら、木造二階の参謀長室は、爆風を正面から受けて、三途の川を渡っていたに違いない。

今日は、朝から、私は死線に沿って、走り続けていた。八月六日の広島は、人間の生と死との境は、紙一重よりも薄かった。

まだ暗い中に、井上軍医はおきた。責任感の強い井上さんは、救護のことばかり考えていたらしい。「一人の看護兵でも見つけ出して、救護所を開きます」と言って出かけて行った。私達も起きた。元気だった阿部見習士官が、今朝は、すっかり、しょげてしまった。「どうも、顔と手の火傷が、いたくて仕方がない。東練兵場に、救護所ができたそうですから、そこへ行って来ます」という。

私は、兵隊と二人で、山をおりて行った。神田橋の附近から、屍体がゴロゴロしていた。逓信病院は、患者でごったがえしていた。全身やけどの患者を、リヤカーにのせて、救護所を捜している人もあった。

城の水濠では、蓮の葉が、浮葉も、空中に出ていた大きな葉も、一つ残らず鋭利な刃

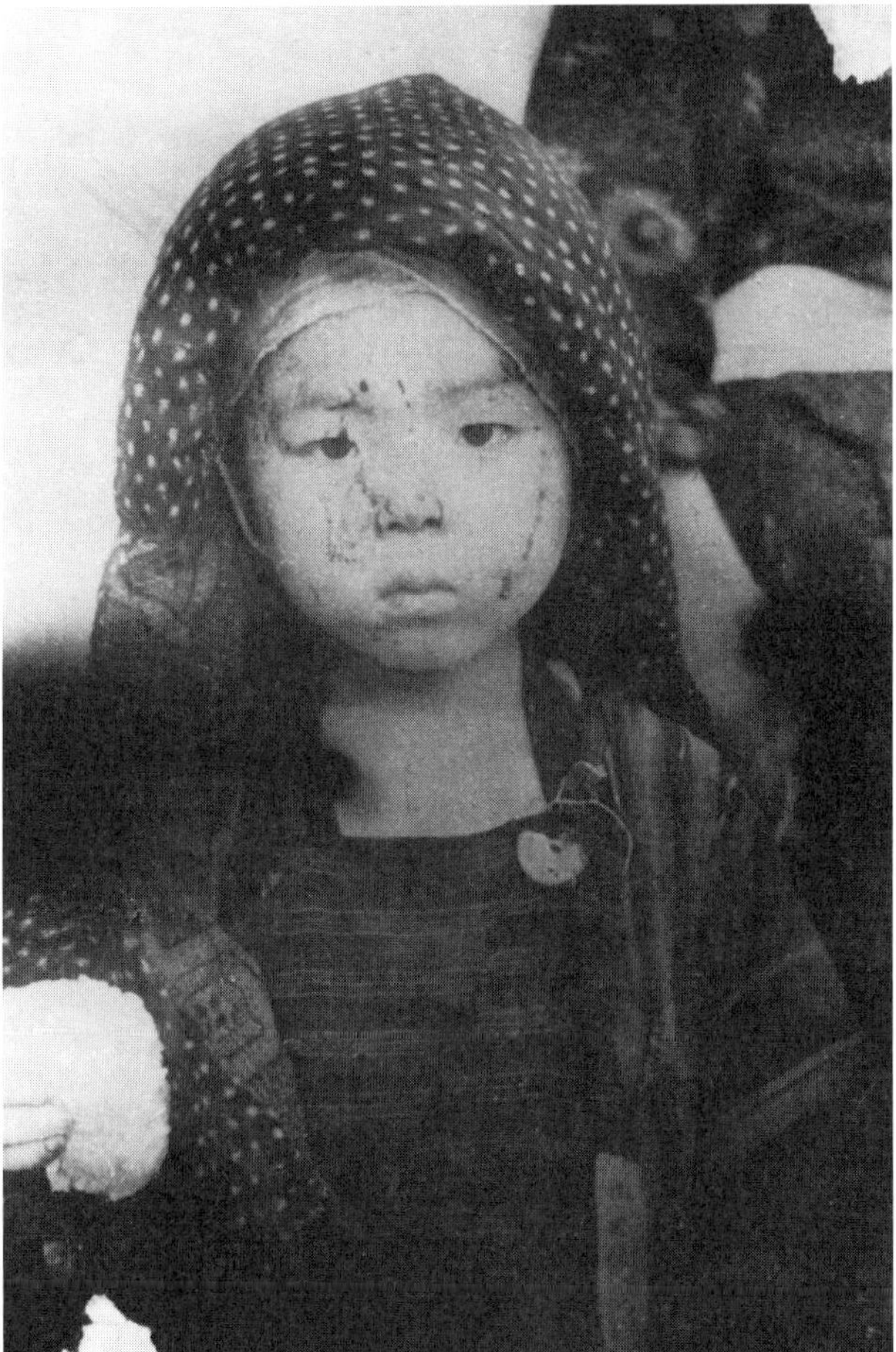

被爆した子ども

物で、切り落したように、坊主になっていた。池の中にも、屍体が浮いていた。城内にあった松や、樫の巨木は、倒れていたものが多かったが、幹の中途からネジ切られたように、なっていたものもあった。天守閣は、すっかり、おしつぶされて、古瓦と古材の堆積と化していたし、日清戦争当時の大本営跡も、倒れて黒コゲになっていた。島の広庭には、井上軍医部長の指揮で、天幕張の救護所が、いくつもできつつあった。

司令部の本館は、玄関口のコンクリート作りが、その骸骨を残しているだけで、やけてしまい、防空作戦室と防空壕だけが、健在であった。参謀部は、青い顔をした青木中佐だけが生存、小柳も、鈴木も、遠藤も死んでしまった。参謀室は、玄関の上の二階にあったのだが、ピカドンを喰った時は、小柳と鈴木とは、南の窓に背を向けて、大きな机の前に腰掛けていた。青木は、その机の向う側に立って、二人と話していたところだった。猛烈な勢いで、爆風が、窓をたたきこわして侵入して来た時、小柳と鈴木は、キャッと言って、机にうっぷしたまま、それっきり即死、青木は階段の上り口のところに吹き飛ばされて、階下に転がり、倒れた家の中から、匍い出して来たのである。不思議にも、微傷だに負っていなかった。

その他、講堂、食堂、宿舎、倉庫などと木造の建物が、幾棟もあったが、ほとんど燃えてしまっていたし、黒コゲの骨が、肋骨も整ったまま、焼跡に転がっていた。だいたい勤務しておった場所と、生き残った三十数名の証言とで、誰の屍体か、ほぼ見当がつ

原爆投下後に設けられた広島連隊区司令部と広島地区司令部の仮事務所

いた。

　死んだ者は、焼死ばかりではなかった。圧死もあったし、打撲傷も骨折もあった。これらの人達は、司令部の裏庭で荼毘《だび》に付した。穴を掘って、古材をつみかさね、その上に屍体をおいて、焼くのである。遠藤参謀は屍体となって、東練兵場から、担架でかつがれて来た。死後硬直でパンパンになっていたが、鼻からも、口からも血が出ていて、紅顔端麗な遠藤の面影はなかった。燃えて行く屍体に合掌、私は暗然として、この好漢の冥福を祈った。

　遺骨は、骨箱に入れて、いちいち名札をつけて、防空壕に安置した。

　暁部隊が健在だったので、八本松からかけつけて来た軍管下の歩兵隊とともに、市内の片づけにあたることになった。片づけと言っても、まず道路の啓開作業が、第一である。

――倒壊家屋のために、道路が塞がれてしまった都市は、まったく、その機能を停止してしまっていたのだから――屍体は、市内いたるところに散らばっていたし、コンクリートの塀の倒れた下などにあるものは、そのままになっていて、日がたつにつれて、屍臭堪えがたきものがあった。火葬は、夜は飛行機の目標になるから、昼間やることにきめられたが、数日間続いた。

惨憺たる軍管区司令部は、軍自体の再建に大わらわであった。山口、鳥取、岡山から、応援の部隊が、逐次やってきた。

私は、毎日、多忙な日を送ったが、遺族の方々に逢うのが、一番つらかった。一週間ばかり前だったが、広島出身の提督が、来訪されたことがあった。その令嬢が、司令部の防空通信隊員として、学徒動員で来ておられたからである。非常に優秀な人で、女子隊員は、二班に分れていたが、第二班の班長をしておられた。悲劇の日は、頭痛がするというので、第一班長が、司令部の一角にある女子の休憩所までつれて行って、布団をかけてやったり、薬も持っていったりして、いろいろ御世話をした後、防空司令所に帰って間もなく、ピカドンだったのである。その休憩所は焼けてしまい、令嬢は黒コゲの屍体となった。

ピカドンの翌々日だったか、提督は、遺骨を受け取りに司令部にこられた。一週間前は、

「御世話になる、一人娘だから、くれぐれもよろしく」とわざわざ挨拶にこられたのに、今は遺骨を御渡しせねばならない運命となった。

「私には、子供が三人あった。男の子二人は海軍に行き、私とともに、たびたび戦場に出入りした。死ぬべきはずの男三人が、無事で、たった一人の女の子が、先立とうとは思いませんでした。きっと、この子が、私達の身代りになってくれたのでしょう」と言われた時に、涙が出て来て、喉がつまり、生き残った女子隊員に「そこに整列して、御送りするように」という言葉で、精いっぱいだった。

暑い日が続いた。私も、傷が化膿して来て、包帯交換に三時間近くかかった。防空壕の中に、寝泊りしていたが、夜は蚊軍の襲撃で閉口した。

生き残った青木参謀は、別に傷はなかったが、元気もなかった。家が爆心地の近くで、妻君に妹、子供二人の家族だったが、全滅した。子供の着物を、盥《たらい》の中で洗濯中だった妹さんは、その盥の上に、うっぷして死んでいた。不思議に、水の中にひたってい た着物だけは、そのまま残り、これがただ一つの子供の形見で、天涯孤独になった青木は、その着物を大事そうに防空壕の中に、持ち込んでいた。人間の膏脂をすい込んでいるわけだが、異様な臭気を発して、この薄暗い壕をいっそう陰惨なものにしていた。

畑元帥が、見舞にやってこられ、中途からネジ切られた松の巨幹を撫しながら、「すごいものだネ」といっておられた。ちょうど、総司令部は、東練兵場の一角にあり、その北側の山麓にある水野別邸が、総司令官官舎になっていた。元帥は、毎朝、自分で床をあげ、部屋の掃除をやるのが、ならわしであったが、その朝も、例のごとく、ハタキをかけて掃除中、ピカドンだったのだが、なにぶん離れていたので、吹き飛ばされただけで、別に負傷はなかった。奥さんが、ちょっと負傷をされたと聞いている。

八月九日、トルーマン放送で、原爆ということが判明した。それまでは、空中魚雷とか、マグネシウム粉末とか、いろんな流言が飛んだが、みな荒唐無稽なものばかりだった。呉の海軍軍医部は、放射能が血液に影響があるというので、すぐ患者の血液検査を始めた。私のところには、第一日の夜、施療をしてくれた軍医少佐が、たずねて来て、検査をしてくれたが、白血球六千七百、ほとんど異常なし、あなたは不死身だというわけで、私は得意になっていた。

翌十日、原爆視察団が、東京から、派遣されて来た。いろんな便宜もはかってあげたが、爆心地や破裂点の高度は、数カ所のコンクリートの防空壕の入口についている光線の陰影を延長して、三角法によって見当がついたし、直下の温度が、五千度近くもあったということも判明した。爆心地は、大手町附近で、私達のおった官舎から、距離千米内外、この範囲は、ほとんど九割近くやられたのであって、私も文字通り九死に一生を

8月9日、長崎市上空で爆発したプルトニウム型原爆「ファットマン」。原爆搭載機B29「ボックスカー」によって投下された

得たわけである。

ちょうど、軍司令部の天幕の中で、調査団の連中と、話しをしておった時、ロシヤが、昨晩参戦した旨の新聞電報が来た。

十二日、陸軍次官から軍司令官宛の親展電が来た。私は、代理をしていたので、すぐ開封して読んだ。「大勢は、再び抗戦に決しそうだから、そのつもりで」というような意味の事が、書いてあった。

私は、藪から棒の電報で、初めは何のことやら、見当がつかなかったが、永く本省におった関係上「これは、東京がゴタゴタしているな、いよいよ終戦」ということを直感した。その頃、私は化膿と発熱のため、皆実町にあった半壊家屋の村上さんの御宅に寝ていた。

終戦、ポ宣言の受諾、いよいよ大混乱が起るだろう。あわてている東京からの指令は、きっと朝令暮改、信用ができなくなるだろう。これからは、成行を見きわめてから、やらなければ、先走ってやったのでは、大変なことを仕出かす結果となるだろうと思った。ニュースは、同盟が伝えてくれたが、情報局総裁談、陸相談、東京の荒模様がそのまま、写し出されている。

十五日は、御放送の日であったし、軍管区としては、新軍司令官谷中将着任の日でもあった。私は、まだ村上宅の二階に寝たままであった。

原爆投下後の長崎市。この原爆によって死者7万3884名、重軽傷者7万4909名を数えた（昭和25年7月に発表された長崎市原爆資料保存委員会の報告より）

東京からは、いろんな指令が来た。書類を焼いてしまえというかと思えば、絶対に焼いてはいけない、よく整理しておけと言ってくる。兵器は焼却してしまえと言って来たかと思うと、そろえて出せと言ってくるという具合だった。とにかく、終戦の混乱を理性の制御のもとにおくことは、なかなかムツカシイことだった。だが、焼けた広島は、ほとんどこの指令の圏外にあった。

御放送の中に「忍びがたきを忍び堪えがたきを堪え……万世に太平を拓かん」との御言葉があった。万世に太平を拓く、永遠の平和は、いつくるであろうか。戦争なき世界が、いつ現実の日程に上るであろうか。

武器の進歩の極致は、原子兵器であろう。今、広島はその洗礼を受けた。世界は、一九四五年の八月六日、原子時代に突入したのである。

かくて、人類は、原爆の脅威にさらされながら、平和の彼岸に向って進みつつあるのではなかろうか。原爆の威力を身をもって体験した私は、恒久平和への希求において、人後に落つるものではない。だが、その彼岸に達するまでには、まだ幾段階を経なければならないだろう。私は、二階のベッドの上で漠然とこんな事を考えていた。

突然、下から賛美歌の声が、聞えて来た。裏の離れから、庭を横切り、私の寝ていた部屋の下を、通りつつある。大火傷をしたミッションの若い女の先生が、担架で赤十字病院へかつがれて行くところである。――病状がムツカシイとは聞いていたが――

「苦しい！　エス様どうか、この苦しみから救って下さい」

「強い神様が、ついていらっしゃるから、きっと楽になりますよ」

「なぜ、こんなに痛いのでしょう。おお、神様、助けて下さい」

歌の合間に、こんな会話が聞えてくる。

「主われを愛す。主は強ければ……」歌は次第に遠ざかって、門を出て行った。

私は、ベッドの上に起き上がったが、二階の窓から、この悲しい行進を見ることができなかった。


（「文藝春秋」昭和26・8）

宮城事件

終戦叛乱

あの日、宮城にいた侍従武官長が語る
戦争終結を阻止するために
抗戦派将校たちが
八月十五日未明に起こした
クーデター事件の顚末。

蓮沼《はすぬま》　蕃《しげる》

解題

昭和二十年八月十四日、ポツダム宣言で無条件降伏を求める連合軍に対して、日本の首脳は戦争継続か終戦かで混迷していた。午前十一時から始まった御前会議において、天皇は明確に「終戦」の意志を表明した。「たとえこの身はどうなろうとも国民と国土を救いたい」という聖断である。天皇が戦争の終結を呼びかける声明が十四日深夜に録音され、翌十五日に全国民に向けて流される手はずとなった。陸軍の中堅将校の一部には、クーデターに訴えてでもポツダム宣言の受諾を阻止すべきだとする抗戦派があったが、大元帥陛下の命令は絶対であり、聖断が下ればすべての戦闘は停止となる。結果的にクーデターそのものは十四日の御前会議後に阿南《あなみ》惟幾《これちか》陸相の反対により中止となった。

しかしながら、聖断が下されても畑中健二少佐ら数人は徹底抗戦を唱えた。彼らは十五日正午に玉音放送が下される前に大勢を逆転しようと精力的に動いた。十五日未明、協力を求めるために森赳《たけし》近衛師団長のもとを訪れるが、決起を拒絶する森師団長を畑中少佐が殺害、ニセの命令を出した。すなわち、近日中に米軍上陸が

扉写真＝宮城（皇居）の北の丸に置かれた近衛師団司令部。歩兵第一連隊と第二連隊の営門は同じだった。手前の銅像は北白川宮大将

予想されるので、皇居を固めて天皇を守護せよというものである。「ニセ命令」とは知らない各近衛連隊は、命令通り皇居のすべての門を閉鎖し、外部との連絡を遮断した。

反乱軍は玉音放送を収めた録音盤があるはずの宮内省を探しまわったが、ついに発見することができなかった。録音盤は皇后宮職事務官室に隠されていたのだ。反乱は十五日早朝、田中静壹東部軍管区司令官の説得によって収束した。陸軍大将の筆者は当時、侍従武官長を務めていて、十四日は宮中の一室で寝ていたため軟禁状態となり、内部から宮城事件を見聞した。

蓮沼蕃侍従武官長

【附記】本稿は、蓮沼蕃氏が昭和二十九年に死去された後に生前の取材をもとに編集されたものである。なお、本書の収録にあたり事実関係と照らし合わせて、新たに加筆修正及び脚注を加えた。

森師団長との永訣

軍人に賜った勅諭に、上官の命令は大元帥陛下の命令と心得ねばならぬということがある。意見具申は許されるが、最後の断に対しては服従して違背することが出来ないのである。

上官の命令に絶対に服従するということは、平戦両時を通じて矛盾を感じたこともなかったが、真に興亡の瀬戸際に立つと、皇国を守護するためには、上官の命令にも服従しないでもよいのではないか、上官の命令とあれば皇国の敗亡も坐視せねばならないだろうか。この微妙な関係が出て来た。これが昭和二十年八月十四日から十五日にかけての惨劇となったのである。

八月十四日午前七時、梅津参謀総長は陸軍省軍務局課員を中心にして計画立案した、戦争継続のための陸軍大臣の兵力使用には不同意であることを明示した。そこで阿南陸相は東部軍管区司令官田中静壹大将を陸軍省に招致し、警備を厳にし治安を確保すべしと要望した。

これによって国体維持の確証を得るまでは戦争を継続せんとする前記の計画は完全に御破算となった。けれどもこの計画の立案に参加した椎崎二郎中佐、畑中健二少佐は近衛師団参謀石原貞吉及び古賀秀正の両少佐を誘い、近衛、第一師団の兵力を使用し初志を貫徹することを、ひそかに協議決定したのであった(1)。彼等青年将校はこれを以て尽忠報国の唯一の手段と信じて疑わなかった。

当時の近衛師団長は森赳である。森は第二十八期生で、私より十幾年も後輩であるが、同じ騎兵科の出身であるところから、よく顔をあわせていた土佐っぽで陰翳のないすっきりした人物。同じ土佐出身で私どもと同期の山岡重厚の義弟である。幼年学校、士官学校、大学校といずれも成績がよく、上官から目をつけられていた。いつのころよりか禅による精神修養に務め、品川東海寺の太田禅師の教えを受け、禅師が京都大徳寺に移った後も、京都まで出かけていたという。珍しく幅の広い軍人であった。

その森が十四日の夕方、私の部屋を訪ねて来た。森も大体の空気は知っていたであろうが、平常と何等変らない落ちついた態度であった。

「何か承ることはありませんか」

「別に何もないが……」

「今朝から米軍飛行機が頻りにビラを撒布していますが、あれはほんとでしょうか」

「日本は降伏することになった。隊の方で何か変ったことでもあるか」

「多少動揺の模様がありますが、大したことではありません」

「こういう際だから、乱暴したり騒いだりする者があるかも知れないから、近衛師団長の責任は重いぞ」

「閣下、御安心下さい。決して御心配かけるようなことは致しませんから」

「君の平素を知っているから大丈夫だとは思うが、時が時だから自重せねばいかんぞ」

「よくわかりました」

こんな話をしたが、この人が健在である限り、宮城の護りは大丈夫だなと頼もしく感じた。立ち上って敬礼をして部屋を出ようとするとき、

昭和20年8月13日夜、ポツダム宣言の受諾を阻止するため、阿南惟幾陸相に対して陸軍省軍事課長の荒尾興功大佐や軍務課員の竹下正彦中佐（阿南陸相の義弟）らがクーデター決起の承認を求めて陸相官邸を訪れた（写真は昭和9年当時、東京・三宅坂の陸相官邸）

「しっかりやってくれよ」

と重ねて念を押すと、

「大丈夫です」

と口辺に微笑を浮べて立ち去った。これが彼との最後の別れになろうとは露おもいもしなかった。二十年三月、彼を近衛師団長にするとき杉山陸相から「森を近衛に廻したいと思うがどうであろうか」と相談があった。

「結構です、森ならば立派に勤まると信じます」と答えたのはつい昨日のような気がする。

　これはあとで聞いた話だが、森は師団長の内命を受けたとき、義兄の山岡にこう語ったということである。

「現在の情勢から勘案すれば、米軍は東京に近い関東地区に上陸を企図するのではないかと思われる。そうなると近衛師団長は陛下を守護して、東京で討死することが出来る。無上の光栄である。然し、政界の上層部には和平を策している者があるという。そうなれば日本は満州の抛棄《ほうき》どころでなく、日清戦争以前の状態に追いこまれるかも知れない。その場合軍部の中も抗戦派と平和派に分れて争う事態も惹起しないとは限らない。そのとき近衛師団長の任務は非常にむつかしくなる。けれども自分は如何なる場合でも大義名分を誤ることなく、軍人として最後の御奉公をするつもりである」

だから彼はそのときから既に前途に横たわる大難を覚悟し、不退転の覚悟を決めていたものと思われる。

森はその足で師団司令部に戻ったが、その晩夜半に暴徒の兇弾に斃《たお》れた。

近衛兵宮城に闖入

「閣下、起きて下さい、兵隊が騒いでいます」

その声を夢うつつのように聞いて私は寝床から起きた。十五日午前三時ごろであった。私は官舎も私宅も戦災でやられたので、その後は宮中の一室に起居していたのである。

近衛師団長森赳中将

「どうしたんだ」

「兵隊が騒いでいます」

「何の為に騒いでいるのか」

清家武夫武官が「近衛の兵隊が通信所を占領して外部との通話を遮断し、皇宮警察の武装を解除し、省内の各部屋を荒し廻っています」という。

私は何かの間違いだと思った。それは昨夕森が警備隊の配置換えをするかも知れないといっていたから、それだろうと思ったのだ。それでも寝巻のままではいかぬと軍服を着けて、なおよく事情を調べさせることにした。

「朕深ク世界ノ大勢ト帝国ノ現状トニ鑑ミ非常ノ措置ヲ以テ時局ヲ収拾セムト欲シ……宜シク挙国一家子孫相伝ヘ確ク神州ノ不滅ヲ信シ、任重クシテ道遠キヲ念ヒ、総力ヲ将来ノ建設ニ傾ケ、道義ヲ篤クシ志操ヲ鞏クシ……」

というあの終戦の詔勅は、幾度か閣議で字句の修正が行われて、すっかり出来上って閣僚が副署をしたのは十四日午後十時ごろであったという。私は立場上この問題には直接タッチしなかったが、陛下はこれを録音してラジオを以て全国民にお告げになることになった。勿論これまで玉音を電波に乗せるなどということは嘗《かつ》てなかったことであるが、同日の御前会議で終戦の聖断を下されたとき「この際私として為すべきことがあれば何でも厭わない。国民に呼びかけることがよければいつでもマイクの前に立つ。一般国民には今まで何も知らせずにいたのだから、突然この決定を聞いたなら動揺も甚だしかろう……」と仰せられた。それで政府も玉音放送をしていただくことになり、午後十一時二十分ごろから録音が始められたのである。

録音は二回とられ、録音盤は日本放送協会の荒川理事から、宮内省筧庶務課長に渡され、筧課長は徳川侍従に渡した。徳川侍従はこれを金庫の中に収めた。本来ならこの録音盤はその夜放送局に送られる筈であったが、録音が終って陛下が入御されたのは十一時五十分ごろであった。深夜に万一のことがあってはとの配慮から宮内省に置き、十五日朝放送局に運ぶ手筈をしたのである。

一方畑中らは森を殺害して後、石原、古賀らの起案した師団命令を森師団長の名によって近衛歩兵第二連隊長芳賀豊次郎大佐に交付した。芳賀はそれが偽命令であることを知らず、直ちに命令通りの部署に就いた。命令には「宮城内を堅固に守備し、外部との連絡を遮断すべし」とあった。そこで「近衛の兵隊」が宮内省の電話線を切ったのである。こうしておいて玉音を吹きこんだ録音盤の押収をする為に、各部屋を捜し廻っていたのだ。玉音が放送されては蹶起《けっき》も出来なくなる。国民と全国に散在する五百万の将兵に知らせないで事を運ぶつもりであった。

私は凝《じ》っと模様を見つつ考えたのだが、警備兵の配置換えなら通信所を占領したり、警察官の武装を解除する必要はない。況《いわ》んや各部屋を荒し廻る要は少しもない。もしかしたら若い将校が無分別なことを仕出かしたのかも知れないと思って武官長室に行った。武官室には海軍武官もいる。

手をつくして情況を調べさせると、兵隊が建物の入口に立って交通を遮断しているという。外部の情況は確認できないけれども、下村情報局総裁を始め放送局の者が監禁せられているということがわかった。それで筋書は略々《ほぼ》わかった。終戦の詔勅が放送されることは一部の者には洩れている。だからその録音盤を押収しようとしているんだ。それでなければ放送局の者を監禁する必要はない。

それにしても、陛下の在《いま》す吹上の方はどうだろうかと気になったので、清家大佐を連絡にやった。暫くすると戸田侍従と一緒に戻って来た。交通はできる。別に兵隊のいる様子もないという報告だ。陛下の方さえ御異状がなければ安心だと思い、電話は駄目かと訊くと、武官室の電話は通ずるという。武官室には陸軍省、海軍省、防衛司令部、東部軍司令部、近衛師団など、どこへでも直通する電話がある。

そこで近衛師団長を呼ばせたがどうしても出ない。陸軍省も出ない。憲兵司令部は通じたが憲兵ではこういう際の処置はできない。東部軍司令部にやっと通じたので、宮中の模様を話して、田中司令官にすぐ処置をするように言ったが、なかなか返事がない。二度も三度も督促したが要領を得ない。田中司令官を電話口に呼べといっても出てこない。その上通話状況が頗《すこぶ》るわるい。

海軍省の軍務局が出ましたというから、宮中の模様をすぐ陸軍省軍務局に伝達してもらいたいと、よく念を押して頼んだ。これでどうにかなるだろうと思った。

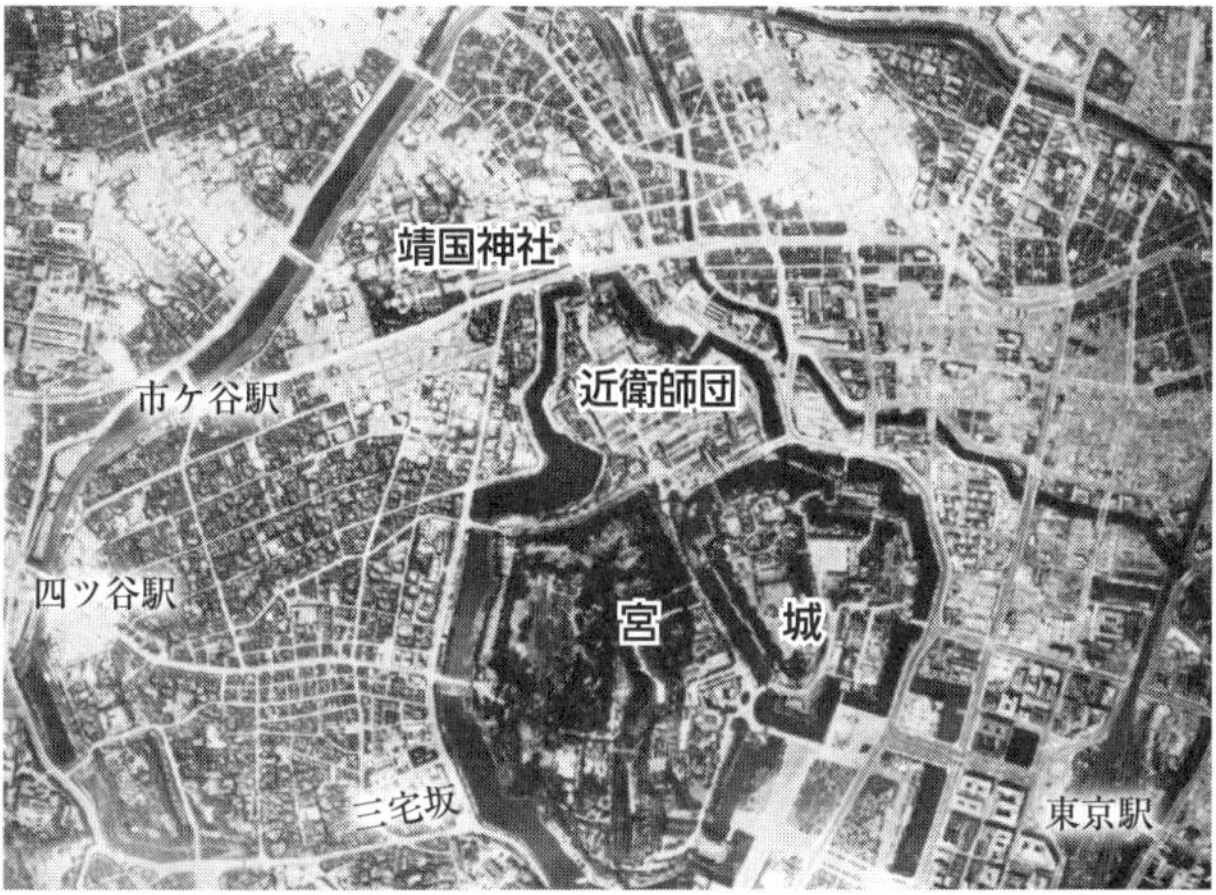

昭和20年1月に撮影された宮城の航空写真。8月15日未明、近衛師団司令部に抗戦派将校らが訪れ、森師団長に決起参加への説得工作を行った。現在、司令部庁舎は国立近代美術館工芸館（写真下）として保存活用されている

田中軍司令官の鎮撫

外の様子を見がてら便所に行った。用を足して入口の方へ行くと兵隊が巡察している。外に出ようとすると、交通遮断だから出てはいけないという。兵隊と押問答しても始まらぬから、また部屋に戻ってゆくと、どこかで大声をあげて喧嘩しているようだ。兵隊同士でやっているのだろうと気にも留めなかった。部屋に入ると、徳川侍従が武官室に飛び込んで来た。

今そこで兵隊に会ったが、将校らしいのが『内大臣室はどこか』と訊くから『この上だ』と二階を指すと『そこまで案内しろ』というから『いや、自分は外に急ぐ御用があるから二階まで行くことはできない』と断ると『案内しろというのに案内しないか』と小突き廻す。『案内も何も必要はない、すぐこの上だと教えているからそれでいいじゃないか』というと『生意気なことというな』と将校らしいのが大声でどなると、一緒にいた兵隊どもが自分を取り囲んで、擲《なぐ》る、蹴る、到頭突き倒された。

そうすると寄ってたかって乱暴を働いたが、ここで相手になっては彼等を益々昂奮させるばかりと思ったから、なすがままに委せて置いた。そして『これでも案内しないというか』と念を押すので『暴力に屈して案内することは出来ぬ』といって、彼等の隙を見て逃げて来ました、という。服もよごれていた。

「それはえらい災難だったね。別に怪我もなかったか」

というと、

「大したことはありません」

と服に着いた塵をはたいていた。

徳川侍従は武道の心得があって、やる気になれば彼等を対手にしてひけを取る人物ではないが、なかなか思慮深く、擲るだけ擲らせてやりましたというあたり、見上げた度胸だと感心した。それにしても何という乱暴な兵隊どもだろう。

別だん殺すつもりはないらしいが、何しろ昂奮しきっている連中のことだから、どんな機《はず》みで暴れ出さぬとも限らない。さしずめ侍従武官長など君側の奸として、殺しに来るかも知れない。そのとき見苦しい態をしていては物笑いになるから、それまで履いていたスリッパを脱いで軍靴に代えて、服装だけは整えて待っていた。そのうちには森が駈けつけて来るだろう。田中も黙っている筈はない。海軍にあれだけ頼んでおいたから、陸軍省から何とかいって来るだろうと待っているが、どこからも何の音沙汰もない。武官室では武官や侍従たちが声高に話しているが誰も入って来ない。

明けやすい夏の夜は漸く幕をあげた。戦災のため荒涼たる姿にはなったが、宮城内にはまだ樹木が多く、沢山の水鳥が朝の一ときを楽しく囀《さえず》りかわしている。

「夜があけたぞ」

誰かが声をかけた。みな窓外に眼を移した。夜来の緊張がとけて何となく吻《ほ》っとした気になった。そうしているうちに田中軍司令官が私の室に入って来た。

「おお、田中、どうしたというんだ」

「誠に申訳ないことをしました。恐懼の至りに堪えません。深くお詫びを申上げます」

「困ったことをしてくれたな、それで一体どういう事情なんだ」

田中の話はこうであった。

午前に陸軍省に行ったが若い将校の間に何か不穏の空気が見られた。午後三時ごろ畑中少佐が来て意見具申をしたいといったが「貴様らの意見は判っている、帰れ」といって追いかえした。十五日未明、森師団長が殺されたことが報ぜられた(2)。早速、各部隊に近衛師団の指揮は軍司令部が執る旨を伝達した。芳賀第二連隊長は既に宮中に入って連絡がとれない。そこで直ぐ宮中に出かけようとしたが参謀長高嶋辰彦少将が暗いところでは間違いが起き易いからと強く引きとめた(3)。

夜のあけるのを待って第一連隊に行き、渡辺連隊長に師団命令であること、森師団長は既に殺害されていることを告げ、営庭に集合せる部隊の解散を命じ、乾門から宮城に入ると芳賀連隊の兵が警備している。大隊長、中隊長、小隊長がいる。それらに事情を説明しているとき、芳賀が駈けつけた。

芳賀から夜来の経過を報告させ、速に兵を撤収して原配置に戻るように命じ、御文庫に出頭し、侍従を通じて「只今軍司令官が参上致しました。もはや御憂慮遊ばされるには及びません」と申上げ、それから私の許に来たのであった。

「それはよくやってくれた。だが森には気の毒なことになったね、道理でいくら電話で呼んでも出なかった筈だ」

「いや全く惜しい軍人を殺しました。責任を痛感しております」

田中の面上には悲痛な翳が見えた。私は妙な予感がした。

東部軍管区司令官田中静壹大将

軍司令官へのお優しき御言葉

田中は私が姫路の第十師団の副官をしているとき、歩兵第十連隊に少尉として初めて赴任して来た。その後私は英国駐在武官をやり、田中は米国に駐任していた。二人は随分古い知己である。

「今は責任問題などを云為《うんい》しているときではない。まだ吹上の方には若干の兵隊がいるようだから、あれを撤退させねばいかぬね」

「これから直ぐ参りましょう」

私は田中と連れ立って吹上の方に歩いてゆくと、御苑の入口のところで疲れ切った兵隊が眠っている。そこに大隊長代理という一人の大尉がいた。田中が声を励まして道理を説くと、大尉はうつむいて涙を流している。私が側から、

「お前は何期か」

ときくと五十五期だという。

「それでは五十三期の蓮沼という者を知っているか」

「学校で御世話になりました、よく存じております」

「あれはわしの三番目の伜だ」

「それでは閣下は蓮沼閣下でありましたか」

眼をあげて私を見た。目が赤く充血している。

「間違ってやったことは致し方はないから、これからすぐ兵を纏めて外に出ろ」

「はい、そうします」

と敬礼してすぐ兵を纏めて立ち退いた。田中は拝謁してお詫びを言上したいと言ったが、まだ時刻も早すぎるし、昨夜おそかったから御寝中をお起し申す程のこともあるまい。詳しいことは自分から言上しておくからというと「そうしていただきます」といっ

て、藤田侍従長の許に行った。

陛下が御文庫にお出ましになったので、早速拝謁を願って昨夜の模様を言上し、田中司令官の適切なる処置によって、騒ぎは止んだこと、森師団長が殉職したことに及ぶと、陛下は暗然としておられた。そして、

「田中にはいつ会ったらよいか」

と訊ねられたので、

「御都合次第で結構でありますが、午後五時ごろでは如何でありましょうか」

と伺うと、

「それでよいから、田中にその旨伝えておくように」

と仰せられた。午後五時十五分、田中は参内して拝謁を仰せ付けられ、私が侍立した。田中は昨夜の不始末は洵《まこと》に申訳ない次第で、深く責任の重大なるを感じている旨を言上すると陛下は、

「今朝の軍司令官の処置はまことに適切で深く感謝する。今口の時局は真に重大で、色々の事件の起ることは固《もと》より覚悟している。非常の困難のあることはよく知っている。然しかくせねばならぬのである。田中、この上ともしっかりやってくれ」

と御優しき御言葉であった。田中は涙にむせびながら、

「誓って聖旨に副《そ》い奉ります」

と申上げて御前を退った。陛下の御言葉はまだ私の耳に残っているような心地がする。

これで午前八時ごろには宮城内は元の平静を取戻した。

さて、この騒ぎを起した首謀者、椎崎及び畑中は憲兵隊において取調べを受けた。彼等は固より軍律に照して処断すべきであるが、既に犯行を認めた上「陛下にお詫びして自決する」と誓約したので、拘束しないで身柄を釈放した。

二人は十五日午後宮城前広場において、皇居を拝して立派に自決した。また古賀は同日森師団長の葬儀終了後、近衛師団司令部において自決した。古賀は東条英機の女婿、将来を嘱望されていた青年将校であった。

また石原少佐は上野公園に立籠ろうとした嘗ての教え子たる水戸陸軍航空通信学校の生徒を説得中、兇弾に斃れた。

君国に忠ならんとして非常手段を執った青年将校たちであったが、肝腎な処で道を踏み外し、上官の命令に服しないのみならず、これを殺害した。

終戦の跫音《きようおん》に心気転倒した結果とはいえ、惜しむべき犠牲であった。

田中、阿南の自決

惜しい犠牲はこればかりではなかった。単身暴徒の中に飛びこんで適切な処置により、宮城事件を最小限に食いとめた田中も二十四日司令官室で見事に自決した。

彼は十五日朝私と最初に顔をあわせたとき「深く責任を感ずる」といったから「自決するんだな」と直感した。けれども口に出すべきことではないから、その点には触れなかった。

終戦になって五日経ち、一週間経っても何事もなかったので「思い止ってくれたかな」と時々頭に閃いていたが、二十五日の朝、自決の報を聞いて「やっぱりそうしたか」と感慨禁じ得ないものがあった。あとで聞いたことだが、彼は自決の時を選ぶのに相当苦慮したらしい。

椎崎二郎中佐とともにクーデター計画に奔走した畑中健二少佐

二十四日午後は、予科士官学校の生徒が区隊長に率いられて、埼玉県川口の放送所を占領した事件があった。田中は十五日の朝と同様、単身現場に急行した。

そのときは暴徒によって斃される覚悟をしていたようだ。然し、事件は田中の到着前に既に落着いており、更に田中の熱誠な訓戒は若い者の心魂にも徹したと見え、血を見ずして納めることを得て司令部に帰還した。終戦十日となれば、国内には混乱の渦は巻いていたが、もう軍隊による大きな暴挙は起り得ないと見たのであろう。そしてこの時機を外せば生恥をかくと観じたのだろう。死後の処置をきちんとつけて死んだ。

宮城事件が直接の原因ではないが、その責をも負うて死んだのが阿南陸相であった。阿南は田中より一期先輩の十八期で、これも平素から軍人として尊敬されている人物であった。

終戦については、上陸を企図する米軍に一撃を与えるといって米内海相や東郷外相と鋭く対立し、鈴木首相を手古摺らせた。然し抗戦論をあくまで主張した阿南に、戦局に一大転換を齎《もたら》し得る確算があったかというと、それはなかったと思う。それを押切ろうとしたのは、後ろに控えている抗戦一色の陸軍省、参謀本部の幕僚たちを納得させる為の作戦ではなかったか。

阿南は竹を割ったような真直ぐな性格であったから、そういう意図を持って抗戦を主張したとは考えたくない(4)。けれども、事実あの頃の猛り立っている抗戦幕僚を頭から押えて、ポツダム宣言を無条件で受け容れる態度を執ったなら、阿南は生きていられなかったであろう。

殺される位、彼自身としては介意しないとしても、その後に来るものは陸軍によるクーデターとなるかも知れない。事態は到底一人や二人の力では引留められないことになる。恐れ多いが、そうなれば天皇の御意図すらも暴徒は肯んじない勢をなすかも知れない。そこで陸相として頑張れるだけ頑張った。

それでも御聖断によってポツダム宣言を受諾する外に武人としての途はなかったんだということを知らせるためではなかったかとおもう。いよいよ聖断が下り、終戦の詔勅に副署を終えて官邸に帰ると、義弟竹下中佐が訪れた。二人は酒を汲み交しながら心ゆくまで今生の名残を惜しみ、竹下から森師団長が兇弾に斃れたことを告げられると、

「おお、森がやられたか、今夜のお詫びも一緒にする」と言った。

阿南陸相の最期に立ち会った竹下中佐

竹下中佐が席を外している間に阿南は立派に割腹を遂げ、彼が再び室に入ったときはまだ意識が明瞭だったという。

遺書の表には、

「一死以テ大罪ヲ謝シ奉ル　昭和二十年八月十四日夜　陸軍大臣　阿南惟幾［花押］」

とあり裏には、

「神州不滅ヲ確信シツヽ」とあった。また、別に、

阿南陸相は「一撃後和平論」を唱えて戦争継続を主張していたが、聖断によるポツダム宣言受諾後は「承詔必謹」を貫き、全陸軍による反乱決起を断念させた

「大君の深き恵に浴みし身は　言ひ遺こすへき片言もなし　昭和二十年八月十四日夜
陸軍大将惟幾［花押］」
という辞世の歌が書かれてあった（5）。
（特集文藝春秋「天皇白書」昭和31・10　原題「戦慄の八・一四事件」）

注（1）この他にも誘われて反乱に加担した者、又は参加しようとした者もいたが、伝聞に不正確な部分もあり、編集段階で氏名を省いている。

注（2）この夜、師団長室には義弟の白石通教中佐（第二総軍参謀）が訪問していたが、軍刀で襲撃される森師団長をかばって白石中佐が斬殺、森師団長は射殺された。

注（3）既に反乱軍の影響下にあった第一連隊（連隊長・渡辺多粮大佐）は師団営庭に、第二連隊（連隊長・芳賀豊次郎大佐）は宮城内にいて連絡が取れなかった。

注（4）阿南大将は昭和天皇を慕い、誠実な人柄で命懸けの忠誠心に疑う余地はなかった。なお、昭和二十年四月に誕生した鈴木貫太郎内閣は、阿南大将の陸相就任に際して軍上層部から戦争完遂のための諸条件を承諾しなければならなかった。この事から阿南大将は徹底抗戦、国体護持を主張して海軍と対立しながらも昭和天皇、鈴木首相の意図をくみ取り、慎重に事をすすめるための腹芸だったともいわれている。

注（5）この歌は昭和十三年、第百九師団長に転出する際、昭和天皇と二人きりで食事をしたときの感激を詠ったものといわれている。

昭和20年8月15日、終戦の詔勅に皇居前で頭を下げる国民

特別インタビュー

「戦争のない世界」は、私の見果てぬ夢です

――九十九歳の零戦乗りより

原田《はらだ》要《かなめ》

原田要氏は、大正五年（一九一六年）生まれ。昭和八年（一九三三年）に旧制長野中学を中退して海軍に志願した。当初は水兵として駆逐艦「潮《うしお》」に乗り組んだが、航空への希望を断ちがたく、航空兵の試験を受け、昭和十年に霞ヶ浦航空隊に入隊、35期操縦練習生となった。昭和十二年に同練習生を首席で卒業後、はじめ中国戦線などで戦い、太平洋戦争でも多くの戦果を収めて最終階級は中尉。戦後も生き延びて長野市内で幼稚園を開き、いまや最高齢のベテラン零戦パイロットとして知られている。近く九十九歳になる原田要氏が、特攻のこと、そして戦後のことを語る。

昭和15年頃の原田要氏。25歳だった

私は昭和十六年（一九四一年）の九月、大分の佐伯《さえき》航空隊から空母「蒼龍」に転属し、零式艦上戦闘機（零戦）の操縦士となりました。同年十二月、ハワイ作戦（真珠湾攻撃）に参加、その時は空母上空を警戒する役目でしたが、その後セイロン島でのコロンボ上空での戦いを経て、ミッドウェーの戦いにも参加することになりました。

ミッドウェーでは蒼龍が沈み、生き残った私たちは一月あまり内地で監禁のような扱いを受け、その後商船を改造した空母「飛鷹《ひよう》」に配属、ガダルカナルの戦場へと送られました。

昭和十七年十月、ガダルカナルでの空中戦で被弾、不時着はできたものの私は大怪我をし、また同地でデング熱とマラリアにもやられ、命からがらの状態でなんとか内地に戻ることができました。

しばらく身体の快復につとめましたが病は一進一退で、戦地には戻ることはできず、昭和十八年一月の末から、霞ヶ浦海軍航空隊で、教員として操縦の基礎を教えることになりました。

その私の教え子のなかには、初の特攻隊として知られる敷島隊（「神風特攻『敷島隊出撃』の真相」参照　一五ページ）の隊長、関行男中尉（当時）もいたのです。

敷島隊隊長・関行男さん

関さんという方は、海軍兵学校出というプライドを強くもっていた方でした。

しかし非常に研究熱心、教える立場の自分（兵曹長＝准士官）よりも二つも階級が上にも関わらず言葉遣いも丁寧で、私の技術に対してとても敬意をもって接してくれました。

今の人たちにはわからないかもしれませんが、当時の海軍兵学校、陸軍士官学校というのは、東大、京大以上という大変なエリートでした。行く末は大将、連合艦隊長官という軍のトップを極めるだけでなく、総理大臣にもなりうるような存在で、「俺は生まれながらの大名だ」などと鼻もちならない人間も珍しくありませんでした。

関さんは、もとは艦上爆撃機の搭乗員だったはずでした。しかし海兵出エリートの代表として選ばれ敷島隊の隊長になり、零戦に乗って突っ込んでいった——その事実を新聞で知ったとき、あぁ、もったいない使い方をする、と思いました。

敷島隊の特攻のあと、愛媛の故郷には「軍神・関行男」と碑まで建ち、「彼に倣《なら》え」

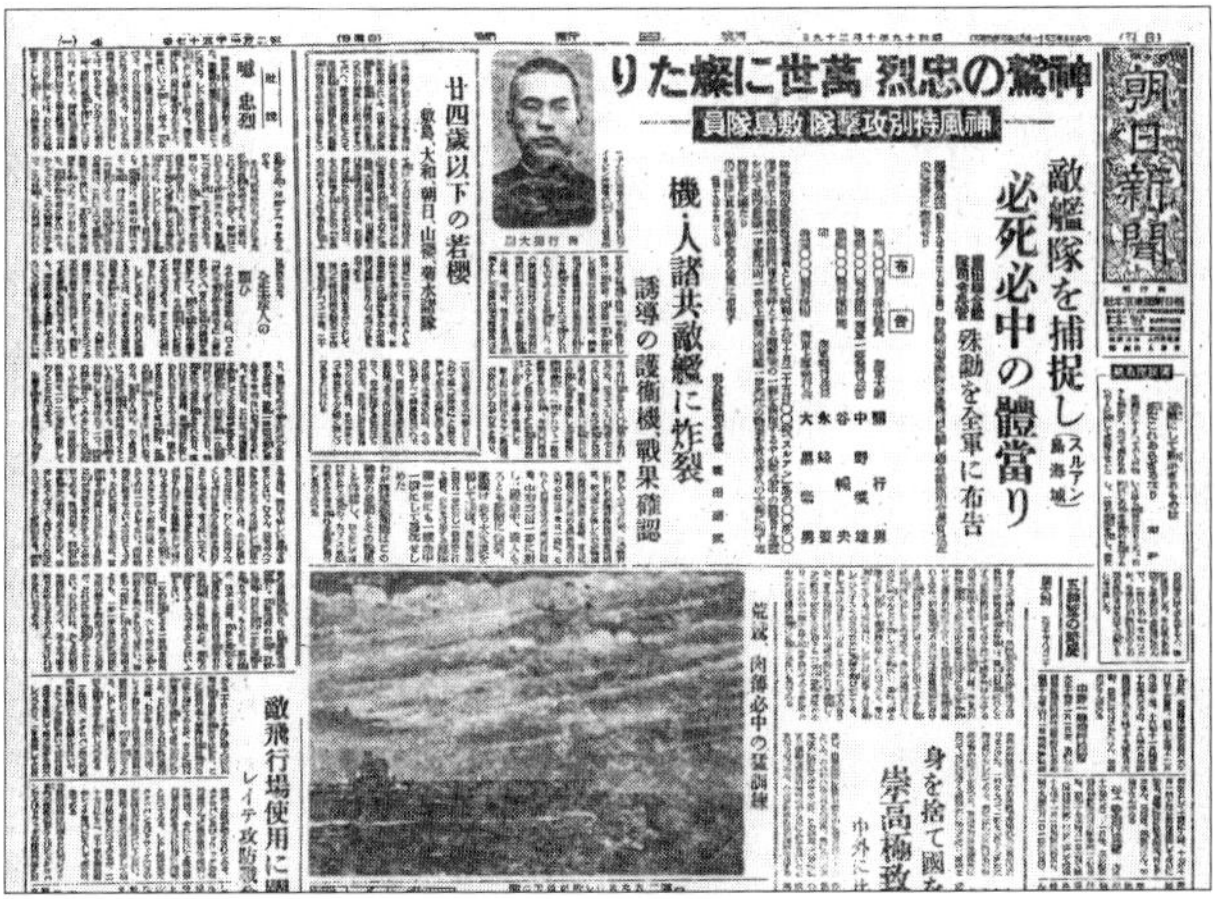
朝日新聞
神鷲の忠烈 萬世に燦たり
神風特別攻撃隊 敷島隊員
敵艦隊を捕捉し（スルアン島海域）
必死必中の體當り
殊勲を全軍に布告
機・人諸共敵艦に炸裂
誘導の護衛機 戦果確認
廿四歳以下の若櫻
崇高極致
敵飛行場使用に
レイテ攻防

敷島隊突入を報じる朝日新聞（昭和19年10月29日付）

と日本中で顕彰していました。しかし敗戦後、その碑も引き倒され、遺族は逆賊のような扱いになったそうです。当時、元兵士という重荷を背負って家族を抱え生活に一生懸命だった私も、そのような風潮に「日本という国は、冷たい国だな」と一種の不信感を持たざるを得ませんでした。

昭和十九年十月、関さんが進んで命を捧げられたことに、私は昔も今も最高の敬意を抱いています。

その後、特攻は次々と行われていくようになりました。当初こそ、そこそこ腕の良い者、良い機体もあったものの、次には少し未熟な者に間に合わせの機体と、兵士たちも機材もどんどん特攻に注ぎ込むようになっていきました。

特攻志願書

ある日のことです。

霞ヶ浦の基地に、参謀の飾緒をつけた偉い人たちがぞろぞろとやってきて並び、私たち教員を前にして演説をしたことがあります。

「いま特攻に行っている操縦者たちは技術が未熟であるから、戦果が上らない。このままでは日本は大変なことになってしまう。教員である君たちが志願をして欲しい」

話を一緒に聞いていた教員のひとりに佐藤寿雄《ひさお》さんという、ちょっと先輩がいました。私がガダルカナルで不時着した際、同じく不時着していた艦上攻撃機の生き残りで、ともに密林のなかをさ迷った仲間です。このとき、偶然霞ヶ浦で一緒に教員をしていました。

佐藤さんは、私に「こうなったら仕方ない。俺は特攻に志願するよ」と言って、私にも志願書を書くよう勧めてきました。

私は断りました。

「佐藤さん、特攻の成功率を見ていますか？　零戦に二五〇キロの爆弾を吊ってヨタヨタ飛んでいっても、弱いＦ４Ｆグラマンにすらかなわないんですよ。戦えと言われれば、真っ先に飛んでいくつもりだけど、俺は戦闘機乗りとして納得できる死に方をしたいんです」

その後、佐藤さんは台湾で特攻戦死しました。

この日の出来事を、これまで私はあえて正直に語ってきました。なかには臆病者という人もいるかもしれません。それはその人の感じ方でしょうから私はかまいません。私は、十七の歳から軍に入り、ずっと戦闘機に乗って、国のために命をかけて戦ってきました。死ぬ際の選択は自分でしたかったのです。

ガダルカナルでともに密林をさ迷った佐藤寿雄氏（右）と

後年、この本にも登場している角田和男君（「特攻にゆけなかった私」一五五ページ）に特攻の現場の生々しい話を聞く機会がありました。角田君が飛行予科練習生として入ってきたとき、私はそこで教員の助手をしていました。その後、佐伯の航空隊で一緒になるなどしたこともあり、戦後も兄弟以上の付き合いをした仲間でした。
角田君は、特攻機を敵機から守り、

どの船にぶつかったかを報告する役目でした。

現実には、特攻機はほとんどあたることなく、目標に届く前に撃ち落されてしまう。そして、運よく命中したら、そのことを戻って報告すると、基地の偉い人たちが「良かった」「乾杯」と喜びあう。その有様を見て、本当に情けない、死んでいった人たちの命があまりに惨めすぎると感じたそうです。角田君は、ご自分の本にも書いていませんが、私には激越な言葉も漏らしていました。

戦後、茨城県で農家になった角田君は、世界各地で亡くなった人々を、自分でつくった小さい西瓜《すいか》をお供えしながら慰霊して回っていました。こういう人も珍しいと思いますね。

当時の私はそこまで詳しいことは聞いていませんでしたが、敵船が見つからずに帰ってきた特攻隊員たちに、「なんで戻ってきたんだ、臆病者」「死んでこい」と罵倒するような荒廃した特攻隊基地の様子など、十分に伝わってきていました。

自分が教員として教えていた海兵出身者は、関さんのほかに蔵田脩《おさむ》中尉という方がいました。彼は、その後朝鮮の元山基地で飛行隊長となり特攻隊の指導をしていましたが、「人手が足りないから来てくれ」と私に言ってきたのです。昭和二十年一月のことです。もちろん元山に行けば、自分も特攻に行かねばならないことはわかっていました。

私は覚悟を決め、家内にもひとりで行くことを告げたのですが、家内は「私も行きます。あなたが戦死するなら、私は自決して軍国の母となります」と言ってきませんでした。

ところが霞ヶ浦の上官が「元山は寒さが厳しくて、弱りきっているお前の身体ではまだとうていつとまらないから、異動は春先まで延期させるよ」と上にかけあって、転勤の話を先延ばしにしました。

その後、私は別の命令を受けて北海道の基地に移ることになり、けっきょく私は生き延びることができたのです。

殺してきた命の償いとして

戦争が日本の敗戦で終わり、我々軍人はこれから大変なことになると思っていましたが、進駐軍の処置は予想以上に寛大で、故郷の人たちも「ご苦労さん、ゆっくり休め」などと声をかけてくれる温かいものでした。

ただ、もと職業軍人ということで、公職追放され仕事は困難を極めました。実家の農業だけでは食べていけず、八百屋、本屋、牛乳販売など様々な仕事をして、家内とふたり力を合わせてなんとかきりもりする毎日だったのです。

そのなかで、戦時中私が留守にしているさいに、家内が近所の子どもたちを預かって面倒を見ていた経験を活かして託児所を始めたところ、周囲に喜ばれ、現在の「ひかり幼稚園」にと至っています。

それでも、任務とはいえ人をたくさん殺してきた私のような人間が、幼児教育に携わっていいのかと随分と悩みました。ですからはじめのうちは、実務は私がしていましたが、園長は又従兄弟にしてもらっていました。

その又従兄弟が健康のこともあって園長を退いて、私が園長となった後も、ひとり長く悩み、ずっと、戦争については口をつぐんできたのです。

平成三年（一九九一年）、湾岸戦争が起こったとき、このままではいけないと戦争の体験を証言するようになったことで、自分が零戦パイロットだったという事実が知られるようになりました。そこで、もう自分は幼稚園の仕事に携わるべきではないのではないか、と思うようになりました。

そんななか、人に勧められ千葉県船橋の生田乃木次《いくたのぎじ》さんに会うことになりました。

生田さんは、海軍兵学校の出身で、源田實さんと同期生だった人です。昭和七年（一九三二年）、日本ではじめて敵戦闘機を撃墜したことで一躍有名になりましたが、軍内の嫉妬もあり、また好きあった相手との結婚を海軍が許可しなかった（注：海兵出身者の結婚には海軍大臣の許可が必要だった）ことで、海軍を辞めてしまったのです。その時慰留には、まだ存命だった東郷平八郎元帥まで出てきたといいます。

戦後は、保育園を経営し、私が船橋に会いにいったときには、四つの保育園を持つにいたっていました。

お話を伺って帰り際、生田さんは私にこう声をかけてくれました。

「色々と悩んでいるようだけれども、いつまでも自分を卑下していてはいけないよ。むしろ子どもたちが再び戦争に苦しめられないように、しっかりと育てることが、殺めた命の償いになるんじゃないか。俺は九十二でまだ現役でがんばっているのに、君は俺より十も若いじゃないか。がんばれよ」

私がここまでやってこられたのは、家内と、生田さんの励ましのおかげなんです。

「戦争のない世界」

私は皆さんに「戦争に反対します」ではなく、「戦争を憎みます」と話しています。「人間を人間扱いしない」のが戦争だからです。

ひとつ事例をお話しします。

ミッドウェー海戦のときのことです。

零戦二機を乗り換え戦いきり、最後は燃料切れで海面に不時着した私は、四時間近く漂流することになりました。ようやく味方駆逐艦に拾われて甲板に上ると、負傷者たちが折り重なって寝かされ足の踏み場もない。手足のない者、顔もわからないほどひどい状態の者、そこかしこから「助けてくれ」「水をくれ」「お母さん」という声が聞こえてくる。

私はといえば、海に長く漬かって身体が寒くてふるえるぐらいでしたが、看護兵二人を引き連れた軍医中尉は私を見つけると近寄り、周囲の重傷者をよけて私に聴診器をあててきました。

驚いた私が「自分は大丈夫ですから、もっとひどい負傷者を見てやってください」と言いますと、軍医中尉はこう言ったのです。

「君、ここは戦争の最前線なんだ。ちょっと手当てをすればすぐに戻れる人間を最優先するんだ」

これを聞いて私は衝撃を受けました。

我々は人間でなく、兵器なんだ。弾を撃てなくなった大砲、機関銃は捨てられる。そういう存在なんだ、と思い知りました。

これが、戦争の罪悪なんです。

戦闘中、戦闘機で地上の敵兵を追いつめていきます。

逃げていく敵兵をどこまでも追いかけていくと、「もうやめてくれ」という表情をしているのも見える。なんの恨みも憎しみもないですが、それを撃ち殺す。その相手の顔は、いまも脳裏に焼きついて離れません。

戦争で幸せになれる人は、ひとりもいません。そしていまも戦争の爪あとはあちこちに残っています。

この八月に、私は九十九歳になります。

家内は七年前に亡くなりましたが、毎日午前中は息子が園長を継いでいる幼稚園を訪れて、「おじいちゃん先生」と呼ばれながら子どもたちに遊んでもらっています。日常生活では健康に留意しつつ、私の戦争体験と平和に対する考えを求める来客と交流を重ねています。

なんて自分は幸せなんだろう、と思います。

平和だからこそです。

多くの人たちの犠牲の上に、この日本の平和があるんだということを、私は次の世代に伝えたい。そして、皆さんにこの平和を大切につなげていって欲しい。

「戦争のない世界」、それがあの戦争を

長野市内の自宅にて

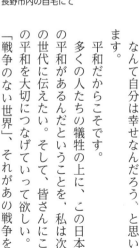

生き延びることのできた私の、見果てぬ夢です。

（二〇一五年六月　談）

太平洋戦争略年表

〔太平洋戦争の推移と日本軍の動き〕（太字は本シリーズ収録作品）

昭和9年（1934） 10 ロンドン海軍軍縮会議予備交渉
山本五十六代表一問一答録①

昭和16年（1941） 10・18 東条英機内閣発足
12・1 対米英蘭開戦を決定
8 マレー半島上陸
真珠湾攻撃
真珠湾をスパイした男の回想①
真珠湾攻撃・奇跡の成功①
大本営発表①
10 グアム島、ギルバート諸島のマキン島、タラワ島占領
マレー沖海戦
われ「プリンス・オブ・ウェールズ」を撃沈せり①
16 戦艦「大和」竣工
22 フィリピンのルソン島リンガエン湾に上陸

昭和17年（1942）

1・2 フィリピンの首都マニラ占領

鉄獅子は猛襲す①

11 海軍落下傘部隊、蘭印のセレベス島メナドに降下

23 ニューブリテン島ラバウル占領

2・14 陸軍落下傘部隊、蘭印のスマトラ島パレンバンに降下

空の神兵 パレンバンに天降る①

15 シンガポール占領（シンガポールの英軍降伏）

27 スラバヤ沖海戦（～3・1）

28 バタビア沖海戦（～3・1）

3・1 蘭印のジャワ島に上陸

バンドン城下の誓い①

8 ビルマのラングーン占領

ニューギニアのラエ、サラモアに上陸

9 蘭印のバンドン占領（ジャワの蘭印軍降伏）

4・5 セイロン島沖海戦（～9）

インド洋に敵なし①

5・1 ビルマのマンダレー占領

隼は征く雲の果て 加藤隼戦闘隊①

昭和17年（1942）

5・7 マニラ湾のコレヒドール島占領（コレヒドール島の米比軍降伏）
北部ビルマのミートキーナ占領
珊瑚海海戦（〜8）
九九艦爆戦記①
6・5 ミッドウェー海戦（〜7）
運命のミッドウェー海戦①
友永雷撃隊突撃す①
8 アリューシャン列島のアッツ島、キスカ島占領
7・6 海軍の飛行場設営隊、ソロモン諸島のガダルカナル島に上陸
8・7 米軍、ガダルカナル島に上陸
8 第一次ソロモン海戦
21 ガダルカナル島の米軍飛行場奪回の一木支隊全滅
24 第二次ソロモン海戦（〜25）
9・12 ガダルカナル島の川口支隊総攻撃失敗（〜14）
空母「ワスプ」撃沈の凱歌②
10・12 サボ島沖夜戦
ガダルカナル島を火の海に 戦艦「金剛」の砲撃②
24 ガダルカナル島の米軍への総攻撃失敗（〜25）

26 南太平洋海戦（〜27）
11・12 **米空母をゼロにした日**②
第三次ソロモン海戦（〜15）
駆逐艦「夕立」奮戦す②
15 ガ島輸送作戦の輸送船団11隻中、7隻撃沈
30 ルンガ沖夜戦
12・8 ニューギニアのバサブア守備隊玉砕
31 ガダルカナル島撤退を決定

昭和18年（1943）
1・2 ニューギニアのブナ守備隊、ギルワ守備隊玉砕
2・1 ガダルカナル島撤退開始（〜7日）
「餓島」撤退作戦②
3・2 ビスマルク海海戦（〜3）。ニューギニア増援の輸送船団壊滅（ダンピールの悲劇）
4・18 連合艦隊司令長官・山本五十六大将戦死
巨星落つ 山本五十六の思い出②
21 古賀峯一大将、連合艦隊司令長官に就任
5・12 米軍、アッツ島に上陸
29 アッツ島守備隊玉砕

昭和18年（1943）

7・5 クラ湾夜戦（〜6）
ケネディ大統領を沈めた男②
12 コロンバンガラ島沖海戦
29 キスカ島守備隊の撤退作戦成功
「キスカ撤退」に見る指揮官の条件②
8・6 ベラ湾夜戦
9・4 連合軍、ニューギニアのラエ、サラモアに上陸
22 連合軍、ニューギニアのフィンシュハーフェンに上陸
30 「絶対国防圏」を策定
10・2 ソロモン諸島のコロンバンガラ島から守備隊撤退
6 ソロモン諸島のベラ・ラベラ島から守備隊撤退
11・1 連合軍、ブーゲンビル島に上陸
2 ブーゲンビル島沖海戦
5 ブーゲンビル島沖航空戦（〜12・3）
さらばラバウル航空隊「虎徹」の切れ味②
21 米軍、マキン島とタラワ島に同時上陸
24 マキン島守備隊玉砕
25 タラワ島守備隊玉砕

昭和19年（1944）

タラワ玉砕生還記②

1・7 インパール作戦を認可

24 大陸打通作戦（一号作戦）を命令（4・17 作戦開始）

2・6 マーシャル諸島のクェゼリン島守備隊玉砕

23 マーシャル諸島のブラウン島守備隊玉砕

東条に逆らって徴兵された新聞記者（竹槍事件）②

3・8 インパール作戦開始

インド進攻の夢破る②

31 米機動部隊、トラック島とパラオ諸島を空襲（〜4・1）

古賀峯一連合艦隊司令長官、フィリピンのダバオへ退避中に行方不明（5・5 殉職を発表）

4・22 連合軍、ニューギニアのホーランジア、アイタペに上陸

アイタペ 死の攻勢②

5・3 豊田副武大将、連合艦隊司令長官に就任

27 連合軍、ニューギニア北西部のビアク島に上陸

6・15 米軍、マリアナ諸島のサイパン島に上陸

地獄絵図・サイパン島②

昭和19年（1944）

6・16 B29、北九州に来襲（B29の本土初空襲）

北九州防空戦 B29撃墜王③

19 マリアナ沖海戦（～20）

造船士官が眼前で見た新鋭空母「大鳳」の最期②

7・7 サイパン島守備隊玉砕

10 インパール作戦中止

18 東条英機内閣総辞職（22 小磯国昭内閣発足）

21 米軍、グアム島に上陸

8・3 米中軍、ミートキーナ攻略

月白の道②

11 グアム島守備隊玉砕

9・10 中国雲南省の拉孟守備隊玉砕（13 騰越守備隊玉砕）

15 米軍、パラオ諸島のペリリュー島に上陸

10・10 米機動部隊、沖縄空襲

12 台湾沖航空戦（～16）

20 米軍、フィリピンのレイテ島に上陸

22 レイテ決戦を決定

われレイテに死せず③

23　レイテ沖海戦（～26）

栗田艦隊 謎の反転のすべて③

戦艦「大和」の死闘③

25　海軍の神風特別攻撃隊が出撃

神風特攻「敷島隊出撃」の真相③

特攻にゆけなかった私③

11・24　マリアナ基地出撃のB29による東京初空襲

12・10　米軍、レイテ島のオルモック占領

19　レイテ島決戦方針を放棄

昭和20年（1945）

1・9　米軍、ルソン島に上陸

2・19　米軍、硫黄島に上陸

3・3　米軍、マニラを占領

10　東京大空襲（13　大阪大空襲）

17　硫黄島守備隊玉砕

司令部付兵士が見た硫黄島玉砕③

4・1　米軍、沖縄本島に上陸

沖縄軍参謀が語る七万の肉弾戦③

昭和20年（1945）

4・5　小磯国昭内閣総辞職（7　鈴木貫太郎内閣発足）
6　沖縄周辺へ第一次航空総攻撃開始（菊水一号作戦）
7　沖縄海上特攻部隊壊滅。戦艦「大和」沈没
5・2　英印軍、ラングーンを占領
24　義烈空挺隊、米軍占領下の沖縄基地に突入、玉砕
29　小沢治三郎中将、連合艦隊司令長官に就任
6・23　沖縄守備隊の組織的抵抗が終わる
7・26　米英中、ポツダム宣言発表
8・6　広島に原子爆弾投下
私は「インディアナポリス」を撃沈した③
原爆下の広島軍司令部③
8　ソ連が日本に宣戦布告
9　ソ連軍、満州と樺太に侵攻
長崎に原子爆弾投下
14　ポツダム宣言受諾
15　未明、抗戦派将校による終戦阻止のクーデター事件発生
正午、玉音放送が行われる（日本軍無条件降伏）
終戦叛乱③

※掲載された著作および写真について著作権の確認をすべく精力を傾けましたが、どうしても著作権継承者がわからないものがありました。お気づきの方は、編集部にお申し出ください。
※本書には、今日からすると差別的表現ないしは差別的表現と受け取られかねない箇所がありますが、それは記事当時の社会的、文化的慣習の差別性が反映された表現であり、その時代の表現としてある程度許容せざるを得ないものがあります。著作者には、差別を助長する意図はないと思われますし、多くの著作者・発言者が故人となっています。読者諸賢が注意深い態度でお読みくださるようお願いする次第です。

編集部

文春ムック
「太平洋戦争の肉声　第三巻　特攻と原爆　【絶望の叫び】」
二〇一五年三月刊
表紙・本文写真提供　共同通信社・文藝春秋写真資料部・
近現代フォトライブラリー
編集協力　山崎三郎・平塚柾緒・平塚敏克・水島吉隆・馬場隆雄
デザイン・DTP　中山デザイン事務所（中山銀士・金子暁仁）

文春文庫

太平洋戦争《たいへいようせんそう》の肉声《にくせい》Ⅲ
特攻《とっこう》と原爆《げんばく》

定価はカバーに表示してあります

2015年8月10日　第1刷

編　者　文藝春秋《ぶんげいしゅんじゅう》
発行者　飯窪成幸
発行所　株式会社文藝春秋

東京都千代田区紀尾井町3-23　〒102-8008
TEL 03・3265・1211
文藝春秋ホームページ　http://www.bunshun.co.jp

落丁、乱丁本は、お手数ですが小社製作部宛お送り下さい。送料小社負担でお取替致します。

印刷製本・凸版印刷

Printed in Japan
ISBN978-4-16-790432-6

（　）内は解説者。品切の節はご容赦下さい。

高瀬　毅
ナガサキ　消えたもう一つの「原爆ドーム」
爆心に近く、残骸となった浦上天主堂は、世界遺産の被爆遺構「原爆ドーム」と同様、保存の声も高かったが、完全に撤去、再建された。その裏にいったい何があったのか？　（星野博美）
た-90-1

東條由布子
祖父東條英機「一切語るなかれ」　増補改訂版
「沈黙、弁解せず」を家訓として育った東條家の人々。戦後五十年、東條英機の孫娘である著者（本名・淑枝）が、初めて語る昭和のあの時代の「記憶」。次代への貴重な証言。　（保阪正康）
と-16-1

『特攻　最後の証言』制作委員会
特攻　最後の証言
太平洋戦争末期、特攻に志願した8人の生き残りにロング・インタビューを敢行。人間爆弾や人間魚雷と呼ばれた究極の兵器に身を預けた若者たちの真意とは。詳細な注、写真・図版付。
と-27-1

中田整一
盗聴　二・二六事件
新聞協会賞を受賞したNHKの歴史専門プロデューサーが描ききった二・二六事件の真相。北一輝からとされた電話はニセモノだった――。真実を証明する録音盤がよみがえる。
な-61-1

中田整一
満州国皇帝の秘録　ラストエンペラーと「厳秘会見録」の謎
皇帝溥儀の通訳を務めた林出賢次郎が残した記録は、満州国の真の姿を明らかにする。清朝復辟の幻想と傀儡としての屈辱。妃、肉親への猜疑……。偽皇帝の悲劇の素顔。　（保阪正康）
な-61-2

西木正明
夢顔さんによろしく　最後の貴公子・近衛文隆の生涯　（上下）
元首相の嫡男でありながら、戦後抑留先のシベリアで獄死した近衛文隆。その波瀾万丈の生涯を、緻密な取材により甦らせた著者畢生の一作。柴田錬三郎賞受賞。　（末國善己）
に-9-3

秦　郁彦　編
昭和史20の争点　日本人の常識
南京大虐殺、創氏改名、天皇の戦争責任、東京裁判、歴史教科書……。昭和の時代が終わって十八年たった今もなお蒸し返される不毛な論争に、二十人の気鋭の論者が終止符を打つ。
は-7-8

半藤一利
ソ連が満洲に侵攻した夏
日露戦争の復讐に燃えるスターリン、早くも戦後政略を画策する米英、中立条約にすがってソ満国境の危機に無策の日本軍首脳――百万邦人が見棄てられた悲劇の真相とは。（辺見じゅん）
は-8-11

半藤一利
日本のいちばん長い日　決定版
昭和二十年八月十五日。あの日何が起き、何が起こらなかったのか？　十五日正午の終戦放送までの一日、日本政府のポツダム宣言受諾の動きと、反対する陸軍を活写するノンフィクション。
は-8-15

半藤一利
日本国憲法の二〇〇日
敗戦時、著者十五歳。新憲法の策定作業が始まり、二百三日後、「憲法改正草案要綱」の発表に至る。この苛酷にして希望に満ちた日々を、歴史探偵が少年の目と複眼で描く。（梯　久美子）
は-8-17

半藤一利
あの戦争と日本人
日露戦争が変えてしまったものとは何か。戦艦大和、特攻隊などを通して見据える日本人の本質。「昭和史」「幕末史」に続き、日本の大転換期を語りおろした〈戦争史〉決定版。
は-8-21

半藤一利・加藤陽子
昭和史裁判
太平洋戦争開戦から70余年。広田弘毅、近衛文麿ら当時のリーダーたちはなにをどう判断し、どこで間違ったのか。半藤〝検事〟と加藤〝弁護人〟が失敗の本質を徹底討論！
は-8-22

早坂　隆
昭和十七年の夏　幻の甲子園
戦時下の球児たち
朝日新聞社主催から文部省主催に急遽変更して強行された昭和17年、戦時下の夏の甲子園大会――球児たちの引き裂かれた青春を描くノンフィクション大作。（岡崎満義）
は-44-1

深田祐介
歩調取れ、前へ！
フカダ少年の戦争と恋
昭和十九年、戦争の只中に中学生となったフカダ少年。軍事教練にネをあげ、長刀姿の女学生に憧れ、東京大空襲の救護で昏倒。涙と笑いと絶望。戦争下の少年時代を描く自伝的小説。
ふ-2-28

文春文庫　最新刊

桜吹雪《はなふぶき》 新・酔いどれ小籐次（三）　佐伯泰英
身延山代参の旅に出た小籐次一家を何者かが付け狙う。シリーズ第三弾！

探偵・竹花 孤独の絆　藤田宜永
還暦私立探偵・竹花の元に訪れる孤独な相談者達。ハードボイルドの真髄

潜伏者　折原　一
少女連続失踪事件をめぐり二転三転する「真相」。鬼才が放つ仰天トリック

デフ・ヴォイス 法廷の手話通訳士　丸山正樹
屈折した中年男は生活のため手話通訳士となり、ろう者の世界に向き合う

傾国子女　島田雅彦
絶世の美女・白草千春の奇想天外な人生。現代版・好色一代女

流される　小林信彦
気難しく愛すべき明治人・祖父との交流。作家の自伝的三部作の完結編

志士の風雪　古川　薫
長州志士にして日本「協同組合」の父・品川弥二郎の激烈な生涯

耳袋秘帖 **品川恋模様殺人事件**　風野真知雄
〈恋祓い〉神社で女が燃えて亡くなった。根岸肥前守が焼死体の謎に挑む！

秋山久蔵御用控 **守り神**　藤井邦夫
素人を博奕漬けにしていた男が殺された。〝剃刀〟久蔵が下手人を追う

樽屋三四郎 言上帳 **高砂や**　井川香四郎
江戸城内に不審な物体が飛来。その狙いとは？　ついにシリーズ完結！

紅い風車 更紗屋おりん雛形帖　篠　綾子
再会の喜びも束の間、兄は殺人犯だった⁉　今日も奔走する16歳おりん

知の教室 教養は最強の武器である　佐藤　優
神学研究と外交官経験。理論と実践から導き出された最強の智恵を開陳！

旅の闇にとける　乃南アサ
物語が生まれる、動きはじめる……。この地球から導かれる〝答え〟とは

ステーキを下町で　平松洋子　谷口ジロー・画
帯広の豚丼から沖縄そばまで。列島縦断食べ歩きエッセイ。美食漫画付き

お家賃ですけど　能町みね子
そして私は「加寿子荘」に名前と性別を変えて戻ってきた。自叙伝風小説

正しい保健体育 ポケット版　みうらじゅん
愛や性について説いた爆笑講義録。下ネタの隙間から覗く人間の深い真理

太平洋戦争の肉声Ⅲ 特攻と原爆　文藝春秋編
敗色濃厚となった日本と軍隊。体験者の貴重な声を集めた第三集

戦後70年 日本人の証言　文藝春秋編
高倉健「最期の手記」はじめ、激動の戦後を作った一流人の文章を収録

不動産裏物語 プロが明かすカモにならない鉄則　佐々木亮
「不動産は一生の買い物」か。凄腕営業マンが明かす損をしない為の鉄則

髑髏《どくろ》の檻《おり》　ジャック・カーリイ　三角和代訳
山間で次々みつかる無残な他殺体。「ディーヴァーの後継者」、俊英の力作

完全なるチェス 天才ボビー・フィッシャーの生涯　フランク・ブレイディー　佐藤耕士訳　解説・羽生善治
東西冷戦下、華麗なチェスで「神童」と呼ばれた男の転落とその後を描く